屠夫渡口

Butcher's Crossing

John Williams 約翰·威廉斯

馬耀民——譯

John Williams

約翰·威廉斯 | 作者

1922-1994

出生及成長於美國德州。威廉斯雖然在寫作和演戲方面頗有才華，卻只在當地的初級學院（兩年制大學）讀了一年即被退學。隨後威廉斯被迫參戰，隸屬空軍，在軍中完成了第一部小說的草稿。威廉斯退役後找到一間小出版社出版他的第一本小說，並且進入丹佛大學就讀，獲得學士及碩士學位。從1954年起，威廉斯開始在丹佛大學任教，直到1985年退休。在這段期間，威廉斯同時也是位活躍的講師和作者，出版了兩部詩集和多部小說，著名的小說有：《屠夫渡口》（1960）、《史托納》（1965）及《奧古斯都》（1972）。《奧古斯都》於1973年獲得美國國家圖書獎。

馬耀民 | 譯者

畢業於台大外文系、外文研究所碩士及博士班，現任台灣大學外文系副教授，曾任台大外語教學與資源中心主任（2006-2012），一〇三學年開始兼任外文系副主任。博士班時候開始從事翻譯研究，一九九七年完成博士論文《波特萊爾在中國 1917-1937》並獲得博士學位，之後研究方向聚焦在一九四九年前中國現代文學與外國文學接觸的相關議題。近年則多探討翻譯倫理之相關論述，以及余光中、葉維廉等詩人兼譯者的複雜現象。在外文系除了教授西洋文學概論、歐洲文學史、文學作品讀法外，翻譯教學也是他關注的重點，連續教授翻譯與習作達二十年之久，曾領導外文系上具翻譯實務的老師先後成立了大學部的翻譯學程及文學院翻譯碩士學程，整合了台大豐富資源，讓台灣最優秀的學生獲得口筆譯的專業訓練，貢獻社會。他從碩士班修業其間即開始從事翻譯工作，除刊登於《中外文學》的學術性文章外，也曾負責國家劇院每月節目單的英譯工作，以賺取生活費，並奠定了翻譯教學的實務基礎。譯有《史托納》（啟明，2014）。

Contents

引言

一九八一年，我在丹佛大學在約翰．威廉斯的指導下開始我的研究所學業，他從一九五四年便開始在那裡任教。我修完第一個專題研究課後，他來到我的研究室，手上抱著一大疊書，他的身材不高，整個人幾乎被書擋住。他把書放在我的書桌上，告訴我，「不要管妳曾經聽過和讀過的，讀這些作者吧，他們會是妳的老師。妳是一個不能被教導的作家，妳必須要自我摸索。」他聲音裡豐富的音色迴盪在那小小的空間裡。然後他轉身穿過迷宮般的研究生研究間，往樓下陰暗的大堂走去。他穿著一件法蘭絨的西裝外套、寬鬆長褲，襯衫的領口繫著螺旋花紋的領巾。我從沒見過他有不同的穿著，即便是我在他去世前不久到阿肯色州費耶特維爾去看望他時。一位教授來看我，以及告訴我我是一個不能被教導的學生，是我被嚇得目瞪口呆的原因，而我從來沒有如此目瞪口呆過。年輕的我曾經站在教授的研究室門前假裝傻笑，等教授終於賞臉，從他的論文堆抬起頭來，表示可以進去開始討論；我唸研究所是想要被教導，是想要被一九七三年以小說《奧古斯都》（Augustus）榮獲國家圖書獎的約翰・威廉斯教授教導。

約翰・威廉斯身材瘦削，臉部滿佈皺紋，菸不離手的他在一九九四年死於肺氣腫。他提供書單給我之前，我剛剛開始閱讀他的作品，而他的書單包括福特・馬多克斯・福特（Ford Madox Ford）結構完美的《好兵》（Good Soldier）、伊迪絲・華頓（Edith Wharton）的《歡樂之家》（The House of Mirth）、《純眞年代》（The Age of Innocence）和《伊坦・弗洛美》（Ethan Frome）、珍妮特・劉易斯（Janet Lewis）精心安排、氣氛優美的歷史小說《馬丁・葛爾的妻子》（The Wife of Martin Guerre）和《索倫・奎司特的審判》（The Trial of Sören Qvist）。據威廉斯後來告訴我，珍妮特・劉易斯的成就，是被她詩人兼文學批評家的丈夫伊佛・溫特斯（Yvor Winters）所掩蓋。而對約翰・威廉斯的作品有重大影響力的，則是亨利．詹姆斯（Henry James）。在他的指導下，我閱讀了《黛絲．米勒》（Daisy Miller）、《仕女圖》（The Portrait of a Lady）、《金碗》（The Golden Bowl）和《奉使記》（The Ambassadors），學習如何描寫角色的內在意識。

約翰．威廉斯寫了三部非常好的小說，每一本的類型都不一樣，而且每一個作品都大大地超越了自身類型的窠臼。一九六〇年的《屠夫渡口》是西部小說；一九六五年的《史托納》（Stoner）是「學院小說」，或毋寧是一部在學院圍牆內展開的小說；一九七二年的《奧古斯都》是一部以歷史文件及書信體建構的歷史小說，小說中的人物模擬西賽羅的雄辯風格，合力呈現這位羅馬帝國的開國君主。他總是以不完全是開玩笑的口吻，否認他在二次大戰服役於空軍時完成的第一本小說——一九四八年出版的《只有夜》（Nothing but the Night）——是他的著作。我在某種程度上爲了尊重他的自我評價，從未讀過那本小說。

約翰．威廉斯不一定完全認同或避免文類的成規，他甚至在文類成規開始對素材、或故事、或人物產生限制的時候，便會展現濃厚的興趣，一探究竟。威廉斯對文類的檢視——即便是他正在從事的文類——是帶著淵博的學問的、嚴肅的、具有啓發性的。在我們的專題研究課裡，在他一頭黑髮整齊貼服地向後梳，側著頭，嘴巴叼著香菸的形象背後，我幾乎聽到他要說出口的一句話：「打破成規不需要吵吵鬧鬧，或者弄得天翻地覆。」

在《屠夫渡口》中，哈佛大學的三年級學生，聽完了愛默生的演講後不久，便輟學往西部去。那年是一八七三年，美國的上流社會對牛皮大衣的瘋狂程度，使水牛皮買賣成為一樁可以讓人發財的生意，儘管在小說結束前，那些獵人對這個風潮的產生感到困惑：「他們當初為什麼要買牛皮大衣，我不知道；那股臭味還老是去不掉呢。」不過，不管有臭味或者沒有臭味，對威廉．安德魯來說，那些牛皮及其經濟利益並不是他所追求的。就像愛默生一樣，他的父親也是一神論教會的傳道師，而安德魯也像愛默生一般，不是一個會待在學院裡的人。

有時候聽完了禮拜堂及教室裡絮絮叨叨的聲音後，他會逃離康橋的範圍，往西南方的田野及樹林去。在那裡的某些偏僻地方，站在赤裸的大地上，他感到頭腦沉浸在清新的空氣中，被提引到無限的空間裡，揮之不去的卑劣與壓迫消散在他身處的大自然裡。他在愛默生先生演講時聽到的一句話再次浮現心中：我成為一隻透明的眼。田野與樹林聚合身上，他變得極為渺小；他看到所有；無名的力量一波一波地在他身上流轉。他成為神的一部分，自由、無拘無束，這種感覺是他在國王禮拜堂、在大學教室裡，或是在康橋的街上無法體會的。他總是能夠感受到在樹林、在延綿的景色之外，西面遠方的地平線；在那裡，在某一瞬間，他看到某些景象，美得就如他只屬於他的未經開發的自我。

安德魯離開了波士頓，那裡「馬車往來如織，人們在彷彿是從行人道和車行道上長出來，且在排列整齊的榆樹下懶洋洋地費勁走著。」他離開了父親燈塔山附近克拉倫登街上的豪華房子和查爾斯河。他腦海中出現的查爾斯河「在農地、村落和市鎮間蜿蜒著，把人類和城市的廢棄物帶入波士頓港。」安德魯想要到一個沒有人到過的地方；雖然他離開了他出生長大的地方，他其實還沒出生、還沒長大。這是一個你曾經聽過的故事——一個故事的原型——是自我發現、是夢想的追尋、是毫不懼怕且充滿信心的自我實現、是年輕人到西部展開了或許連讀者都從未有過的經歷。但是約翰・威廉斯嚴格審視這個浪漫故事、審視那股毫無批判反省的瘋狂精力：西部擴張、美國的昭昭天命、「美國精神」，以及非得要前往美國新墾地才能覓得的個人主義。也是在這個背景下，約翰・威廉斯對愛默生的超驗主義（Transcendentalism），以及只有在大自然中才能獲得眞善美的此類信條進行嚴厲的批判。而他對所謂大自然才能提供的心靈直觀（intuitive spirituality）、在大自然中人的靈魂與超靈（oversoul）或上帝得到契合等學說做了更尖刻的諷刺。作爲一個入世未深的年輕人，威廉・安德魯是西部小說的刻板角色，而此角色最能幫助約翰・威廉斯達成任務：一個入世未深的年輕人找尋他在書本裡讀到的荒野。《屠夫渡口》充滿了反諷，但那是屬於刻骨銘心一類，一點都不好笑。

安德魯到達位於堪薩斯的屠夫渡口鎭的幾個小時內，便被說服贊助一個狩獵團，到科羅拉多的落磯山裡去。米勒這位富有經驗、靠山吃山的獵人，多年前在深山的幽谷裡發現一大群水牛，一直想要組一團獵人，以獲得這份巨大的金錢收入。

小說裡隱約出現的可能性，是這個幽秘的山谷可能根本不存在，而米勒只是在撒謊，只想帶安德魯到外面走一趟碰碰運氣，但是，對安德魯來說，他想要的正是要到外面走一趟，要體驗荒野，並透過自我發現來體驗荒野所能提供給他的種種。

米勒用安德魯的錢前往堪薩斯的愛爾華斯，打算要請一個剝皮工人——弗雷德．史耐達，和購買一些旅程上的必須物資。留下來的就是滿心期待的安德魯和米勒的死黨查里．賀治，後者負責駕駛牛車和管理營地。賀治屬於西部小說的刻板人物，但是在約翰．威廉斯熟練的手法下，他的角色是從刻板印象中萃取而來，而不是要進一步強化這個刻板角色。他失去一隻手掌、酗酒、對事情不表意見、隨口背誦聖經裡的段落，以及明顯地以聖經裡的一些陳腔濫調為基礎而發表平庸陳腐的言論。如果賀治身旁的人是在乎聖經的話，聖經這個話題可能很重要，但問題是，沒有人在乎，包括受過教育的安德魯在內。安德魯在小說的某個段落裡曾回想起自己熟悉愛默生多於聖經，並了解到——迂迴地了解，很迂迴地——他從來沒讀過聖經。安德魯尋求荒野，好讓他能夠「成為神的一部分，自由、無拘無束」；然而稍後他在大自然裡所遭遇到的，是較為近似舊約聖經裡的上帝。威廉斯諷刺的幽默精彩之處就在於此；相較於一味假設與上帝合而爲一的溫和寬厚，如果安德魯知道多一點——儘管是透過聖經裡的詩行——來自上天的洪水、災禍，及難以阻擋的憤怒，他可能會過得好一點。

安德魯手持一封介紹信去找屠夫渡口鎮的一個「搞皮革」的商人傑・迪・麥唐納。麥唐納多年前已認識安德魯的父親，在波士頓參與過教會活動。安德魯手中的信讓他想起往事，他抱怨地說，「聽好，年輕人，我去你父親的教會是因爲我覺得我可能會遇到一些給我更好工作的人，而且爲了相同的理由參加你父親舉行的小型聚會。大半時間我甚至不知他們在說什麼。」

這是小說開始時的一個小場景，發生在安德魯遇見米勒並答應資助狩獵團之前，然而這場景同時強調了安德魯不滿於形式化的宗教活動，及人們參與此類活動的動機，也預視了安德魯身處荒野——神的另一個居所——卻對荒野完全不理解。

安德魯和賀治在等待米勒從愛爾華斯回來的日子裡，安德魯像小孩子一般反鎖在旅館房間裡，坐在窗前，殷切期盼著未來，那個可以讓他自我實現的未來。安德魯有可能成爲愛默生的傳人，他要出發去體會深刻偉大的、精神層面的東西，但是貫穿整本小說的隱喻，建構出了一個更基本的論述，那就是安德魯必須從某種嬰兒期，或童年，或者更精確地說，是從嬰兒的思維走出來。「他腦海中是片片斷斷米勒所描述的荒野景象，而這些片段的景象閃爍、旋轉，並輕柔地組合成無預設的、陌生的圖案，就像萬花筒裡的彩繪玻璃碎片，隨著旋轉時任意吸收不相干或偶然的光源而自我擴張。」約翰．威廉斯可能在暗示這種思維是童玩世界所構成。而稍後當米勒準備好所有物資回到屠夫渡口鎮，然後出發，出發後不久，威廉斯這樣寫道：

時間的流逝呈現在其他同行者的臉上，以及在他自我審視時察覺到的變化。他一天天地覺得他臉部的皮膚在天氣的影響下變硬，臉部的鬍渣因皮膚變粗糙反而顯得柔軟，他的手背被陽光曝曬而從紅色變褐色，到最後變得黝黑。他覺得自己的體型變瘦、變結實；有時候他覺得自己走進了一具新的軀體，或者是走進了一具真正的軀體，只不過它以前一直隱藏在一層層不真實的柔軟、白晰與滑順之下。

甩掉了嬰兒肥後，一個男人從柔軟、白晰與滑順裡冒出。但是這個意象在小說稍後的情節裡用另一種方式呈現。那是當他們被冰天雪地所困，埋在厚厚的積雪裡好幾個月的時候。爲了求生，他們要把牛皮縫起來成爲禦寒的皮囊，同時也是爲自己製造了第二層皮。到了春天，彷彿經過了漫長的妊娠期，他們從皮囊裡爬出來；我們可以說，這意義是多麼地耐人尋味！

小說的正中央是撲殺水牛的開始，延續了四十頁。米勒相對容易地獵殺了一群五千隻的水牛，與四人歷盡艱辛到達與世隔絕的科羅拉多山谷，成了奇怪而幾乎令人費解的對比。當讀者越往下看，必定希望那些龐然大物的死亡更具深意，或者更具難度。然而，當經驗豐富的獵人米勒責備自己因爲想太多而沒讓水牛一槍斃命時，便凸顯出這場大屠殺的盲目無情——這種盲目無情幾乎沒必要被強調：一時的分神——我們只能說他是因爲猶豫，不能說是出於良知——似乎打斷了他的專注力而使他無法瞄準。當剩下爲數不多的牛群停止了出於本能的亂轉及吼叫，像「一線黑色小溪流」被領頭的小水牛帶離山谷後，米勒機械式地爲來福槍裝子彈、發射的動作也被終止。安德魯在旁邊裝子彈、冷卻過熱的槍枝、清理槍管、裝子彈，以及把槍枝回傳給米勒，成爲了整體殺戮機器裡不可或缺的螺絲釘。當安德魯被這個機器所支配，而且毫無條件地參與其中，我們不會訝異他口中會說出：「他看著自己，不知道自己是誰，或身處何方。」水牛逃進山谷深處之後，他們點算水牛屍體，安德魯卻在算到超過三十隻後，就無法找到數字算下去，這又讓讀者再次回到前面提到的嬰兒期問題：他是從嬰兒期走出來，抑或是退回去，二者產生了矛盾；是一個新的威廉．安德魯被形塑出來，還是他在嚴重地退化？在這個血染的山谷裡，他已經沒有數字，在小說結尾，他甚至對他的同伴缺乏語言：「四人彼此對看，眼神緩緩移動著在搜尋著彼此的臉。他們沒有動，也沒有說話。我們心中有話要對彼此說，安德魯隱約想到，但是我們不知道那是什麼；我們心中有些話必須要說。」

處理「西部」議題的當代美國作家爲數不少，他們皆認爲那是一個重要，而且是典型的美國文類，但是他們用滑稽的（hilariously）、諧仿的手法（parodically）來處理，例如理查．布羅提根（Richard Brautigan）

一九七四年的《霍克賴恩的怪物：一本歌德式西部小說》（The Hawkline Monster: A Gothic Western）、珀斯瓦・艾佛瑞（Percival Everett）一九九四年的《上帝之國》（God's Country）——都帶來不錯的西部經驗——，或者是羅伯・庫佛（Robert Coover）的《廢墟之城》（Ghost Town）裡層出不窮的滑稽可笑情節。但是約翰・威廉斯嚴肅地處理西部小說，而更重要的是，他認眞對待西部小說這個小說類型誕生的深層原因。即使是冒牌的、最老套的西部小說，都能滿足成千上萬的美國讀者，其背後是一種衝動、一種欲望、一種渴求，值得思考與發掘。

無論用任何方式所處理的「西部」，都能彰顯美國精神的某些內涵，這當然是老生常談的話，但是我們至今仍是津津樂道。「西部」是典型的美國題材，直接指向愛國主義這個核心價值，就像小布希在總統辦公室針對伊拉克的好戰份子說，「放馬過來啊！」這也是負責趕牛的牛仔、在德克薩斯出發移民西岸的篷車隊、藏身岩石縫隙間的神槍手，以及被瞄準的凶猛印地安人口中發出的喊聲——期待著敵人的出現、期待著挑戰，以重申及確認我們的民族性格。

我認爲值得一提的是，威廉斯寫作《屠夫渡口》的同時，美國正全力支持越南總統吳廷琰，小說出版的時候也正是第一支美軍踏上越南的國土。此時，威廉斯還未能預知數以百萬計的寮國和柬埔寨國民很快便會死去——沾滿鮮血的是美國人的手，卻沒有任何正當的理由。

《屠夫渡口》描寫一位年輕人出發「找尋自我」，也描寫一個年輕國家強烈地堅持自我，到了不計成果的地步。在五千頭水牛幾乎全部被撲殺的山谷裡，安德魯彎身在草叢裡乾嘔，這個身影具體化了美國的一個歷史時刻，那個年輕而同心協力的美國。這場美國積極參與其中的紛爭只是一個機會，可以讓美國人再次確認其民族性格裡被認爲是不朽而偉大的面向。但是就像在科羅拉多的山谷裡撲殺牛群、就像越戰，或許也像伊拉克戰爭，我們只得到一個令人噁心的民族性格，也或者是缺乏民族性格。約翰．威廉斯在《屠夫渡口》中毫不退縮地面對人類機械式的瘋狂行爲，暗示人類與大自然的結合——人性（man's nature）——會是一個恐怖的景象。

一九八四年洛杉磯奧運結束後，我到了加州大學爾灣校區繼續我的研究所學業。奧克力．霍爾（Oakley Hall）在他的辦公桌旁躬身趨前告訴我，「你是約翰・威廉斯的學生！他寫過史上最好的西部小說。」奧克力・霍爾本身是《瓦勒克》（Warlock）這本十分重要的西部小說的作者，此作品曾競逐一九五八年普立茲小說獎。一年後，戈馬克・麥卡錫（Cormac McCarthy）的《血色子午線》（Blood Meridian: Or the Evening Redness in the West）出版問世，與《屠夫渡口》和《瓦勒克》成爲西部小說不朽的經典。

——米雪兒・拉多蕾（Michelle Latiolais）

……舉凡擁有生命的萬物皆洋溢著滿足；躺在草坪上的牛群彷彿陶醉在深遠靜謐的思緒。在十月澄淨的天氣下較容易找到這種安寧的日子，我們稱之為小陽春。那延綿的山丘和溫暖廣袤的原野還在迎著日光，彰顯著無盡的日照。倘能活得過這陽光普照的一天，大概可算得上壽命長久了。看似孤獨的角落其實並不寂寞。就在森林的入口處，驚豔的世人必須要拋下城市裡大大小小、爾虞我詐的算計。從踏入這個轄區的剎那，他便卸下背上的繁文縟節。這裡的聖潔讓宗教相形見絀，現實使勇士的名聲不再。在這裡，大自然讓一切變得渺小，像神一般審判來者。

——《論自然》，愛默生

是的，詩人把生病的靈魂送到綠野，就以為好像把跛腳馬的馬蹄鐵拔掉後送到草地，馬蹄就會自我復原。詩人有點像江湖郎中，以為療癒受傷的心靈就像醫治傷風感冒一樣，大自然就是一劑良藥。看看是誰把我的篷車駕駛員凍死在大草原上？是誰把彼得野小孩*變成白癡？

——《騙子》，梅爾維爾

* 彼得野小孩（Peter the Wild Boy）是一名大約於一七一三年出生在現今德國北部的小孩，父母身份不詳，從小開始就與世隔絕，生活在森林裡而不懂人類社會的行爲與語言。一七二五年該名小孩被喬治一世及其狩獵隊在赫茲渥特森林裡發現，並於次年由媳婦卡羅琳王妃（其夫婿爲喬治一世的兒子，受封威爾斯親王）下令送到英國。卡羅琳王妃十分關心彼得的教養，特別安排阿布諾醫師（Dr. Arbuthnot）負責相關事務，但任何教導他說話、閱讀、書寫等努力都沒有結果。阿布諾醫師放棄後，彼得被託付給提赤本太太（Mrs. Titchbourn）照顧起居，費用由王室負責。自此之後到一七五一年失蹤前，彼得不斷地被轉送到不同人家照顧。一七五一年夏天，彼得不知去向，同年十月，聖安德魯教區發生火災，波及一處監獄。當犯人逃離監獄時，人們發現其中一個頭髮蓬亂、體型壯碩，酷似猩猩的人，後來被證實爲彼得。被寄養家庭領回後，彼得的脖子上被套上皮圈，註明了姓名及住址。他在一七八五年去世，據說死前能聽得懂一般的對話，但缺乏說話能力，只能說出幾個字、哼幾首歌而已。

Part

I

Chapter

I

從愛爾華斯到屠夫渡口鎮的交通工具，是一部改裝成客貨兩用的小型四輪篷車。四匹騾子拉著篷車從較爲平坦的草原斜斜往下走，進入屠夫渡口鎮。崎嶇的路被無數曾經走過的大型篷車碾出深深的車轍，使路的中央彷似田埂般隆起。這部車輪較小的篷車顛簸在土埂和車轍之間，放在騾子與篷車之間帆布覆蓋著的貨物左右搖晃，篷車側面捲起的帆布敲打著一根根山胡桃木桿。這些木桿被固定在篷車側板上的鐵製榫眼裡，撐起車頂結構。篷車的唯一乘客坐在後方，用身體抵著側板，一手完全張開平壓著有皮革包裹的長凳，一手緊抓著一根山胡桃木桿。車伕與乘客被堆積到車頂一般高的貨物隔開，在騾子嘶哼的鼻息聲和篷車的嘰嘎聲中大喊：

「屠夫渡口鎮到了。」

乘客點頭，肩膀以上探出篷車外面。他朝著騾子滲著汗水的臀部和快速甩動的耳朵往前看去，瞥見幾間簡陋的房子、一堆帳篷，及後方比房子和帳篷稍高的樹叢。他的第一印象只有顏色——暗褐色渲染著灰，襯托被潑濺的墨綠。顛簸的篷車使他不得不再次筆直坐著，凝視前方堆積如山且搖晃著的貨物，眼睛閃著光芒。他二十出頭，身材略小，皮膚白皙，但在連日陽光曝曬後已開始泛紅。他先前摘下了帽子擦掉額頭上的汗水，還沒戴上，維吉尼亞菸葉般褐色的頭髮修剪得整齊，現在濕濕的、一圈一圈的躺在額頭及耳際，顏色有點不均勻。他穿了一件幾乎全新的耐穿棉質褲子，厚厚布料上的摺痕仍隱約可見。他稍早前也已脫下了棕色短上衣、背心和領帶，儘管篷車緩慢前進帶來了微風，他白色亞麻布襯衫上還是多處被汗水濕透，無力地黏在身上。兩天沒刮的鬍渣閃亮著汗水，他偶爾用已經髒了的手帕擦拭臉部，彷彿鬍渣讓皮膚感到不適。

他們越靠近小鎮，路越趨於平坦，篷車也加速往前進，車身雖然仍左右輕微搖晃，年輕人把著山胡桃木桿的手已可以鬆開，身體舒適地往前傾。四匹騾子噠噠的蹄聲節奏穩定而低沉，一團塵土像黃煙圍著篷車裊裊升起，又在車後形成滾滾波濤。除了騾子身上挽具的格格聲、沉重的呼吸聲、噠噠的蹄聲，以及篷車移動時發出不規則的嘎吱聲之外，只聽到遠處不時傳來有人的呼喊聲及馬嘶聲。路旁平坦的草原上有幾處光禿禿的沙地，隨處可見已棄置的篝火，上面還有交叉疊放的焦黑木柴。篷車經過之處，幾隻腳部被拴起來的馬匹吃著短草，一聽到車聲便猛然抬頭，耳朵向前豎起。空中響起一聲怒罵；有人在笑；有一匹馬噴著鼻息嘶鳴，挽具因急促搖動發出金屬的噹噹響；溫熱的空氣中瀰漫著淡淡的糞肥味。

屠夫渡口鎮幾乎可以一眼看完。六棟簡樸的樓房被一條狹窄的泥路分成兩半，兩邊的建築物旁散落著帳篷。篷車先經過左邊一個簡單搭起的軍用帳篷，兩邊捲了起來，帳篷的正面垂掛著一面平板，上面以紅色字體簡陋地寫著「祖龍理髮店」。對街是一棟無窗矮房子，差不多呈方形，用一片帆布門簾做門，房子正面的牆上橫寫著比較用心書寫的黑體字：「布萊德里雜貨店」。篷車停在雜貨店旁一棟兩層高的長方形房子前。房子內傳來陣陣低沉而持續不斷的人聲，以及有規律的玻璃杯碰撞聲。向外延伸的屋頂讓房子的正面裹在陰影裡，但入口處上方的陰影裡看得見一塊招牌，上面有滾黑邊的紅色精美字體寫著「傑克遜酒館」。酒館門外一張長板凳上坐著幾個懶洋洋的男人，定睛看著停了下來的篷車。年輕的乘客開始收拾身旁那些在稍早天氣太熱時褪去的衣服。他戴上帽子，穿起外套，把背心和領帶塞到腳下的旅行袋。他把旅行袋從車身側板放到街上，自己也提腿跨過側板，踩著懸在半空的鐵製踏板，再轉身讓自己踏到地上。皮靴落到地面時，激起一團塵土，落在黑色的新皮靴上，使褲管與皮靴的顏色看來幾乎一樣。他提起旅行袋，走進突出屋頂下的陰涼處，身後傳來車伕的咒罵聲，以及他把橫桿從篷車卸下時金屬的碰撞聲和挽具上金屬鍊的噹噹聲。車伕無助地呼怨：

「來幫幫忙處理一下貨物吧。」

剛從篷車下來的年輕人站在粗糙不平的木板人行道上，看著車伕努力想把糾纏在一起的韁繩與挽具上的繩索解開。坐在長板凳上的男人中有兩個站了起來，與年輕人擦身而過，慢吞吞地往街上走去；他們打量著綑綁並固定貨物的繩子，開始慢條斯理地把繩結拉開。車伕最後猛力一甩，把糾纏著的韁繩抽離；他把騾子牽往街的對角處的馬房寄養，那是一間矮小的棚子，棚頂用劈成兩半的原木砌成，四面用原木柱子支撐起來。

車伕把牲口帶開後，街上出現另一種寧靜。兩個男人有條不紊地把固定貨物的繩子鬆開；從酒館內傳來的聲音彷彿穿過層層的塵土和熱浪而變得低低沉沉的。年輕人小心翼翼走在零散的廢木板條上，正前方是一間給臨時工居住的簡陋屋子，是按原來地勢而建的半穴屋，部分嵌在土裡，屋頂極爲陡峭，邊緣部分有鉸鍊連接一塊板子，左右被兩根木幹撐得筆直，放下來可以把屋子寬闊的正面遮蓋起來；小屋內的幾張長板凳和幾個架子上，疏疏落落放著幾個馬鞍，五六雙靴子；靠近出口長滿了短草的牆上突出了一顆木釘，上面掛著長條狀仍未加工的皮革。小屋的左邊是一棟兩層高的建築物，剛剛刷白過，且鑲了紅邊；建築物的寬度與傑克遜酒館幾乎一樣，但稍微高一點。建築物的正中央是一道寬敞的大門，上方是一個精巧地鑲了框的招牌，上面寫著「屠夫旅館」。他朝著旅館慢慢走去，眼裡看著被自己的步伐揚起，卻又迅速消散的陣陣塵土。

他走進旅館，在離大門不遠處就停了下來，讓眼睛先適應室內的昏暗環境。他的右前方看似是櫃臺的所在，櫃臺後方站著一個穿著白襯衫的男子，一動也不動。房子內到處放了一些鑲了皮墊的椅子，約五六張。房裡的光線是從他視線內的三面牆壁上平均分佈的方形窗子照進來；窗框上掛著透明的布料鼓鼓地凹向室內，彷彿是室內的昏暗及相對清涼的環境形成眞空狀態把它們吸了進來。他越過空蕩蕩的木地板走向那位接待員。

「我想要一個房間。」他的聲音在靜寂中空洞地迴盪著。

接待員把攤開的房客登記本往他面前推，遞給他一支鵝毛鋼筆。他慢慢地寫著，威廉．安德魯。淡藍色的墨水書寫在灰色的頁面上。

「兩塊錢，」接待員說，把登記本拉回面前，瞅著上面的名字。「要送熱水到二樓的話要多收兩毛五。」他忽然間抬頭看著安德魯，「會住很久嗎？」

「不一定，」安德魯說。「你認識一個叫傑．迪．麥唐納的人嗎？」

「麥唐納？」接待員緩緩點頭。「搞皮革那個嗎？認識呀。大家都認識麥唐納。你的朋友嗎？」

「不算是，」安德魯說。「我哪裡可以找到他？」

接待員點點頭，「他在鹽井附近有間辦公室，從這裡走十分鐘就到了。」

「我明天去找他，」安德魯說，「我幾分鐘前才從愛爾華斯到這裡，很累了。」

接待員把帳本合起來，在他繫在腰帶上的金屬環選了一把鑰匙，遞了給安德魯，「你要自己提行李，」他說，「有需要的話，我會隨時把水送上去。」

「一個小時後吧，」安德魯說。

「十五號房，」接待員說，「就在樓梯口。」

安德魯點了頭。樓梯沒有扶手，陡峭地沿著遠端的牆壁爬升到房子中間一個長方形的開口。安德魯站在窄長的走廊的一端，房間分在兩邊。他找到自己的房間，便推門進去。房間的空間只能放下一張窄小的木框睡床、一張沒有精工打磨的桌子及桌上的桌燈和白鐵臉盆、一個鏡子，以及一張長得像放在樓下接待處的直背椅。木框床沒有床板，只由麻繩交織成網狀，上面放了薄薄一片沒有鋪上床單的床墊。房間只有一面窗戶，面對街上；窗戶上裝了一個可拆卸的木質窗框，上面掛著一片薄紗般的布料。他發現自從他來到這個小鎮後，就沒有看過玻璃窗。他把旅行袋放在空蕩蕩的床墊上。

他從旅行袋裡取出隨身物品後，便把袋子推到床底下，自己躺直在凹凸不平的床墊上。床墊因他的體重而下沉，發出沙沙聲，背部感覺到支撐床墊的麻繩繃得緊緊地。他的下背部、臀部和大腿感到抽痛；他從來沒想到這趟旅程如此累人。

如今旅程已經結束；隨著他的肌肉放鬆，腦海中回想著他的旅途。幾乎兩星期以來，他讓篷車或火車載他橫越他的國家，從波士頓到奧爾巴尼、從奧爾巴尼到紐約、從紐約——城市的名字在他的記憶中亂成一團，與他走的路線連貫不起來。巴爾的摩、費城、辛辛那提、聖路易。他想起篷車上堅硬的座椅引起無止盡的不適，以及在昏暗車站裡的長板凳上枯等。旅途上一切的不適現在從骨子裡滲出來，當身體知道旅程結束時，不適的知覺就全都恢復了。

他知道他明天會感到全身疼痛。他微笑著，閉上了雙眼，關起面前窗戶透過薄紗射進來的亮光。他睡著了。

不久，接待員提了浴盆和一桶冒著蒸汽的熱水上來。安德魯醒過來，舀了一些熱水到白鐵臉盆裡。他在臉上抹了肥皀，開始刮鬍子；接待員再回來時提了兩桶冷水，倒到浴盆裡。接待員離去後，安德魯慢慢脫去衣服，抖下上面的沙土，然後細心地把衣服放在直背椅上。他跨進浴盆裡坐了下來，雙膝縮到下巴附近。他慢慢往身上擦肥皀，溫水和寧靜的黃昏使他昏昏欲睡，在浴盆裡打起瞌睡，直到頭部碰到膝蓋，他才坐直身子並離開浴盆。他站在空蕩蕩的地板上，環視房內四周，身上滴著水。因爲找不到浴巾，便在直背椅上拿了襯衫把身體擦乾。

房間已慢慢暗下來。外頭越來越昏暗使窗前的薄紗只透出一圈蒼白的光暈，一陣清涼的微風讓薄紗晃動，並鼓了起來，活像某種生命在規律地顫動，一漲一縮的。街上傳來的人聲漸漸嘈雜，靴子踩在步道上笨重的腳步聲越來越密集。一個女人的嗓子隨著她的笑聲揚起，然後又嘎然而止。

熱水澡使他放鬆，也使他背部緊繃的肌肉所產生的疼痛得以舒緩。他仍赤裸著身體，把棉麻質地的毯子摺成枕頭狀；他躺在粗糙的床墊上，皮膚感到刺刺癢癢的，不過，在房間全黑之前他已經睡著了。

夜裡，他在半夢半醒間好幾次被一些他無法辨識的聲音喚醒。在這些醒來的時刻，他環視四周，在完全黑暗中他看不到牆壁，也看不到房間的盡頭；他覺得自己瞎了，懸在不知名的地方，動也不動。他感到笑聲、人聲、低沉的搥擊聲和摩擦聲、馬勒上的鈴聲和挽具上鍊條的金屬聲，全都來自他的腦子裡，旋轉著，像風在空的空間裡吹著。有一次他覺得他聽到一個女人的聲音，然後是笑聲，很接近的，就在走廊上，在某一個房間裡。他保持清醒了一陣子，仔細地傾聽；但是又聽不見了。

Chapter

II

安德魯在旅館吃早餐。在一樓後方是一間窄窄的房間，裡面只有一張長桌，周圍放了幾張直背椅，似乎直背椅就是這旅館的主要家具。三個男人坐在長桌的一端，聳肩弓身地聊著；安德魯一個人坐在另一端。昨天給他提水到樓上的接待員來到餐廳，問安德魯需不需要吃早餐；安德魯點頭，接待員轉身走到長桌盡頭三人後方的小廚房裡。他走路時腳有點拐，不過要從他後面才看得出來。他回來時雙手捧著一個托盤，上面有一大盤豆子和玉米糝，一杯熱咖啡。他把食物放在安德魯面前，又走到桌子中央拿一小碟鹽巴。

「早上這個時間哪裡可以找到麥唐納？」安德魯問接待員。

「辦公室呀，」接待員說，「他大部分時間都在那裡，不分日夜。沿著路朝小河方向直走，到一片棉白楊之前左轉。在鹽井旁邊那間小棚屋就是。」

「鹽井？」

「處理牛皮用的，」接待員說，「一定找得到。」

安德魯點點頭。接待員轉身離開餐廳。安德魯慢慢地吃著。豆子微溫，加了鹽巴也沒滋沒味，玉米糝糊糊的，沒有熱透。但咖啡則又熱又苦，燙麻了他的舌頭，使他抿合嘴唇把一排整齊的皓齒包起來。他在嘴巴能忍受的溫度範圍下迅速地把咖啡喝光。

他吃完早餐出門到街上時，太陽已經高高地爬升到鎮上幾棟建物的頂端，陽光直射街心，那強烈程度幾乎讓人無處遁逃。比起前一天下午他剛到達鎮上時，到處的人是多了一些；有幾個穿著深色西裝和圓頂禮帽的男士混雜在大多數穿著較爲隨便的人之間：褪色牛仔褲、沾滿污垢的工作褲、絨面呢褲。他們走在人行道上或街上，各自有事在身，但沒有特別地急忙；他在衣著單調的男士身影間，偶爾會瞥見某女士裙子上或襯衫上繽紛的色彩：紅色、薰衣草般的淡紫色、純白色。安德魯把寬邊軟帽的帽沿拉下擋著陽光，沿著街道走向鎮外那片棉白楊。

他路過皮革店、馬房、兩側敞開的鐵匠舖。鐵匠舖就是小鎮的終點。他走下行人道，踏到大路上。離小鎮約兩百碼就是接待員所說的岔路。那只是兩條篷車輪子來回碾出的帶狀車轍，土壤裸露在外。小徑的盡頭是一間平頂的小棚屋，離岔路口約一百碼，棚屋後面是一組一組的木桿柵欄，從他的位置無法看出其安排的方式。柵欄附近有幾部空的車斗，擺放的方位有點奇怪，車轅斜斜觸及地面土壞，全都沒有面向柵欄。安德魯聞到一股莫名的臭味，越靠近棚屋和柵欄便越發強烈。

棚屋的門是開著的。安德魯頓了一下，捏緊了拳頭敲門。室內沒有隔間，木地板上是一堆橫七豎八的書籍、紙張和帳本，同樣的東西也堆高在牆角，以及塞滿沿著牆壁擺放的木板條箱子。那顯得擁擠的房間中央是一位身穿襯衫的男士，弓著背在書桌前，匆忙地翻動著帳本裡厚厚的頁面，口中輕聲地、單調地咒罵著。

「是麥唐納先生嗎？」安德魯問。

那男子抬起頭，小嘴張著，眉毛在微凸的眼睛上方揚起，眼白與襯衫的白同一個色調。「請進，請進，」他說，猛地用手把前額稀疏的頭髮往上推。他站了起來，後腿把椅子擠開，然後又坐了下來，垂著雙肩。

「進來呀，不要老站在外面。」

安德魯走進房子，但只站在門口。麥唐納揮手示意安德魯身後的牆角。

「搬個椅子吧，年輕人，請坐。」

安德魯在一堆紙張後提來一張椅子，放在麥唐納的桌子前。

「你想要什麼——我有什麼可以幫你的呢？」麥唐納問。

「我是威廉．安德魯。我想你不記得我了。」

「安德魯？」麥唐納皺眉看著年輕人，稍有敵意。「安德魯……」他緊閉著雙唇，嘴角往下與法令紋連在一起。「他媽的，不要浪費時間了；如果我記得你，我就會在你一進來時說些話了。怎樣——」

「我有一封信，」安德魯說著，手探到胸部前的口袋，「是我父親寫的。班傑民．安德魯，你在波士頓認識他的。」

麥唐納接下安德魯遞到他面前的信。「安德魯？波士頓？」他的聲音帶著疑問，神情渙散。他拆信的時候雙眼仍注視著安德魯，「喔，很好，你爲什麼不說你是——對，那個牧師。」他專注地讀著信，且在眼前左右移動著，好像這樣會讀快一點。讀完信後，把它摺好，鬆手讓它飄落在桌面上的一堆紙張裡。他用手指咚咚地敲打著桌面，「我的天！波士頓。一定是十二，或者十四年前，在戰前，我常在你家客廳喝茶。」他驚訝地搖著頭，「我一定有看過你一兩次，我都不記得了。」

「我父親常提到你，」安德魯說。

「提到我？」麥唐納再次張大嘴巴，緩緩地搖著頭，兩隻眼珠似乎在眼眶裡轉動。「爲什麼？我只看過他大概五、六次。」他的雙眼看著安德魯後方空白處，神情木然，「我沒什麼值得他提起的，我那時候是日用品公司的職員，公司的名字也已經忘了。」

「我覺得家父很欣賞你，麥唐納先生，」安德魯回答。

「欣賞我？」他笑了一聲，以懷疑的目光瞪著他。「聽好，年輕人，我去你父親的教會是因爲我覺得我可能會遇到一些給我更好工作的人，而且爲了相同的理由參加你父親舉行的小型聚會。大半時間我甚至不知他們在說什麼，」他憤恨地說，「我會對任何人說的任何事點頭，可不是他們說的有多好。」

「我想他欣賞你是因爲你是他認識的人之中唯一離開那裡——到了西部，爲自己安排一種新的生活。」

麥唐納搖著頭。「波士頓，」他低聲說，「我的天！」

他凝視安德魯後方片刻，然後提起肩膀，吸了一口氣，「安德魯老先生怎麼知道我在這裡？」

「有一個貝茲杜菲的員工路過波士頓，他說你在他們堪薩斯市分公司工作。我到堪薩斯市，他們說你已經離職，來到這裡。」

麥唐納咧嘴一笑，嘴唇繃得緊緊，「我現在有自己的公司。我四五年前離開了貝茲杜菲。」他的臉沉了下來，伸手碰觸那本安德魯進來時才闔上的帳冊。「現在自己當老闆……哼。」他再次提起肩膀，「信裡說我無論如何要幫你忙。好吧，你怎麼會來到這裡？」

安德魯從椅子站了起來，無目的地在房中踱步，看著一堆堆的紙張。

麥唐納咧齒而笑，壓低了聲音，「出事了？是不是在老家出了點事？」

「不是，」安德魯迅速回應，「沒這回事。」

「很多男生都這樣子的，」麥唐納說，「那是他們到這裡的原因，甚至牧師的兒子也一樣。」

「我父親是一神論派的信徒傳道師。」安德魯說。

「都一樣，」麥唐納不耐地揮了揮手。「那麼你是要一份工作？幹，你就在我這裡工作，我的事情多得做不完啊。你看看這些。」他指著一疊一疊的紙張，手指在發抖。「我已經落後兩個月進度了，越來越趕不上了。這裡找不到人靜下心來，專心——」

「麥唐納先生，」安德魯說，「你的工作我一點都不懂。」

「什麼？你不什麼？哼，是牛皮啊，小朋友。水牛皮啊。我買牛皮，賣牛皮。我發打獵團，他們把牛皮帶回來。我把牛皮賣到聖路易。我也負責加工和鞣革，就在這裡。去年處理過十萬片牛皮，今年？可要比去年多兩三倍。好機會啊，小朋友。你覺得你能處理一點文書工作嗎？」

「先生——」

「就是文書工作把我拖垮的。」他用手指攏著垂在耳際幾縷又細又黑的頭髮。

「我十分感激，先生，」安德魯說，「但是我不確定——」

「幹！這只是開始，你看。」他如爪一般的手握住安德魯的上臂，把他推向門口。「看那邊。」兩人走到日光下，安德魯瞇起眼睛皺著眉。麥唐納指向小鎮的方向，另一手仍抓著他的上臂。「一年前我來的時候，那裡只有三個帳篷和一個半穴屋——一間酒館、一個妓女戶、一間乾貨店，和一間鐵匠舖。看看現在。」他把臉湊到安德魯眼前，低聲沙啞地說，口氣滿是菸葉的酸臭味，「你記下來——但這小鎮兩三年後會不得了的。我已經圈了五六塊地了，下一次我去堪薩斯市，也要圈更多塊地。都是完全開放的！」他把安德魯的手臂當棍子一樣地搖著，把越來越刺耳的聲音壓低，「聽我說，小朋友，是鐵路，不要到處張揚；但是當鐵路穿過這裡，這裡將會變成一個市鎮。你跟我合作；我會帶你走正確的路。任何人都可以在這裡圈地；只需要在國有土地管理局拿個表格在上面簽個名，然後你就可以守株待兔，就那麼簡單。」

「謝謝你，先生，」安德魯說，「我會考慮一下。」

「考慮一下！」麥唐納驚訝地鬆開手，並後退了一步。他雙手往上一甩，在空中擺動，憤怒地轉了一小圈，「考慮一下？爲什麼，小朋友，這是一個機會啊。聽好，你來這兒之前在波士頓幹什麼的？」

「我在哈佛大學唸三年級。」

「你看嘛！」麥唐納得意洋洋地說，「讀完第四年你又能做什麼？你還是要去替別人打工呀，或者是當老師，像安德魯老先生，或者……你想想看，外面沒有多少人像我們，有眼光的人，能夠計劃明天的人。」他的手向小鎮一揚，「你看過那邊的人嗎？你有跟他們說過話嗎？」

「還沒有，先生，」安德魯說，「我昨天才剛從愛爾華斯來到這裡。」

「獵人，」麥唐納說，他乾涸的雙唇開始口無遮攔，好像嚐到腐壞的食物一般，「都是獵人和些破落戶，這就是國家的未來，如果不是有像我們這種人。他們只會靠山吃山，不知道如何利用土地。」

「鎮上大部分都是獵人嗎？」

「獵人、破落戶、幾個東部來的無業遊民。小朋友，這個鎮是做皮革買賣的。它會改變，等到鐵路開通之後。」

「我想我會找幾個人來談談，」安德魯說。

「找誰呀？」麥唐納大吼，「獵人？噢，我的天！不要告訴我你就像那些來過這裡的年輕菜鳥。在哈佛大學三年吶，你這樣糟蹋。我早該知道，在你剛進來的時候我就該知道。」

「我只是想跟他們談談而已，」安德魯說。

「是的，」麥唐納憤怒地說，「而你會知道的第一件事，是你會想跟著去。」他的語氣變得懇切，「聽好，小朋友，聽我說，你跟著那些人出去，那會毀了你。喔，我看過。像水牛虱子釘在身上一樣。你會自暴自棄。那些人……」他舉起像爪子的雙手，彷彿要抓到一個適當的詞。

「麥唐納先生，」安德魯平靜地說，「我感激你的好意，但是有些事情我想向你解釋，我來這裡……」他停了下來，目光越過麥唐納，離開後方的小鎮，凝視著一線隆起的土堆，擬想外面就是河堤，向西延至更遠方黃綠色的平地直到隱沒於地平線後。他企圖具體化他想要對麥唐納所說的。那是一種感覺；是一種要說出來的強烈慾望。不過，他知道他所說的，只是他用另一個名字來複述他所追尋的野性。這是一種自由及良善，一種希望及活力，這些都是他意識到要來組成他生命上所有熟悉事物的特質，而這些事物本來都不自由、不良善、不存希望、不具活力。他要追尋的是這世界的源頭及其保護者，而這個世界似乎是從它的源頭落荒而逃，而不是在追尋它的源頭，這種追尋就像他身旁大草原上的小草，把纖維豐富的根部伸入肥沃而神秘的濕氣裡，直達那野性，且在那裡年復一年地自我更新。忽然間，在渺無人煙的、神秘的、寬廣而平坦的大草原上，他腦海中出現了波士頓街道的景象，馬車往來如織，人們在彷彿是從行人道和車行道上長出來，且在排列整齊的榆樹下懶洋洋地費勁走著；他腦海中出現高樓大廈的景象，一間一間擠在一起，其裝飾華麗的琢石被濃煙和城市的髒污燻黑；他腦海中出現查爾斯河在農地、村落和市鎮間蜿蜒著，把人類和城市的廢棄物帶入波士頓港。

他忽然發現雙手已捏成拳頭，指尖滑進了濕潤的掌心。他鬆開拳頭，在褲管上擦拭手掌。

「我來到這裡是要看看荒野地，越多越好，」他平靜地說，「我想了解它，這是我必須要做的。」

「年輕人，」麥唐納柔聲細語地說，一行行的汗水穿過額頭上閃亮的汗珠，流到他緊蹙的眉頭。「他們自己也不知道自己在幹嘛，」他專注的眼神使得雙眉更往下壓，「老天呀，如果你現在開始……如果你懂得從現在開始，到了四十歲，你就……」他聳聳肩，「唉，不要在這曬太陽了。」

他們再回到昏暗的棚屋裡，安德魯發現自己呼吸變得沉重，襯衫已經被汗水濕透，黏在皮膚上，隨著身體的動作而滑動，使他感到很不自在。他把外套脫掉，坐到麥唐納辦公桌前的椅子上，感到一股莫名的虛弱與倦怠從胸口延伸到肩膀，直到指尖。屋子裡陷入一段長時間的寧靜中。麥唐納的手撫著帳冊，一隻手指在頁面上方漫無目的地遊走著，最後他長嘆一聲說：

「好吧，去跟他們談談，但我警告你：這裡大部分的人都是幫我做事的，沒有我的幫忙你很難自己組一個團，別想找我的人做搭檔，別碰我的人，我不會理你的，我也不會因此感到內疚。」

「我還不確定要不要去獵水牛，」安德魯冷淡地說，「我只想跟有獵水牛經驗的人談談。」

「垃圾，」麥唐納嘴裡咕噥著，「你從麻薩諸塞的波士頓來到這裡，只是要跟垃圾鬼混。」

「我該跟誰談呢，麥唐納先生？」安德魯問。

「什麼？」

「我該跟誰談呢？」安德魯重複一遍，「我必須要跟懂這一行的人來談，但你要我不要碰你的人。」

麥唐納搖了搖頭，「你就是不要聽，是嗎？你已經打定主意了。」

「不是的，先生，」安德魯說，「我沒有什麼主意，我只想多瞭解一點這個地方。」

「好吧，」麥唐納疲憊地說，關上了帳冊並甩到紙堆裡。「你去跟米勒談吧，他是個獵手，但他不像其他人那麼壞。他大半輩子都在荒野裡，但至少他不像其他沒規沒矩的，或者是難纏的北方佬那麼壞。他或許會跟你談，或許不會，你自己看著辦。」

「米勒？」安德魯問。

「米勒，」麥唐納說，「他住在河邊的半穴屋，不過你在傑克遜酒館更有可能找到他。那是他們常逗留的地方，不管白天晚上。隨便問問，大家都認識他。」

「謝謝你，麥唐納先生，」安德魯說，「謝謝你幫忙。」

「不用謝我，」麥唐納說，「我沒做什麼，只給你一個名字而已。」

安德魯站了起來，他的倦怠感已經傳到腿部。那是氣溫，他想，和陌生感。他杵立了一會，稍微凝聚一下力氣。

「有一件事，」麥唐納說，「只拜託你一件事。」在安德魯的眼中他彷彿已退入陰暗處。

「沒問題，麥唐納先生，什麼事？」

「你出發之前要讓我知道，如果你決定要去，到這裡來告訴我一聲就好。」

「沒問題，」安德魯說，「我會常常與你碰面，我希望。我只是想在做任何決定前有多一點點時間。」

「當然，」麥唐納冷冷地說，「慢慢來，你有足夠時間。」

「再見，麥唐納先生。」

麥唐納憤怒地揮了揮手，便猛然低頭，注視著桌上的紙堆。安德魯緩緩地走出棚屋到院子裡，沿著被篷車碾出來的車轍往大路走去。到了大路，他停下腳步。在路的對面左邊幾碼處就是那一片棉白楊。在那片樹林之外與大路相交的一定是條河。他看不到水，但看見一叢叢矮灌木和雜草長在隆起的河堤，曲折蜿蜒到遠處。他轉頭走回小鎮。

回到旅館已經接近中午了。在棚屋時產生的倦怠感仍未退去。他在旅館餐廳吃了一點點老得嚼不動的煎肉和水煮豆，喝了一杯熱而苦的咖啡。

旅館接待員一拐一拐地進進出出，問他有沒有找到麥唐納；他說他有找到；接待員點點頭就沒說話了。不久安德魯離開了餐廳，回到樓上房間，躺在床上。他看著向房內微微鼓起的薄紗窗簾，直到他睡著。

Chapter

III

他醒來時房間一片漆黑，街上閃爍的亮光映入薄紗窗簾。在嘮叨牢騷的低語聲中，他聽到遠處傳來幾聲吼叫，以及馬的鼻息聲，和馬蹄的噠噠聲。霎時之間，他想不起自己身在何處。

他猛然翻身坐在床緣。床墊在他身體的碾壓下沙沙作響。他放鬆身體，用手指從額頭到頸背梳攏著頭髮。他頭往後拉伸，感受著兩肩胛骨之間不斷加強的疼痛。在黑暗中只有窗戶照進來的微光勾勒出附近小桌子的輪廓，他走到房間另一端的小桌前，找到桌上的火柴，點亮了臉盆旁邊的煤油燈，使他鏡中的臉呈現黃色燈光與暗影的強烈對比。他用微溫的水沖洗臉部後，用前一天穿過的同一件襯衫擦乾手和臉。在閃爍的燈光中他結上蝶型領帶，穿上那件已經散發出汗臭味的褐色短上衣。他定睛看著鏡中的自己，彷彿在看一個陌生人。然後他把煤油燈吹熄，離開房間。

屠夫渡口鎮上幾間建築物從大門和窗子射出黃光，使街道被長長的暗影覆蓋著。旅館對面的乾貨店亮著一點孤寂的燈光，在裡面活動的人被自己的影子放大了而顯得笨重。更強的燈光，以及笑聲和沉重的腳步聲來自乾貨店旁的酒館。

離酒館外八到十呎之遠的粗木拴馬橫幹上拴了幾匹馬；牠們一動也不動，但眼睛及側腹上平滑的軟毛反射出游移的燈光。大街上離半穴屋不遠處是寄養馬匹的馬房，入口處兩邊的木柱上掛著煤油燈。馬房再過去就是發出暗紅亮光的鐵匠舖，可清楚聽見鎚子敲打鐵器的沉重金屬聲，及燒紅的生鐵沒入水中時發出的猛烈嘶嘶聲。安德魯斜斜地漫步，越過大街向酒館走去。

酒館呈窄長形，長邊與街道成九十度角，寬度不足四個男人肩並肩站立。沒有粉刷而且已被煤油燻黑的屋樑上垂著六盞煤油燈，所發出的亮光垂直照著下方，使酒館內任何東西的表面都反射出黃光，而這些東西的下方都被沒入模糊的陰影裡。安德魯往前走在大大小小厚木板鋪設的地面上。右方的吧檯長度幾乎與酒館的長度相同，桌面是由兩大片粗切厚木板並排而成，木板下方是靠一劈爲二的木柱堆疊在一起做支撐。他深呼吸了一口，吸進肺部的是燃燒的煤油、汗水和酒精混雜在一起的強烈味道；他咳了一聲。吧檯的高度只到他的腰部，酒保身材矮小、禿頭、留著兩撇大鬍子、皮膚泛黃。他看著安德魯，沒有開口說話。

「啤酒，」安德魯說。

酒保身後是幾個放在大木箱上的木桶。他從吧檯下方取出一個啤酒杯，轉身面向其中的一個木桶，轉動龍頭，讓啤酒沿著啤酒杯的邊緣滑下，擊起白色的泡沫。他把啤酒放在安德魯的面前，他說：

「兩毛五。」

安德魯嚐了一口，覺得啤酒的溫度比室內溫度還要高，味道平淡。他把一個硬幣放在桌上。

「我找一位米勒先生，」他說，「有人告訴我可以在這裡找到他。」

「米勒？」酒保冷淡地轉頭往酒吧末端看去，在黑暗中有兩張小桌，有六個人圍坐著靜靜地喝酒，「似乎不在這裡，你是他的朋友嗎？」

「我從未見過他，」安德魯說，「我想跟他見面談談……生意，麥唐納先生說我可能在這裡找到他。」

酒保點頭，「你可能可以在那間大房間裡找到他，」他的眼神示意安德魯身後的地方。安德魯轉身便看到一個顯然是通往另一個房間的門。「他身材魁梧，臉刮得乾乾淨淨，可能和查里·賀治一起——個子矮矮，頭髮灰白的。」

安德魯謝過酒保，把啤酒喝完，進入身後的門裡。他進入的房間頗爲寬敞，也比外面更昏暗，被煤油燻黑的屋樑上一個個下垂的鉤子上掛著不少煤油燈，但是只有幾個被點亮，使房間內形成一圈圈的光暈，光圈外是不規則的陰暗空間。桌子外型粗獷，沿著房間邊緣排列，形成房中央一個橢圓形空間，房間後方一道陡峭的樓梯引往二樓。安德魯往前走，在昏暗中睜大了眼睛。

一張桌子坐了五個人，正在玩牌，沒有人抬頭看安德魯一眼，彼此也沒有交談，寧靜中只聽到翻紙牌及籌碼的喀噠聲。另一張桌子坐了兩個女生，頭碰頭地在低語，她們的鄰桌坐了一男一女，還有幾桌人分佈在陰暗的空間裡。眼前景象有一種平靜而緩慢的流暢感，讓安德魯覺得奇怪，也十分吸引他，使他有一陣子忘了他來這裡的原因。透過昏暗的燈光與煙塵，他看見房間最遠端的桌子坐了兩男一女，彼此有點距離。體型較大的男人直看著安德魯，安德魯穿越房間向他們走去。

他站在他們的桌前時，三人抬頭看向他。有一陣子四人不動也無言；安德魯的注意力集中在面前體型壯碩的男人，但也意識到女生頗爲蒼白而豐滿的臉，以及一頭金髮彷彿從她袒露圓潤的肩膀上傾瀉而出，以至身材較小的男士臉上的長鼻和灰白鬍渣臉。

「米勒先生嗎？」安德魯問。

體型壯碩的男人點頭，「我是米勒，」他說。他的眼珠黝黑，與眼白成強烈對比，眉毛與眼睛距離本來就相當近，加上眉頭緊鎖，使寬闊的鼻樑出現皺紋。他的皮膚微微泛黃，平滑得像經過鞣製的皮革，寬闊的嘴從兩邊嘴角到鼻翼是深深的法令紋。他的頭髮側分，濃密而黑，厚厚地蓋住了半個耳朵。他再說一次，「我是米勒。」

「我是威廉・安德魯。我……我家裡與麥唐納先生是老朋友。他說你可能願意跟我談談。」

「麥唐納？」米勒冷漠地眨了眨眼，他厚厚的眼皮上幾乎沒有睫毛。「請坐，年輕人。」

安德魯坐在米勒與女人之間的空椅子上，「我希望沒有打斷你們。」

「麥唐納想怎樣？」米勒問。

「對不起，你說什麼？」

「麥唐納派你來這裡，是嗎？他想怎樣？」

「喔，不是的，先生，」安德魯說，「你誤會了，我只想和比較了解這裡的人談談。麥唐納先生人很好，告訴了我你的名字。」

米勒定睛看著安德魯一陣子，然後點頭，「麥唐納兩年來一直想找我幫他組一個團，我想他又來了。」

「不是的，先生，」安德魯說。

「你替麥唐納工作？」

「沒有，先生，」安德魯說，「他要給我工作，但是我拒絕了。」

「爲什麼？」米勒問。

安德魯猶豫了一下說，「我不想被困在這裡，我不是爲了找工作來這裡的。」

米勒點頭，壯碩的身體在椅子上挪動了一下，這時安德魯才發現米勒旁邊的男子一直是僵坐著。「這位是查里·賀治，」米勒稍微轉頭面向坐在安德魯對面有著灰白鬍渣臉的男人。

「很高興看到你，賀治先生，」安德魯說著，同時伸手越過桌面。賀治歪著嘴對安德魯咧齒而笑，五官輪廓清晰的臉下垂至他狹窄的雙肩之間。他緩緩地舉起右臂，忽然間把前臂越過桌面往前推。前臂在手腕以下空蕩蕩的，只有被疤痕整齊地包裹起來的殘端。安德魯不由自主地把手縮回，賀治大笑，笑聲是從他瘦削的胸口擠出來的幾乎無聲的喘息聲。

「不要介意，年輕人，」米勒說，「他老是這樣子，他認爲這是好玩。」

「六二年冬天搞掉的，」查里．賀治說，仍是因爲大笑而喘著氣。「結了冰，會整隻掉下來，如果……」他忽然顫抖個不停，彷彿再次感覺到那股寒冷。

「你可以請他喝一杯威士忌，安德魯先生，」米勒用幾乎溫和的語氣說，「那是他認爲另一個好玩的主意。」

「沒問題，」安德魯說，身體已經離開了椅子，「我去……」

「沒關係，」米勒說，「法蘭辛會張羅。」他向金髮女人點頭，「這是法蘭辛。」

安德魯仍是半站著，「妳好，」他說著，行了個欠身禮。女人還以微笑，蒼白的雙唇微微張開，露出潔白卻有點不整齊的牙齒。

「好的，」法蘭辛說，「還要點什麼嗎？」她說話緩慢，帶有點德國口音。

米勒搖搖頭。

「我要一杯啤酒，」安德魯說，「妳要喝點什麼嗎？」

「不要了，」法蘭辛說，「我沒在工作。」

她站起來離開了桌子；安德魯雙眼追隨著她的身影好一會。她的體重不輕，但她姿態優雅地穿過房間。她身穿連身裙，是由藍白寬條相間的閃亮布料製成的，連身裙的上身十分緊繃，把她的贅肉全往上推。安德魯一臉狐疑地轉向米勒，然後坐了下來。

「她……在這裡工作？」安德魯問。

「法蘭辛？」米勒看著安德魯，臉上毫無表情。「法蘭辛是個妓女。鎮上約莫有九個十個，六個在這裡做，幾個印地安人在河邊的半穴屋那裡做。」

「淫婦，」查里．賀治說，他的身體仍在顫抖，「帶罪的女人。」他不再笑了。

「查里很虔誠，」米勒說，「他對聖經很有心得。」

「一個……妓女，」安德魯說，吞了一口口水，帶著微笑，「不過，她看來不像……一個……」

米勒的嘴角微微上揚，「你剛才說你從哪裡來？年輕人。」

「波士頓，」他說，「波士頓，麻薩諸塞。」

「他們在波士頓有妓女嗎？」

安德魯臉部感到一陣溫熱。「應該有吧，」他說，「應該有吧，」他重復一次，「是的。」

米勒點頭。「他們在波士頓也有妓女，但是一個在波士頓的妓女，和一個在屠夫渡口鎮的妓女，那是兩回事。」

「我了解，」安德魯說。

「我不認爲你了解，」米勒說。「但是你會的。在屠夫渡口鎮，妓女是經濟不可或缺的一部分。男人除了花錢在酒精和食物外，他還需要某些東西。在他離開，進入荒野之後，要有些東西把他帶回來。在屠夫渡口鎮，妓女可以精挑細選她的客人，還可以賺到大把鈔票；這使她幾乎令人肅然起敬。有些甚至結了婚；

我還聽說，對那些需要妻子的人，她們是相當稱職的。」

安德魯沒有說話。

米勒往後靠到椅背。「而且，現在是淡季，法蘭辛沒在接客。妓女沒接客的時候，我覺得她們看來跟其他人沒兩樣。」

「罪惡、腐敗，」查里．賀治說。「她身上有污點。」他用正常的手緊抓著桌子的邊緣，使手指關節上褐色的皮膚變得慘白。

法蘭辛捧著飲料回來。她彎身越過安德魯的肩膀把威士忌放在查里．賀治面前，安德魯意識到她的體溫，以及她的體味。他移轉了身體。她把啤酒放在他的面前，微笑著。她的眼睛大而淡藍，紅褐色的睫毛柔軟得像鳥的絨羽，更使眼睛看來睜得大大、眨巴眨巴的。安德魯從口袋中掏出幾枚硬幣，放入她的手中。

「要我先離開嗎？」法蘭辛問米勒。

「坐下來吧，」米勒說，「安德魯先生只想聊一聊。」

威士忌的出現讓查里．賀治平靜下來，他拿起杯子便大口喝著，頭部往後仰，喉結在他佈滿鬍渣的頸部像小動物般竄動。一口氣喝乾之後他便蜷伏在他的椅子裡，透過冷峻的灰色雙眼看著他們。

「你想聊什麼，安德魯先生，」米勒問。

安德魯尷尬地看了法蘭辛和查里．賀治一眼，微笑說，「你問得有點直接。」

米勒點頭，「一點也不奇怪。」

安德魯遲疑了片刻，「我想我只是要了解這個地方，我從來沒來過這裡，我想了解越多越好。」

「爲了什麼？」米勒問。

安德魯看著米勒，一臉茫然。

「聽你說話像是受過教育的人，安德魯先生。」

「是的，先生，」他說，「我在哈佛大學讀了三年。」

「嗯，三年，」米勒說，「蠻長的時間了，離開哈佛多久了？」

「沒很久，一離開就到這裡來。」

米勒看了安德魯一陣子，「哈佛大學，」搖了搖頭，「有一年冬天我被大雪困在一間簡陋的棚屋裡，那是一個設陷阱捕獵的人家，我在那裡學會閱讀，我會寫我的名字，你覺得你能在我身上學到什麼？」

安德魯皺起眉頭，並壓抑著聲音裡被激起的惱火，「我根本不認識你，米勒先生，」他聲音帶著些微激動。「就像我說的，我想多了解一點這裡。麥唐納先生說你是適合的人，而且你對這裡的了解，不比這裡任何人少。我是希望你好心能花一個小時跟我聊聊，讓我認識一下……」

米勒再搖了搖頭，並露齒而笑，「你說的簡單呀，年輕人。你一定認爲很簡單，這就是你在哈佛學到的嗎？」

安德魯直視了米勒一會，然後微笑說，「不是的，先生。我想不是的。在哈佛大學裡，我們不說的，我們只是聽。」

「就是了，」米勒說，「這是任何人離開那裡的充足理由。一個人總得要爲自己發聲，至少偶爾這樣。」

「是的，先生，」安德魯說。

「所以你就到這裡來，來到屠夫渡口鎮。」

「是的，先生。」

「當你了解到你想要了解的時候，要做什麼？回去跟你的親戚吹噓？給報紙寫些東西？」

「不是的，先生，」安德魯說。「都不是爲了這些原因。是爲了我自己。」

米勒沉默了好一陣子才開口說，「請你再請查里一杯威士忌；這次我自己點一杯。」

法蘭辛站了起來，向安德魯詢問，「再來一杯啤酒嗎？」

「威士忌，」安德魯說。

法蘭辛走開後，安德魯有一陣子沒說話，也沒有看他面前的兩位男士。

米勒說，「那你沒有跟麥唐納談合作？」

「這不是我想要的。」

米勒點頭，「這個鎮上都是狩獵的，年輕人。如果你停留在這裡，你會沒什麼事好做的，你可以幫麥唐納做點事，賺點錢；或者你自己做點小生意，然後期待鐵路眞的通了；或者跟一團獵手談合作去打水牛。」

「這差不多是麥唐納所說的。」

「而他不建議你去打水牛吧。」

安德魯微笑，「是的，先生。」

「他不喜歡獵手，」米勒說，「獵手也不喜歡他。」

「爲什麼？」

米勒聳聳肩，「他們做事，他拿所有的錢。他們覺得他是騙子，而他以爲他們是傻瓜。你不能怪任何一方，雙方都有道理。」

安德魯說，「但是你本身就是獵手，不是嗎？米勒先生？」

米勒搖頭，「我不像這裡一般的獵手，也沒替麥唐納工作。他爲自己的獵手團提供裝備，每一片未經處理的牛皮付給他們五毛錢——夏季的皮，價錢還比不上小牛皮。他同時有三四十團在外面，有大量的牛皮，但是他拆帳的方式，讓獵手賺得足夠熬過冬天，已算運氣好的了。我要不就一個人去，不然就不去。」米勒頓了下來；法蘭辛捧著四分之一瓶的威士忌，兩個乾淨的杯子和一小杯她要喝的啤酒。查里．賀治迅速伸手取走放在他面前的威士忌，米勒光滑的大手取過酒杯，蓋在杯口上。安德魯快快啜了一口，嘴唇和舌頭感到火辣辣的，喉頭發熱。

火辣的感覺讓他嚐不到酒味。

「我四年前來到這裡，」米勒繼續說，「同一年麥唐納也來了。天啊！你早該來看看。春天時你從這裡看過去，好幾哩遠，遍地是黑壓壓的水牛，像草一樣密密麻麻。那時候我們只有幾個人，一組獵手幾星期內獵得一千、一千五百張牛皮算不了什麼。還是春季的牛皮呢，品質很好。現在已經獵光了，逐草而生的水牛集結數量也變少，一個獵手運氣好出發一次可以獵到兩三百張牛皮。再過一兩年，堪薩斯就獵不到水牛了。」

安德魯再啜了一口威士忌，「到時你要做什麼？」

米勒聳聳肩，「回到老本行，裝陷阱誘捕動物，或者去挖礦，又或者改獵其他動物。」他對著酒杯皺眉，「或者還是獵水牛，還有些地方可以找到的，如果你知道往哪裡走。」

「在這附近嗎？」安德魯問。

「不是，」米勒說，穿著黑色外套的壯碩身軀在椅子上焦躁不安地移動，把未喝過的酒推到桌子中央。「六三年的秋天，我在科羅拉多裝陷阱抓河狸。正是那一年查里斷了手掌，留在丹佛，沒跟我在一起。那年河狸的毛皮長得很遲，我便把誘捕器擱在我工作的河邊附近，騎著騾子往山裡去；我是希望能抓到幾隻熊，我有聽說那年熊的皮草品質很好。我沿著山邊爬了快三天，我猜，連一隻熊都沒看到。第四天，我努力往更高處，往北方走，來到一處懸崖，絕壁之下是一個小峽谷。我以爲那裡應該有小支流可讓牲畜喝水，所以便往下走去，花了我老半天。下面根本沒有河，是十到十二呎寬平坦無植被的、像石頭鋪成的平地，看似像在山裡鑿開的一條路。我一看到這個景象，便知道那是什麼，但我不相信眼前所看到的。那是水牛；牠們重重地踩踏腳下的泥土，年復一年地往返。那天我沿著峽谷往山裡走，差不多天黑時出了峽谷進入一個平坦得像湖面的山谷。遠遠望去，山谷沿著山的走勢蜿蜒著，滿佈一小群一小群的水牛，一望無際。那是秋季的皮草，卻又比平原上以牧草爲生的冬季的水牛皮更厚更好。從我站立的地方看去，我估算有三、四千隻，視線被山勢隔絕的山谷裡還有更多。」他拿起桌面中央的威士忌大口地喝下，吞嚥的時候微微打了一個哆嗦。「我覺得從來沒有人去過那個山谷。可能很久以前有印地安人，但沒有其他人。我在附近待了兩天，一點人跡也沒有，也沒有人從山谷裡出來。在我誘捕河狸的河附近的山徑隨著山勢轉向，而且被樹木遮蔽，人沿著河而上，永遠找不到那裡。」

安德魯清了清喉嚨。再說話時，自覺聲音有點陌生而空洞，「你有再回去過嗎？」

米勒搖搖頭，「沒再去過，我知道那裡不會改變，沒有人能找到那個地方，除非他知道在哪裡，或者除非是意外地發現那個地方，像我一樣，但是這不太可能發生。」

「十年了，」安德魯說，「爲什麼你從不回去？」

米勒聳聳肩，「事情就是沒有喬好。有一年查里發燒下不了床，另一年我又答應做別的事，另一年我的本錢不夠，最重要的是，我一直湊不起一個合適的團隊。」

「你需要怎麼樣的團隊？」安德魯問。

米勒沒有看安德魯，「一個要去我說的那個地方獵水牛的團隊，再沒有像這樣的地方了，而且我絕不希望其他獵手同行。」

安德魯內心隱隱揚起一股興奮的心情，「像這樣的團隊要有幾個人？」

「要看誰來組團，」米勒說，「大部分的團有五、六，或七個人，我的話，這個團我會讓它很小，一個獵手就夠了，因爲這會讓他有足夠的時間獵水牛，他能夠在獵捕時一直把水牛困在山谷裡。一、兩個人負責剝皮，一個人負責營地。四個人就應該把事情辦好，人越少，獲利越大。」

安德魯沉默不語。他眼睛的餘光看見法蘭辛的身體前傾，手肘支在桌面上。查里．賀治猛地深吸了一口氣，輕輕咳了一聲。過了好一陣子，安德魯說：

「今年這麼晚還能組一團嗎？」

米勒點頭，看著安德魯身後的空間，「可以的，我想。」

又是一陣沉默。安德魯說，「需要多少錢？」

米勒低頭與安德魯的雙眼相交，面露微笑，「年輕人，你是說說而已，或者是你對什麼感到興趣？」

「我感到有興趣，」安德魯說，「需要多少錢？」

「是這樣子，」米勒說，「我還沒有認眞想過今年要出去。」他用肥厚而蒼白的手指連續敲著桌面，「但我覺得我現在可以開始考慮。」

查里．賀治又咳了起來，再往面前的半杯威士忌加了一吋高。

「我的本錢不多，」米勒說，「要加入的人可能要投入差不多全部資金。」

「要多少？」安德魯問。

「儘管是提供資金，」米勒繼續說，「他必須要明白那還是我的團，他必須要明白。」

「是的，」安德魯說，「需要多少錢？」

「年輕人，你手上有多少？」米勒禮貌地問。

「一千四百左右，」安德魯說。

「你當然想一起去吧。」

安德魯遲疑了一下，然後點頭。

「我的意思是一起工作，幫忙剝牛皮。」

安德魯再點頭。

「這還是我的團，你明白的，」米勒說。

安德魯說，「我明白。」

「好吧，可以安排得來的，」米勒說，「如果你想要提供資金準備牲口及物資。」

「我們需要什麼？」安德魯問。

「我們需要一架車斗及一群牲口，」米勒緩慢地說。

「牲口通常是騾子，但騾子需要穀物當糧食。牛的話往返路上可以靠土地養活，而且能夠拉重物。但是牠們動作慢，我們十分趕。你有馬嗎？」

「沒有，」安德魯說。

「我們要給你弄一匹馬，剝牛皮的人也需要一匹，不管他是誰。你會開槍嗎？」

「你是說……手槍嗎？」

米勒勉強擠出一個微笑，「正常的人不會用這小玩意的，」他說，「除非他想被幹掉。我是說來福槍。」

「沒有，」安德魯說。

「我們要給你弄一把來福槍。我需要炸藥和鉛……一噸鉛和五百磅炸藥吧。用不完可以退款。在山裡我們可以靠山吃山，但來回的路上需要食物。幾袋麵粉，十磅咖啡，二十磅糖，幾磅鹽，幾塊醃肋肉，二十磅豆子。我們還需要幾個燒水壺和幾個鍋具，準備一些穀類飼料給馬匹。我想五六百元就可以輕鬆解決。」

「那是差不多我手上的錢的一半，」安德魯說。

米勒聳聳肩，「是一筆大錢，但你有機會賺回更多。有一部好的車斗，我們應該可以載回差不多一千片牛皮，可以賣兩萬五。如果收穫大，我們可以留一些牛皮過冬，春天時回去拿。我們六四分帳，我比一般拿多一點，因爲這是我的團，我還要付給查里，你要付給另外一位剝牛皮的。我們回來後，你應該可以用原價賣掉你付費的牲口和車斗，你的老本就扯平了。」

「我不會去，」查里．賀治說，「那是魔鬼的地方。」

米勒溫和地說，「查里在落磯山裡搞掉他的手，從此他不喜歡荒野地方。」

「地獄的冰與火，」查里．賀治說，「不是人去的地方。」

「告訴安德魯先生你的手怎麼斷的，查里，」米勒說。

查里．賀治在他的灰白鬍渣臉上露齒而笑。他把手部截斷的殘端放在桌面上，邊說邊一步步推向安德魯，「有一年冬天米勒和我在科羅拉多打獵，也裝陷阱，在入山前我們來到一個小陡坡上，忽然風雪大作。米勒和我失散了，而我在石頭上滑了一跤，撞到頭部，便昏過去，也不知在那裡躺了多久。醒來時，風雪還是吹著，我還聽到米勒的叫聲。」

「我找了他差不多四個小時，」米勒說。

「我滑倒的時候一定是連手套都甩掉了，」查里．賀治繼續說，「因爲我的手是露在外面，凍僵了。但它不覺得冷，只感到有點刺痛。我大喊米勒的名字，他就過來了。他在大石堆裡找到遮蔽的地方，那裡還有一些乾木頭，我們就生起火來。我看看那隻手，藍色的，眞的是亮晶晶的藍色，我從未見過。後來手暖起來，便開始痛了，我說不出那是冰冷的痛還是火燒的痛，然後變成紅色，像一塊迷人的布料。我們在那裡待了兩三天，暴風雪還沒停。後來手又變回藍色，深得接近黑色。」

「要發臭了，」米勒說，「所以我知道要砍下來。」

查里．賀治笑起來，笑聲短促而沙啞，「他一直告訴我要砍下來，但是我不聽。我們辯了半天，最後讓我累得半死，如果我不是累癱了他不可能說服我的，最後我就平靜下來，叫他砍了。」

「我的天，」安德魯說，聲音輕得像耳語。

「這沒你想像的那麼糟，」他說，「那時候我已經痛得幾乎感覺不到刀子。到骨頭的時候，我就昏過去了，情況沒那麼糟。」

「查里是不小心的，」米勒說，「他不應該在那塊石頭上滑倒的，那次之後你就十分小心了，查里，是不是？」

他笑起來，「那次之後我就額外小心了。」

「你現在知道爲什麼查里不喜歡科羅拉多的荒野，」米勒說。

「天哪，我了解！」安德魯說。

「不過他會跟我們一起去，」米勒繼續說，「雖然只有一隻手，他管理營地的能力比大多數的人要好。」

「不要，」查里．賀治說，「我不會去，這次不要。」

「沒事的，」米勒說，「這個季節，山上都很暖，十一月前都不會下雪。」他看著安德魯，「他會去的，我們只需要一個剝牛皮的，我們要一個高手，因爲他要教你怎麼做。」

「好的，」安德魯說，「我們什麼時候出發？」

「我們應該差不多在九月中入山；到時那裡會很涼爽，牛皮也差不多該長好了。我們應該在兩個禮拜內出發，花幾個禮拜到那裡，一個禮拜到十天殺牛，再花幾個禮拜回來。」

安德魯點頭，「牲口和物資呢？」

「我會到愛爾華斯準備，」米勒說，「我知道那裡有人有一部好的車斗，也買得到牛；我也會在那裡購買物資，那裡比較便宜。我應該四五天就回來。」

「你會安排一切，」安德魯說。

「是的，全部交給我，我會給你弄一隻好馬，和一把狐鼠步槍。我還要找一個剝皮工人。」

「你現在就要錢了嗎？」安德魯問。

米勒嘴角收緊，露出了微笑，「你不需要花點時間做決定嗎，安德魯先生？」

「不用，先生，」安德魯說。

「法蘭辛，」米勒說，「我們爲這個決定再喝一杯，給我們來些威士忌……妳也要來一點。」

法蘭辛看了米勒一會，然後看安德魯；她站起來離開桌子時，眼睛仍停留在安德魯身上。

「我們爲這個決定喝一杯，」米勒說，「然後你把錢給我，事情就結束了。」

安德魯點頭。他看著查里·賀治及他的身後遠處。悶熱的室溫和威士忌的效力使他昏昏欲睡；他腦海中是片片斷斷米勒所描述的荒野景象，而這些片段的景象閃爍、旋轉，並輕柔地組合成無預設的、陌生的圖案，就像萬花筒裡的彩繪玻璃碎片，隨著旋轉時任意吸收不相干或偶然的光源而自我擴張。

法蘭辛捧著一瓶威士忌回來，放在桌子中間；沒有人說話。米勒舉起酒杯，煤油燈照出紅琥珀色的柔光。其他人安靜地舉杯啜飲，直到酒喝光了才放下。安德魯因喉頭發熱而眼睛充滿淚花；淚光中他看見法蘭辛的臉在他面前蒼白地發著微光。她的雙眼看著他，微微地笑著。他眨了一下眼睛，往米勒看去。

「你的錢在身上嗎？」米勒問。

安德魯點頭，解開襯衫下方的釦子，從圍在腰間的錢帶中取出一捆鈔票。他把六百元一一攤在破損的桌面，把剩下的放回錢帶裡。

「就是這麼一回事，」米勒說，「我明天就去愛爾華斯準備一切必需品，一個禮拜內就回來。」他用拇指肚在那疊鈔票邊緣刮了刮，從中抽出一張來，遞給查里·賀治，「來，我不在的時候你夠用了。」

「什麼？」查里·賀治的聲音茫茫然，「我不是和你一起去嗎？」

「我會很忙，」米勒說，「這夠你花一個禮拜。」

查里·賀治緩緩點頭，從米勒的手上快速抽走了鈔票，揉成一團，猛力塞進襯衫的口袋裡。

安德魯的身體把椅子推開，站了起來；他雙腿感到僵硬，無法移動，「我想我該要回去休息了，如果沒什麼需要再談的話。」

米勒搖頭，「沒什麼不能等的，我明天一大早就出發，回來後才能見面，但查里隨時都在。」

「晚安，」安德魯說。查里．賀治悶哼了一聲，鬱鬱不樂地看著安德魯。

「晚安，小姐，」安德魯對法蘭辛說，肩膀微微下彎笨拙地做了個欠身禮。

「晚安，安德魯先生，」法蘭辛說，「祝你好運。」

安德魯轉身離開，穿越偌大的房間。其他客人幾乎都離開了，粗木地板和餐桌上一圈圈的燈光顯得更明亮，而一圈圈燈光外的陰影則比稍早前更深沉、更濃密。他穿過酒吧離開酒館踏上街道。

鐵匠舖的暗紅亮光已經滅了，寄養馬匹的馬房入口處的木柱上掛著的煤油燈也已經快要熄滅，只剩裝煤油的玻璃容器裡還亮著幾圈黃光；被拴在酒館外橫幹上的幾匹馬已沒在動了，頭低低地快垂到兩腿之間。安德魯的皮靴在寬闊的人行道上發出響聲，迴盪在空氣中。他穿越大街回到旅館裡。

Chapter

IV

在米勒離開屠夫渡口鎮前往愛爾華斯後的前幾天，安德魯大部分時間待在旅館房間裡；他躺在窄床上單薄的床墊凝望著空蕩蕩的四壁、粗木地板和低矮平坦的天花板。他想起父親在查爾斯河畔燈塔山克拉倫登街上的房子。雖然他不到一個月前繼承了叔父部分遺產後才離開了那裡，他覺得那個他出生長大的房子已經十分久遠；他只能憶起房子周圍的榆樹以及房子本身最模糊的印象。他較爲清楚記得的是家裡昏暗的大客廳，和他每到夏日的午後常躺臥的殷紅天鵝絨沙發；他仍清楚記得臉頰輕觸那豐厚的絨面，記得他的目光追隨著沙發的胡桃木框上勾纏盤繞的花卉雕刻圖案直到雙眼感到一陣惶惑。他努力翻尋記憶，彷彿那對他極爲重要。沙發旁邊是一盞立燈，乳白色的底座繪上了一圈玫瑰；更遠處的牆壁上是一系列裝裱精美的水彩畫，是一位他素未謀面的姑姑到歐洲壯遊時畫下的。但這些印象並未久留，虛無飄渺、不可捉摸得像一陣被吹散的薄霧；安德魯回過神來，回到屠夫渡口鎮上一間建築粗糙的旅館裡的一間簡陋空蕩蕩的房間。

從他的房間可以看見幾乎整個小鎮；他知道可以把薄紗窗簾從窗框取下後，便每天花好幾個小時坐在窗前，雙臂交叉在窗臺上，下巴貼著手臂，凝視窗外的小鎮。他的視線游移在小鎮及其周邊的荒野之間。小鎮艱困的生活底下似乎有一股慵懶而紊亂的節奏在搏動，他目光常常從小鎮抽離，轉往西面的小河及更遠的地方。在大清早清新的晨光中，線條清晰的地平線上是無雲的藍天。他看著這條邊界清楚得幾乎把天地二分的地平線，想起孩提時候站在麻薩諸塞灣岩石嶙峋的岸邊，向東極目遠視灰白的大西洋，直至他的目光闢出浩瀚無垠的空間，讓他的心靈感到窒息與暈眩。現在較爲年長的他，在另一個天邊看著另一個浩瀚無垠，但他的心中卻充滿著童年時有過的驚奇。他眼前所見彷彿在暗示某種他早已失去的經驗，他想起早年的拓荒者出發蠻荒地帶，去那廣闊的鹽鹼地，他記得聽過一些迷信的說法，告訴他們會來到一個萬丈懸崖，衝出去，然後無止盡地從世界摔進空間與黑暗。這些傳說不曾讓他們退卻，他知道；但他感到疑惑的是，在他們寂寞的航行中有多少次墜入深淵，而這些經驗又在夢中重複多少次？他望著地平線，看見在日間氣溫高漲時清晰的線條微微晃動，到傍晚時分起風時線條已變得模糊，融入天際，他看見西邊是一片模糊的荒野地，其廣度及其極限無法言喻。夜色降臨大地，西邊的亮光緩慢地陷入如煤炭般的迷濛，他暫留的小鎮似乎隨著黑暗的膨脹而縮小；有時候，當雙眼已失去注目的地方，他便產生下墜的感覺，就像航行者在夢中所經歷的最深沉的恐懼。但是他旅館外的街上會亮起一點閃爍的燈光，或者燃起一根火柴，或者一扇開著的門讓煤油燈光反射在路人的皮靴上；而他會再次自覺他坐在旅館裡的窗前，身上肌肉因缺乏活動及過度綳緊而酸痛。然後他會讓自己倒臥在床上，沉睡在另一種更熟悉更安全的黑暗裡。

偶爾他會停止憑窗外望，走到街上去。屠夫渡口鎮有幾棟建築物會擋住他的視線，讓他無法看到當地全貌，所以它不再從不同方向向外延伸——儘管在某些時候他感到自己彷彿遠距離地高懸於鎮上，甚至高於他自己，凝視著下方小型建築物，和建築物旁爬動的小人；而從這個小小中心點，土地無邊際地往外延伸，像從中心點暈開了的污漬，不成形狀。

更常有的情況是，他在街上閒逛，混雜在人叢中，他們彷彿是不規則但有節奏的潮水往屠夫渡口鎮流進流出。他在街上來回走著、進出店舖、停頓後又再快步走，調整他的步調，好讓自己與同行的人叢一致。雖然他混雜在人叢中並無所求，他卻對他們有一種奇怪及難以言喻的印象，這種印象似乎對他極爲重要，儘管並不是他想要得到的。他並沒有意識到這些印象出現在他面前；但是到了晚上，他在黑暗中躺在床上時，這些印象會猛然清晰地回到他的意識中。

他腦海中有一個影像，是一群人在街上沉默地在來自街外的喧嚷聲音中移動，而喧嚷的聲音強化了而不是破壞了街上的寧靜。有幾個人腰帶上大喇喇地繫著槍枝，儘管大部分的人還是赤手空拳。在這個影像裡，人的臉有明顯相似的地方，都是褐色且滿是皺紋，眼睛的色調比皮膚要淺，目光微微上揚，凝視著遠方某個目標。最後，影像中的那些人以一種自然的、無壓力的樣式移動，是一種豐富而複雜得使他無法掌握的樣式，其神秘路線也不是意志力能主導或展示的。

米勒不在的日子，他只向三個人提到他的志向，他們是法蘭辛、查里．賀治和麥唐納。

有一次他在街上看見法蘭辛；那是中午時分，附近只有幾個人；她正從酒館走到旅館正對面的乾貨店，二人在乾貨店前相遇。他們彼此打招呼，法蘭辛問他是否已經習慣鄉下的生活。他回應時注意到她上唇之上明顯的小汗珠，在陽光下活像小水晶。他們聊了一陣子，便被尷尬的沉默打斷；法蘭辛在他面前僵直不動，微笑著，淺藍的大眼睛緩慢地眨巴。最後他含糊地說了聲抱歉便走開了，沿著街往前走，假裝有別的地方要去。

一天清早他再看見她，她正要從傑克遜酒館二樓的梯子下來。她穿了一件素樸的灰色裙子，領子上的鈕釦沒有扣上；陡峭的梯子只是用木板搭成，她小心翼翼地讓每一步都踩在厚木板的正中央。安德魯站在人行道上看著她下來；她沒有戴帽子，從酒館的陰影處走出來，晨光灑落在沒有束緊的金紅色頭髮上，亦替她蒼白的臉龐添上溫暖。儘管她下樓梯時並未注意到他，當她走到平地抬頭看見他時，卻沒有感到訝異。

「早安，」安德魯說。

她點頭微笑，一隻手仍扶著木質粗糙的欄杆；她不發一語。

「妳今天起得早，」他說，「街上一個人都沒有。」

「每當我早起，有時會出來散散步。」

「一個人嗎？」

她點頭，「是呀，早上一個人散散步很好；很涼爽。很快冬天要來了，冷到不能走路，獵手都在鎮上，到時我就不可能一個人了，所以我夏天和秋天的早上能散步就散步。」

「美麗的早晨，」安德魯說。

「是呀，」法蘭辛說，「很涼爽。」

「好吧，」安德魯含糊地說，作勢要離去，「我該好好讓妳散個步。」

法蘭辛微笑，用手把著他的手臂，「沒關係，陪我走一走，我們聊聊。」

她挽著他的手臂，二人在街上來回走著，他們輕聲細語，但聲音在寧靜的早晨顯得清晰。安德魯步履僵硬，不常看身旁同行的女士，卻清楚意識到二人身體接觸部分肌膚的廝磨。雖然他後來常常想起這次散步，卻怎麼也想不起他們說過的話。

他比較常看到查里．賀治。他們的對話通常都是簡單的，而且有點漫不經心。但是有一次在某些不相關的話題中他偶然提到他父親是一神論教會的信徒傳道師。查里．賀治睜大了眼睛，一臉狐疑，下巴幾乎掉了下來，但說話的口氣已帶有幾分敬重。他告訴安德魯自己曾經在堪薩斯城被一名巡迴牧師搭救，並從他手中得到一本聖經。他拿出聖經給安德魯看；那是一本普及本，有點破舊，且缺了好幾頁。有部分頁面的角落沾了淡褐色的污跡；查里解釋說那是血跡，是水牛的血，好幾年前沾上的；他懷疑這算不算是一種褻瀆，儘管是無意中犯下的。安德魯向他保證這不算是。此後查里．賀治便熱衷於聊天，有時候找他出來只爲了要討論某些章節的內容或詮釋上的問題。不過很快的，也幾乎讓安德魯自己感到驚訝的是，他發現他對聖經的理解並不足以跟查里進行討論，實際上，他說不上對聖經有任何深入的閱讀。他父親一直鼓勵他閱讀愛默生先生的著作，而在他的記憶中，父親未曾堅持要他閱讀聖經。他略帶無奈地向查里．賀治解釋；查里．賀治半信半疑地低垂著眼皮看安德魯，到他再跟安德魯說話時，已是用傳福音的口吻，不再平起平坐了。

他在聆聽查里．賀治宗教式的勸誡時，他的心從充滿熱情的話語飛到遠處；他想起幾個月前，他被逼著每天早上八點鐘到哈佛大學的國王禮拜堂，聆聽那些現在在他耳邊響起的話。他把簡陋的酒吧，與嚴肅暗晦的長型國王禮拜堂互相對照起來，感到好笑，前者充滿煤油味、酒精味、汗水味，後者容納了數百位穿著素淨的年輕人，每天集合聆聽在耳際咕噥著的上帝的話語。

安德魯邊聽著查里．賀治，邊想起國王禮拜堂，他猛然體會到某種反諷的力量，使他被排除在哈佛大學、波士頓之外，並擠進這個讓他感到說不出的自在的陌生世界。有時候聽完了禮拜堂及教室裡絮絮叨叨的聲音後，他會逃離康橋的範圍，往西南方的田野及樹林去。在那裡的某些偏僻地方，站在赤裸的大地上，他感到頭腦沉浸在清新的空氣中，被提升到無限的空間裡，揮之不去的卑劣與壓迫消散在他身處的大自然裡。他在愛默生先生演講時聽到的一句話再次浮現心中：我成爲一隻透明的眼*。田野與樹林聚合身上，他變得極爲渺小；他看到所有；無名的力量一波一波地在他身上流轉。他成爲神的一部分，自由、無拘無束，這種感覺是他在國王禮拜堂、在大學教室裡，或是在康橋的街上無法體會的。他總是能夠感受到在樹林、在延綿的景色之外，西面遠方的地平線；在那裡，在某一瞬間，他看到某些景象，美得就如他只屬於他的未經開發的自我。

現在，他悠哉悠哉地在屠夫渡口鎮平坦的草原上漫遊，彷彿在尋找一個比國王禮拜堂或傑克遜酒館更爲合意的教堂。在米勒離開屠夫渡口鎮的第五天，在他回來的前一天，安德魯再一次外出漫遊。他再一次沿著被兩條平行車轍壓成的小路朝小溪方向走，突然間心血來潮，便在岔路口轉入小徑到了麥唐納的小棚屋。

安德魯沒有敲門便進去了。麥唐納坐在桌子後方，桌面十分紊亂，他看見安德魯進來，但是動也不動。

「嗯，」麥唐納清了清喉嚨，聽得出怒氣，「你回來了。」

「是的，先生，」安德魯說，「我答應過要告訴你，如果……」

麥唐納的手不耐煩地揚了揚，「不必告訴我，」他說，「我已經知道了……拿椅子坐吧。」

---

* 透明的眼（transparent eyeball）是愛默生重要觀念之一，出現在他一九三六年〈自然〉（Nature）一文中。愛默生認爲自然大地蘊涵著神性；自然世界是最美麗而完美的，同時亦是神性的反映與縮影，人們可以透過與自然爲伍、接觸自然世界的美麗來接觸超靈、理解神性。人與超靈之間的重要介面，正是所謂「透明的眼」。他認爲人不應該只是「看」或「欣賞」自然，而是要讓眼睛把自然收於眼底，與身體的感官完全地融合——一種與自然的直接關係，互爲一體的境界。

安德魯從牆角搬了一把椅子到桌子旁。

「你知道了？」

麥唐納短笑一聲，「是呀，我知道，鎮裡大家都知道。你給米勒六百塊，要去幹一個大買賣，到科羅拉多，他們說。」

「你還知道我們要到哪裡！」安德魯說。

麥唐納又笑起來，「你不會以爲你是米勒第一個企圖邀請加入這檔事的人吧？他四年來，或者是更久以前，自從我認識他吧，一直想找人。最近我還以爲他停了。」

安德魯沉默了一會，最後他說，「這沒有什麼差別。」

「你會血本無歸呀，年輕人。米勒十一年前看到那些水牛，如果他眞的有看到的話。從那時候開始就有過很多的獵牛隊，牛群已經分散了，牠們不會到牠們到過的地方的，你可能找到一些當時走失了的老牛，就是這樣；你的錢是要不回的了。」

安德魯聳聳肩，「這是一個機會，或許我的錢要不回來。」

「你還可以退出的，」麥唐納說，「看看，」他的身體跨過桌面，食指指著安德魯，「你退出，米勒會生氣，但不會生事；你可以要回四、五百塊。眞是見鬼了，你虧了的錢我會補給你。如果你眞的要去獵牛，我會幫你安排；我會派你跟我的團出去，不會超過三、四天的，而這三、四天你賺到的，會比你和米勒的團賺得更多。」

安德魯搖頭，「我已經做了承諾了，你心地眞好，麥唐納先生，我很感激你。」

「好吧，」麥唐納過了片刻後說，「我不認爲你會退出的，太固執了，第一眼看你就知道了，不過那是你的錢，不關我的事。」

他們沉默了很長一陣子，最後安德魯說，「好的，我是想出發前來看看你。米勒明天或後天會回來，我不知道我們什麼時候會出發。」他從椅子上站起來，把椅子搬回去牆角。

「有一件事，」麥唐納沒有看著安德魯，「你要去的山區很險峻，聽米勒的話去做，他或許是個混蛋，但他很懂荒野地方；聽他的，不要以爲你什麼都懂。」

安德魯點頭，「是的，先生。」他走向麥唐納，直到雙腿壓到他的桌邊，他稍微彎身面向麥唐納不修邊幅的臉，「希望你不要以爲我在這件事情上忘恩負義，我知道你心腸好，也爲我的利益著想，我眞的很感激你。」麥唐納的嘴巴緩緩地張開，最後張得大大的，充滿驚異的一雙圓眼看著安德魯。安德魯轉身離開棚屋，進入陽光裡。

在日光下他遲疑了一下，想著是否要立即回到鎮上。他一時無法決定，讓自己的腳步帶著他茫然地沿著小徑到達岔路口。他又遲疑了一下，向左然後向右看，像羅盤上的指針，慢慢停在要找尋的目標上。他相信——或者是很久以前已經相信——大自然中有一股微妙的磁力，一個人如果無意識地被引導，會到達正確的目的地，卻又不是完全與他所走的路不相關連。但是只有在屠夫渡口鎮的日子以來，他才感覺到大自然赤裸裸地向他展現那股強制的力量，強大得足以否定他的意志、他的習慣、他的思想。他向西轉，背向東面的屠夫渡口鎮，及比屠夫渡口鎮更遠處的市鎮與城市；他走過那片棉白楊，朝向那條他未曾看過的河。但是那條河在他心中已經具體化爲一條廣闊的分界線，處於他與他的天性所追求的野性與自由之間。

形成河堤的土丘十分陡峭，雖然路是緩緩地爬升。安德魯離開小徑踏進草原。短草與他的腳踝高度相約，掃著褲管底端，有些黏在他的小腿上。他站在土丘上往河裡看；那是一條混濁細流，河床是平坦的岩石，小路在岩石上穿越小河，在小路上或是在細流上有較深的水潭，在陽光下平平地反射出茶褐色。他稍稍向左轉，好讓自己不再看到引向屠夫渡口鎮的小路。

他遠望平坦而且平淡無奇的大地，雖然身體杵立不動，卻似乎像液體般流注，與大地融合；他體會到他與米勒共同安排的狩獵只是一個策略，是對自己略施的一個小計，爲了減緩根深蒂固的風俗與習慣。沒有任何目的引領他朝那個方向看、朝那個方向走；他去那裡是出於自由。他自由地踏上西面地平線上似乎綿延至落日的平原，他不相信平原上有任何市鎮和城市有足夠的理由可以妨礙他。他覺得不管他曾經住在哪裡、未來會住哪裡，他是越來越遠離城市，退縮到荒野。他覺得那是他一生中能找到的核心意義，而對他來說他兒童時期、青少年時期所經歷過的，都似乎不知不覺地要引領他到這一個以前消逝了，但現在已經被他緊緊掌握的時刻。他再看看那小河，他想，這一邊是小鎮，那一邊是荒野；雖然我必須要回到小鎮，但是這回去只是我越來越遠離的一個方式。

他轉身，屠夫渡口鎮在他面前顯得細小而不真實。他漫步朝小鎮走去，路上他拖著腳步在沙土上走，看著被腳踢起的團團塵土。

Chapter

V

米勒在離開屠夫渡口鎮後的第六天晚上回來。

安德魯在房間裡聽到街上傳來吼叫聲和沉重的腳步聲。這些聲音之外，是因距離而顯得黯啞的皮鞭抽動聲及車伕低沉的咆哮聲。安德魯站起來大步走到窗前；他上半身越過窗臺，朝小鎮東面入口處看去。

一大團塵土揚起，向前滾，又慢慢地消散，現出一列沉重緩慢地走著的公牛。領頭的兩隻公牛頭部低垂，由於步履向內傾斜，彎曲的長角偶爾互相碰撞，使得兩隻公牛不時搖著頭，噴著鼻息。在領頭的公牛還沒有十分靠近小鎮之前，也即是說牠們才路過祖龍理髮店，站在人行道上的鎮民或在旅館二樓等著的安德魯幾乎看不見在後方的四輪車斗。

那部四輪的車斗長而淺，呈弧狀彎向中央，一眼看去像是一艘走在輪子上的平底船；車斗側邊斑駁的藍色油漆也已開始褪色，緩慢轉動的巨型車輪滿是刮痕，輪輻上還隱約可見紅色油漆。一個體型壯碩穿著格子襯衫的男人直直地坐在車斗靠前方，趕車人的座位上。他右手持著的長鞭，在領頭公牛的耳朵旁劈啪響著，左手用力拉著豎直的煞車拉桿。幾乎被鎖緊的車輪讓車斗的重量增加，使得在長鞭驅趕下往前走的公牛甚為吃力。在牛車旁是一匹黑馬，馬鞍上坐著米勒，一副無精打采的樣子。他身旁牽著另一匹紅褐色的馬，只套上了馬鞍，無人騎乘。

牛車經過旅館和傑克遜酒館。安德魯看著它越過馬房、越過鐵匠舖，然後離開了小鎮，他看著牛車遠離，直到他只看到一團移動的塵土，被夕陽的餘暉照得耀眼，隱沒了前進的牛車。他站在窗前，看著牛車攀過河堤的土丘進入河床裡，塵土不再漫天飛揚，並逐漸地沉下來。他回到床上躺了下來，雙手疊放在腦後，凝望著天花板。

一個小時後他仍是凝望著天花板，凝望著天花板上來自街外閃爍的燈光。查里·賀治敲了敲門，不等安德魯的回應就進來了。他停在房門口，背後走廊微弱的燈光放大了昏暗模糊的身影。

「你為什麼躺著又不亮燈？」他問。

「等你來找我啊，」安德魯說，把雙腿轉到床邊外，並坐直了起來。

「我去點燈，」查里·賀治說。他在黑暗中往前走，「燈在哪裡？」

「在窗邊的桌面上。」

他把火柴往窗子旁邊的牆壁上刮擦一下，閃起黃光。他手持火柴，同時掀起煤油燈的玻璃罩，放在桌上。他點著了燈蕊後，把玻璃罩放回去。燈蕊開始穩定地燃燒，房間亮了起來，來自窗外閃爍的光也減弱。查里・賀治把燒盡的火柴扔到地板上。

「我猜你已知道米勒回到鎮上了。」

安德魯點頭。「牛車路過時我有看到，跟他一起的是誰？」

「弗雷德・史耐達，」查里・賀治說，「他會負責剝牛皮，曾經跟米勒合作過。」

安德魯再點頭，「我想米勒已準備好一切了。」

「都齊全了，」查里・賀治說，「米勒和史耐達在酒館，米勒想要你過去一下，讓我們把所有事情安排好。」

「好，」安德魯說，「我拿外套。」

「外套？」查里・賀治問。「年輕人，如果你現在覺得冷，到了山上你怎麼辦？」

安德魯微笑，「我不冷，我只是習慣了穿外套。」

「一個人久而久之會失去很多習慣的，」查里．賀治說，「來吧，走。」

兩人離開房間走下樓梯，查里．賀治走在前面，安德魯要加快腳步才趕得上。查里．賀治腳步迅速，步履顯得緊張不安，瘦削的肩膀每走一步都會向上聳一下。

米勒和史耐達兩人在傑克遜酒館的長型酒吧等著，他們已點了啤酒，並站在吧檯前。史耐達身上的紅格子襯衫，兩肩附近仍沾著一層塵土，而露在寬邊帽外的褐色直髮上的塵土，已結成白色一層。當查里．賀治和安德魯從旅館下來走向酒館時，兩人轉身迎向他們。

米勒兩片薄唇抿得緊緊，嘴角上揚，露出不自然的微笑，嘴唇上的大鬍子讓臉的下半部隱沒在暗影裡。「小威，」他輕聲說，「你有以爲我不回來嗎？」

安德魯微笑說，「不會，我知道你會回來。」

「小威，這是弗雷德．史耐達；他負責剝牛皮。」

安德魯與史耐達伸手互握。史耐達的手顯得無力而冷淡，像擠泵浦一般，握了一下便快速收回。「你好，」他說。他的臉部圓潤，雖然下半部蓋滿淺褐色鬍渣，但整張臉看來平滑，五官輪廓並不分明。他的眼睛大而藍，厚厚的眼皮下露出困倦的眼神看著安德魯。他中等身材，虎背熊腰，給人的第一印象總是機靈、警覺性高、保持戒備，腰間的黑色手槍皮套內是一支小型手槍。

米勒喝完了玻璃杯裡最後一口啤酒，「我們到大房間去吧，可以坐下來，」並用食指抹掉嘴唇上的些許泡沫。

所有人都點頭。史耐達站在一旁等大家進入後，他才進去，並小心地把身後的門關上。以米勒爲首的四個男人走向房間的後方，選了階梯附近的一張桌子。史耐達的座位背靠著階梯，面對著房間；安德魯坐在史耐達正前方，左邊是查里．賀治，右邊是米勒。

米勒說，「我從河邊回來時，我路過棚屋找麥唐納。他會買我們的牛皮，我們省了再打包運到愛爾華斯。」

「他給多少？」史耐達問。

「頂級的四塊一張，」米勒說，「他在東部有一個頂級牛皮的買家。」

史耐達搖頭，「夏季牛皮什麼價碼？我們未來三個月不會找到頂級牛皮。」

米勒轉向安德魯，「我還沒有跟史耐達做什麼安排，我也還沒有告訴他我們的目的地，我認爲我必須先要等到我們聚在一起才說。」

安德魯點點頭，「很好，」他說。

「我們邊喝邊聊吧，」米勒說，「查里，可以幫我們點一壺啤酒和一瓶威士忌嗎？」

查里．賀治向後推開椅子，迅速地橫越房間到外面去。

「你在愛爾華斯一切順利嗎？」安德魯問。

米勒點頭，「車斗價錢很合理，有幾頭牛還沒有適應好，另外幾頭需要釘蹄鐵，但是領頭的兩隻很好，其他的要出發幾天後才會適應。」

「錢夠用嗎？」

米勒再點頭，神情冷淡，「還有一點點剩，我幫你準備一匹好馬；我一路騎回來。我們只需要再爲查里準備一些威士忌，幾塊醃肋肉，還有……你有沒有粗布衣服？」

「我明天可以買一些，」安德魯說。

「我會告訴你買什麼。」

史耐達眼神困倦地看著二人，「我們要去哪裡？」

查里．賀治穿越房間回來，他身後是法蘭辛，捧著一個大托盤，盤上是一個酒壺，一個酒瓶和一些酒杯。查里．賀治坐回椅子上，法蘭辛把啤酒和威士忌放在桌子中央，把酒杯放到男士們前面。她對安德魯微笑，然後轉向米勒，「有沒有從愛爾華斯把我要的東西帶回來呀？」

「有，」米勒說，「我晚一點給妳，妳先到另一張桌子坐一下，法蘭辛，我們要談正事。」

法蘭辛點頭，走到另一張有一男一女的桌子。安德魯看著她，直到她坐了下來。當他轉頭過來，便看到史耐達的目光仍釘在法蘭辛身上。史耐達緩緩地眨了一下眼睛，轉頭看安德魯，安德魯把目光移開。

除了查里．賀治以外，三人都把杯子倒滿啤酒，他把威士忌酒瓶放在面前，拔開軟木塞，讓淺琥珀色的威士忌汩汩地把杯子幾乎灌滿。

「我們要去哪裡？」史耐達再問。

米勒把杯子湊到唇邊，大口大口地喝，然後他把杯子放在桌上，用粗大的手指轉動著。

「我們要到山裡，」米勒說。

「山裡，」史耐達說。他把杯子放在桌上，彷彿啤酒忽然變得不對味，「到科羅拉多的山上！」

「沒錯，」米勒說，「你那邊很熟。」

「很熟，」史耐達說，好一陣子不停地點著頭，不發一語，「那麼，我想我沒有浪費太多時間，我今晚要好好睡一覺，明天一大早出發回愛爾華斯。」

米勒不說話，提起酒杯把酒喝光，然後深深嘆了一口氣。

「你幹嘛要跨那麼遠到山裡？」史耐達說，「從這裡走三、四十哩就可以找到很多水牛了。」

「夏季的皮，」米勒說，「薄得像紙，硬度只勉強可以。」

史耐達哼了一聲，「你管那麼多幹嘛？價錢很不錯呀。」

「弗雷德，」米勒說，「我們以前合作過，我不會讓你吃虧。在我的私房地點有一大群牛，除了我，沒有人知道在哪裡，一千張牛皮不難，或許更多。你聽過麥唐納吧，頂級的牛皮四塊錢一張，那是四千塊，你那一份就是六百塊，或者更多。那個場面比你在這附近看到的好多了。」

史耐達點頭。「如果你說的地方真的有水牛，那是什麼時候的事？」

「有一些日子了，」米勒說，「但我不擔心這個。」

「我擔心，」史耐達說，「你已經八、九年沒到山裡去，或者更久，這是事實。」

「查里也去，」米勒說，「而這位安德魯先生也去；他甚至提供資金呢。」

「你叫查里做什麼他都會做，」史耐達說，「安德魯我就不知道了。」

「我不會跟你辯，弗雷德，」米勒幫自己斟滿了一杯啤酒，「看來你好像要讓我失望了。」

「你可以找一個不像我這麼清醒的人幫你剝牛皮，」

「你是最好的，」米勒，「而這一趟，我需要最好的。」

「見鬼了，」史耐達說，伸手拿啤酒壺；酒壺已幾乎空了。他提起酒壺呼叫法蘭辛。法蘭辛從她的桌子站起來，取過酒壺，靜靜地走開。史耐達拿走查里・賀治面前那瓶威士忌，倒了兩、三指寬的威士忌到啤酒杯裡。他兩口就喝光了，辛辣的酒精使他的臉部扭曲起來。

「這賭很大，」他說，「我們要去兩個月，可能三個月；而且我們可能空手而回。距離你上次看到那些水牛已經很久了，荒野地方經過八、九年時間會改變的。」

「我們不會超過一個半月，或者兩個月，」米勒說，「我的公牛年輕，而且精力充沛，一天應該可走三十哩，回程或許走二十哩。」

「如果你把牠們逼得夠緊，可能去程十五哩，回程十哩。」

「夏天日長夜短，」米勒說，「從這裡到我們進山區之前都是平原，沿途都有水。」

「見鬼了，」史耐達說，米勒不說話。「好吧，」史耐達說，「我會去，但我不要用拆帳的，我不要冒險，我一個月要六十塊，不多不少，出發當天開始算，到回來的那一天為止。」

「比一般多十五塊，」米勒說。

「你說我是最好的，」史耐達說，「還說給我分帳呢！再說，你要去的是原始荒野。」

米勒看著安德魯；安德魯點頭。

「好，」米勒說。

「剛才斟酒那個女的在哪裡？」史耐達問。

查里·賀治取過史耐達面前的威士忌酒瓶，把自己的酒杯斟滿，小心翼翼地、滿心感激地小口喝著，灰色的小眼在米勒和史耐達之間掃視，然後機靈地、狡猾地向史耐達咧嘴而笑。

「我從頭到尾都知道你會答應的，一開始就知道。」

史耐達點頭，「米勒總是能得到他要的。」

他們沉默下來。法蘭辛提著啤酒壺穿過房間來到他們面前，把酒壺放在桌上，對他們淺淺地微笑，並再問米勒，「快談完正事了嗎？」

「差不多了，」米勒說。「我把妳的包裹放在外面，在吧檯下面。要不要去看看是不是妳要的？或許妳可以等一下再過來跟我們喝一杯。」

法蘭辛說，「好的，」身體已經往外走了，但史耐達一手按著她的手臂。安德魯全身繃緊起來。

「妳說德語嗎？」史耐達用德語問她，且露齒而笑。

「會，」她用英語回答。

「哎呀，」他還是用德語問，「就是嘛，現在在上班嗎？」

「不，」法蘭辛用德語回應。

「來吧，」史耐達仍是露齒而笑，「跟我，好嗎？」

「好了好了，」米勒說，「我們有要事要談，去吧，法蘭辛。」

法蘭辛的手臂從史耐達手中迅速縮回，快步離開房間。

「發生什麼事？」安德魯語氣僵硬地問。

「沒什麼，只問她要不要開工，」史耐達說，「在聖路易那麼久沒看過比她漂亮的妓女。」

安德魯看著他一陣子，憤怒使他的嘴唇震顫，隱藏在桌面下的雙手捏成拳頭。

他轉身向著米勒，「我們什麼時候出發？」

「三、四天內，」米勒說，雙眼從安德魯轉到史耐達身上，感到有點好笑。「車斗需要處理一下，也要幫好幾頭牛釘蹄鐵，沒其他事了。」

史耐達替自己倒了一杯啤酒，「你說沿路有水，我們怎麼走？」

米勒微笑說，「不用擔心，我都想好了，好久以前就想好了。」

「好吧，」史耐達說，「我一個人剝牛皮嗎？」

「安德魯先生會幫你。」

「他以前有做過嗎？」他看著安德魯，又露齒而笑。

「沒有，」安德魯簡短地回答，臉部覺得微溫。

「能跟一個我比較認識的人合作感覺會好一點，」史耐達說，「我沒有冒犯的意思。」

「我認為你會發覺安德魯先生幫助很大，弗雷德，」米勒語氣溫和，但是眼睛沒有看史耐達。

「好吧，」史耐達說，「你是領隊，不過我沒有帶多餘的刀子。」

「我已經準備妥當了，」米勒說，「只需要給小威買幾件工作服；明天就去買。」

「你都想好了，是嗎？」史耐達冷淡地說，淡藍的雙眼又再露出疲態。米勒點頭。

安德魯把最後幾口已變得溫熱的啤酒喝光，「那麼，我想我們今晚沒什麼要談的了。」

「沒有了，」米勒說。

「那我想我要回旅館了，我還有幾封信要寫。」

「好，小威，」米勒說，「不過我們明天必須要買到衣服，明天中午我們在乾貨店碰面好嗎？」

安德魯點頭，向查里．賀治道過晚安，把一張鈔票放在桌上，「各位賞光多喝一杯，我告辭了。」他穿過房間從小門走進煙燻味濃郁的酒吧，快步走到街上。

剛才因聽到史耐達對法蘭辛說的話而激起的怒氣慢慢平復。小河吹來的微風夾著糞肥味和對街鐵匠舖內劣質金屬加熱後散發的刺鼻味。鐵匠舖內爐火的紅光透過大門前懸掛的煤油燈發出的黃光傳來，風箱的呼呼聲中聽見金屬敲打聲。他深深吸著夜裡漸涼的空氣，踏出寬闊的人行道，要越過大街回到他的旅館。

但是他停了下來，一腳踏在大街上的塵土上，另一腳還停留在一塊厚木板的邊緣。他聽到，或覺得他聽到，在黑暗的某個角落裡，他的名字在背後響起。他猶疑地轉身，並更清晰地聽到正在呼喚他的聲音。

「安德魯先生！這裡。」

低語聲似乎來自酒館建築的某個角落。他利用傑克遜酒館正面的半截門和高處的小窗透出的微弱燈光，朝那角落走去。

那是法蘭辛。雖然他沒有預期會遇上她，但是當二人彼此面對時，他並不感到意外。她站在酒館外陡峭的樓梯口。在黑暗中她的臉顯得蒼白模糊，而身體則沒入周邊的黑暗中。她伸出手擱在他的肩膀上。因她站在階梯上，說話時彷彿居高臨下。

「我想應該是你，我一直在等你出來。」

安德魯吃力地說出話來，「我——我跟他們說話感到厭煩，需要些新鮮空氣。」

她微笑著，身體稍微往後退，但手仍然輕輕放在他的肩膀上；她的臉沒入陰影裡，他只看到微光反射出的眼睛，以及因微笑而露出的皓齒。

「跟我一起上來，」她輕聲說，「上來一下。」

他嚥了一口口水，企圖說話，「我……」

「來吧，」她說，「沒關係的。」

她在他肩膀上輕按一下，便轉身拾級而上，身上的裙子發出沙沙的聲音。他跟在她身後，左手在黑暗中摸索著粗糙的扶手，眼睛努力地看清楚前方步履輕柔的身影，她以一種無形的力量拉著他往前。

到了樓梯頂，兩人停在一小塊平台上。她站在門廊的暗影中笨手笨腳地要打開門閂；一瞬間，安德魯俯瞰整個屠夫渡口鎮；他看到的小鎮是被微光照亮的平原上一塊漆黑而不規則的污漬，一彎新月掛在西邊天際。房門嘎吱一聲打開，法蘭辛低聲模糊地說了一些話，安德魯便跟隨她進入黑暗裡。

遠處燃著一點昏暗的燈光，微微地照亮了很小的範圍，但足以讓他知道他們正走在窄廊上，樓下傳來低沉的男人聲音，及走在木地板上笨重的腳步聲；他知道自己身處於傑克遜酒館裡大房間的上方，幾分鐘前他才從那裡走出來。他在黑暗中前進，雙手碰觸著法蘭辛裙子上平滑卻堅挺的布料。

「這裡，」她低聲說，在黑暗中找到並握著他的手，「這邊。」

他盲目地跟著她，雙腳貼著地上粗糙的木板走。他們停了下來，在昏暗中他看出是一道門。法蘭辛把門打開後說，「這是我的房間，」之後便走了進去。安德魯跟在後面，來自房中燈光的刺激讓他眨巴著眼。

進入房間後，他把門關上，靠在門板上，視線緊隨著法蘭辛穿越小房間到一個小桌子前。桌子上是一盞發著微光的煤油燈，乳白色的燈座繪上了一圈豔麗的玫瑰。她轉動燈座上的小齒輪讓棉繩燈芯上升，使房間更光亮。燈光讓房間顯得細小，也照亮了精緻的鐵床架和一張殷紅天鵝絨的沙發。沙發的弧形胡桃木框上雕刻著勾纏盤繞的花卉圖案。新貼上鮮豔花紋壁紙的牆壁上，是幾幅鑲嵌在木框裡以森林景色爲題的版畫。壁紙上零星幾處已捲曲或剝落，木板裸露在外。雖然他不知道對這裡有何預期，但這個似曾相識的房間卻讓他感到吃驚及有點不自在。

法蘭辛背著光源微笑；他再次注意到她眼睛和牙齒上閃爍的光。她示意安德魯坐到沙發上，安德魯點頭，從房門口走過去。他坐下來後，一直看著自己的腳，地板上是一張破損又褪色的薄地毯。法蘭辛從床邊的桌子走向沙發，坐在他旁邊。她側身而坐，所以與安德魯面對面。她筆直地坐著，雙手交叉放在大腿上，在煤油燈光下，看來幾乎有點拘謹。

「妳……妳的房間很不錯，」安德魯說。

她點頭，心中感到高興。「鎮上唯一有地毯的，」她說，「從聖路易買來的，我很快就會有一面玻璃窗，灰塵老是吹進來，很難保持乾淨。」

安德魯點頭微笑，手指在膝蓋上敲著，「妳……在這裡很久了嗎？我是說在屠夫渡口鎮？」

「兩年了，」她的語氣冷淡，「之前在聖路易，但是那裡有太多像我這樣的人，我不喜歡。」她雙眼直視安德魯，彷彿所說的與自己無關，「我喜歡這裡，夏天可以休息，人也沒那麼多。」

他與她在對話，但是他幾乎不知道自己說了什麼；因爲當他說話時，他的心對她有股額外的憐憫。他把她視爲是一位她的時代與環境裡可憐和無知的犧牲者，被某種虛僞的德行所辜負，最後被逼得從無比呆板僵化的世界來到一個緊鄰荒野的不毛之地。他想到史耐達把著她的手臂說出粗鄙的話，也模糊地想像到她讓自己習慣於忍受種種的羞辱。他心中萌生一種對世界的厭惡，而這種厭惡感已幾乎把他淹沒。他情不自禁地靠向她，並握住她的手。

「妳……妳這生活一定很痛苦，」他忽然間脫口而出。

「痛苦？」她若有所思地皺起眉頭，「不會呀，比在聖路易好，這裡的男人比較好，而且女生不多。」

「妳在這裡沒有家庭，沒有依靠吧？」

她大笑起來，「我要家庭幹嘛？」她緊握著他的手，提起來，讓手掌翻轉向上，「很柔軟，」她說，用拇指在他的掌心緩慢地、有節奏地打著小圓圈。「我唯一不喜歡這裡的男人的一點，是他們的手太粗糙。」

他的身體在發抖，另一隻手緊緊握著沙發的扶手。

「他們怎麼叫你？」法蘭辛輕聲地問，「威廉嗎？」

「小威，」安德魯說。

「我會叫你威廉，」她說，「比較像你，我覺得。」她臉上慢慢地展露笑容，「你很年輕，我覺得。」

他把手從她溫柔的愛撫中縮了回來，「我二十三歲。」

她滑過沙發，坐得更接近安德魯；質地平滑卻堅挺的裙子發出沙沙聲，聽來好像布料的撕裂聲。她的肩膀輕輕觸碰到他的肩膀，呼吸溫和均勻。

「不要生氣，」她說，「我很高興你還年輕，我希望你年輕。這裡的男人又老又硬，我希望你柔軟，當你還能柔軟的時候……你什麼時候要和米勒他們出發？」

「三、四天內，」安德魯說，「但是我們一個月內回來，然後……」

法蘭辛搖著頭，雖然微笑仍掛在臉上，「是的，你會回來；但你不會是同一個人，你不會像現在一樣年輕；你會變成跟他們一樣。」

安德魯困惑地看著她，而在困惑中他高聲說，「我只會變成我自己！」

她繼續說著，似乎未曾被他的話打斷，「風和太陽會讓你的臉變硬；你的手將不再柔軟。」

安德魯開口要做回應；他對她說的話隱約感到生氣。但他沒有說出他的憤怒；當他在燈下看著她，他的憤怒消失了。她的外表帶著樸實與眞摯，以及某種甜蜜而不強烈的悲痛，因而使他的怒氣全消，並讓他片刻前對她產生的憐憫又增添幾分溫柔。在那一瞬間，他似乎感到難以置信，她怎麼會是她的職業所稱呼的那個人。他把縮回來的手再伸出去，蓋在她的手上。

「妳是……」他開始說，然後猶豫了一下，又開始說。「妳是……」但他沒辦法說完；他不知道自己要說什麼。

「你在這裡只不過再幾天，」法蘭辛說，「你還有三、四天的年輕和柔軟。」

「是的，」安德魯說。

「你這幾天會待在我這裡嗎？」法蘭辛輕聲說，指尖輕觸他的手背，「你會跟我做愛嗎？」

他沒說話；他注意到她的指尖在手背上移動，也全神貫注在那個感覺。

「我現在沒在工作，」法蘭辛迅速補充，「是爲了愛；因爲我需要你。」

他呆呆地搖頭，不是因爲拒絕，而是絕望，「法蘭辛，我……」

「我知道，」她輕聲說，臉不再現微笑，「你從未有過女人，是嗎？」他不說話。「是嗎？」

他想起幾年前與年輕表妹幾次未竟全功的嘗試，那位身材細小的、脾氣躁怒的女孩；他想起他的急躁、他的難堪，以及最後他感到的無趣；他想起在女孩父母造訪他們家後，他父親躲閃迴避的臉色及含混無義的言詞。「是的，」他說。

「沒關係，」法蘭辛說，「我會教你，來。」她站起來，垂垂地向他伸出雙手，他握住她的雙手站了起來。她向他靠近，幾乎接觸到身體；他感到她柔軟的腹部貼向他；他的肌肉收縮，身體微微退縮。

「沒事的，」法蘭辛溫暖的氣息在他耳際吹送。「什麼都不要想，」她輕輕笑了一下，「可以嗎？」

「可以，」他顫抖地說。

她把他身體稍稍推開，看著他的臉；他覺得她的嘴唇變厚了，眼睛的顏色也變深。她再次把身體貼向他，「我想要我第一次看到的你，」她說，「那時候你沒有碰我，甚至沒有跟我說話。」她把身體移開，深色的雙眼仍看著安德魯。她雙手翻向背後，開始解開她的連身裙。

他呆呆地看著她，雙手不自在地垂在身旁。忽然間她抖動了一下身體，連身裙從身上滑落，在腳下堆成一堆。她身體赤裸，反射出燈光。她嬌柔地跨出地上的裙子，動作使身體微微抖動。當她走向他時，一雙大乳房緩緩地搖盪。

「來，」她說，同時把嘴唇湊近。他以乾澀的嘴唇吻她，嚐到濕潤的感覺。她面對著安德魯輕聲細語，雙手在襯衫上摸索；他感覺到她的手鑽進襯衫裡輕撫著他胸脯結實的肌肉。「來，」她再說一次。那是一種受挫的聲音，似乎在他腦中迴盪。

他身體稍稍往後退，看著依偎在自己身上猶如天鵝絨般柔軟豐滿的身體，自然地展露在眼前；她的臉有一份安詳寧靜，幾乎在沉睡一般；他覺得她十分美麗。但忽然間想起史耐達在酒館中所說的話，他說他離開聖路易後沒看過比她漂亮的妓女。她的臉變了，雖然他說不出是哪裡變了。別人看過他面前的同一張臉、別人吻過她濕潤的雙唇、聽過他現在聽見的聲音、感覺過她正呼在他臉上的氣息，這種種體會向他襲來。他們迅速地付錢、離去、另一個人上門，再另一個。他心中掠過一個非理性的景象，數以百計的男人不斷地進出一個房間。他轉身往後退開，內心忽然間像死去一般。

「怎麼了？」法蘭辛問，彷彿從睡夢中醒來，「回來呀。」

「不！」他聲音沙啞地說，猛撲到房間另一端，幾乎絆倒在地毯上。「天呀！……不，我……我很抱歉。」他抬頭看見法蘭辛呆呆地站在房中央，伸出雙臂，彷彿在環抱著一個身影，眼睛滿是困惑。「我不能，」他向她說，彷彿要向她解釋什麼，「我不能。」

他再次看著她；她沒有移動，仍是一臉迷惘。他把門打開，鬆手讓門把猛烈歸位；他走進黑暗的走廊，沿途跌跌撞撞。到了走廊盡頭他打開門，站在樓梯頂上好一會，飢渴地大口大口地深呼吸。他雙腿的力量復原後，便沿著樓梯緊握粗糙的扶手往下走。

他在不平整的人行道上站了一會，沿著大街左右看看。在黑暗中已經看不見大部分的屠夫渡口鎮。他看著對街的旅館，門口亮著昏暗的燈光。他越過滿是塵土的大街走回旅館。他沒有再想起法蘭辛，或者是在傑克遜酒館二樓房間發生的事。他想著米勒及其他人準備好一切以前的三、四天，他要在這裡等待的日子，他想著如何消磨這些日子，想著如何可以把這些日子搓揉成一團小小的時間，好讓他可以把它丟棄。

Part

II

Chapter

I

八月二十五日大清早，四人在馬房後方放滿了六週糧食的車斗旁集合。馬房伙計仍睡眼惺忪，手指在亂蓬蓬的頭髮中抓癢，嘴裡發出機械式的咒罵，幫忙著把公牛拴到車上；在地上的煤油燈發出的黯淡燈光中，公牛噴著鼻息，心神不安地躁動。馬房伙計拴好公牛後，咕噥著便轉頭走開，搖著手上的煤油燈蹣跚地回到馬房去，一頭鑽回地上那堆骯髒的毛毯裡。他側身躺著，掀起煤油燈的圓形燈筒，把火焰吹熄。在黑暗中，三人騎到馬上，一人攀至車斗上。好一陣子眾人都沒有說話或移動。在寧靜的黑暗中，馬房伙計沉重的呼吸聲漸漸變得規律而深沉，公牛上了軛後，身體的移動使皮繩與木頭的磨擦產生微微的吱吱聲。

坐在車斗上的查里·賀治清清喉嚨，「準備好了嗎？」

米勒深深嘆了一口氣，用低沉平靜的語氣說，「好了。」

忽然間查里·賀治手中的皮鞭在公牛的上方空甩，響起啪的一聲，打破了寂靜，嘴裡發出尖銳而略帶暴躁的嘶啞喊聲，「趕快！」

車斗的重量讓公牛感到吃力，牛蹄單調地重重踏著地面，山胡桃木製的輪軸與輪子滾動發出吱嘎聲。一時間，木頭與木頭本身繃緊而產生的摩擦聲、生皮與皮革製品互相拍打與拉扯發出的尖銳刺耳聲、金屬與金屬的碰撞聲，形成一片雜亂的聲音。當車斗開始被公牛拉動後，不協調的聲音逐漸轉爲從容的轆轆聲。

三人走在車斗前面，踏進屠夫渡口鎮寬闊的泥土大街上。米勒、史耐達和安德魯形成一個銳角三角形，米勒無精打采地坐在馬鞍上，走在最前面。三人仍是一語不發。米勒朝前方漸漸褪去的黑夜看去，史耐達垂著頭，彷彿在馬鞍上睡著了，安德魯左右巡視著他即將要離開的小鎮。鎮上杳無人跡，仍籠罩在破曉的昏暗中；建築物的正面呈灰色，像是被侵蝕過的巨石從泥土裡蹦了出來，半穴屋看來就像一堆堆不經意地丟到洞穴四周的碎石。隊伍走過傑克遜酒館，很快便離開了小鎮；小鎮外平坦的荒野地看來更是昏暗，馬蹄的嘚嘚聲在他們耳中漸漸變得枯燥呆板，隊伍緩慢前進，使濃郁的塵土味緊附在鼻孔裡，揮之不去。

出了小鎮後，隊伍經過左邊麥唐納的小棚屋和柵欄圍起來的鹽井；米勒轉頭咕噥著一些連自己都聽不清楚的話，又咯咯地笑起來。經過那片棉白楊後，隊伍開始斜斜地走上隆起的河堤，騎馬的三人停了下來，他們後方的車斗也嘎吱一聲停住。他們回頭看，眼睛在黑暗中睜得更大。他們看著屠夫渡口鎮模糊地攤在眼前，一抹黯淡的黃光在黑暗中浮現，幽幽地懸在天際；一匹馬發出嘶鳴聲及鼻息聲。三人步調一致地轉身，沿著路勢下降，穿越小河。

河與路相交之處的河水不深，並未超過馬蹄的高度，滾動的車輪碾過河水，破壞了平整的水面；路基是由扁平的石塊在軟土上堆砌而成，河水涓涓流過石塊時撞擊出不同的聲音，聲音在黑暗中顯得更強烈。黯淡的月色一片片映照在流動的河水上，水面反射出燦爛的光輝，讓小河看起來更寬更深。

渡河後不久，米勒再次勒緊韁繩，把馬停下來，在昏暗中其他人看見他在馬鞍上提身前傾，向微亮的西邊遠眺，並朝同一方向舉起似乎十分沉重的手臂。

「我們抄近路穿過這片荒野地，」他說，「差不多十二點以後就會到斯莫基希爾小徑。」

東邊幾道粉紅色的晨曦在天際出現，整組人離開小路轉入平原；幾分鐘後，他們已經看不到小路，安德魯在馬鞍上轉過身往後看，無法認出他們從哪裡離開了小路，更無法掌握任何蹤跡，指引他們向西的路程。在豐厚的黃綠色草原上，車輪迅速平順地滾動，車後留下兩條窄窄的平行線，但很快便沒入平坦的草原裡。

太陽在他們背後升起，他們加速前進，彷彿被上升的溫度推著走。空氣清新，晴空無雲；太陽直照著他們的背部，粗布上衣滲出了汗水。

有一次他們經過一間草皮蓋頂的小屋。小屋位於開闊的平原上，屋後有一塊被開闢過的土地，現在又再次被黃綠色的草皮蓋上。小屋前方靠正門處躺著一個四輪馬車的破輪子，旁邊是一個笨重的木犁，已開始腐爛。寬闊的門兩旁還掛著破爛的帆布，已飽經風吹日曬；從門口看進去，是一張倒下的桌子，地上滿是塵土和碎石。米勒在馬上轉身向安德魯說：

「被棄置了，」聲音帶著幾分得意，「很多人嘗試過，但沒有多少人成功，環境有點變壞就離開。」

安德魯點頭，但沒有說話。大家經過小屋後，安德魯回頭注視，直到後方的車斗阻斷了他的視線。

到了中午，馬的皮毛上已閃著汗水，嘴巴四周滿是點點白色泡沫，頭部甩動時牽動著嘴裡的口銜，把泡沫彈到半空。陣陣熱浪向他的身體襲來，頭部隨著他脈搏的跳動而感到重擊的痛苦。大腿的肌肉因與鞍翼相互摩擦已開始感到疼痛，馬鞍上堅硬的皮革也讓他臀部發麻。他從來沒有一次騎馬超過數小時，一想到今天晚上將要忍受的疼痛便皺起了眉頭。

史耐達的聲音突然在他耳邊響起，「我們應該已經要到達河邊了，可是還沒看到河的蹤影。」

他的話沒有特定的對象，但是米勒轉身簡短地回應，「不遠了，到達前牲口可以先忍耐一下。」

他話沒說完，在他們後面車斗上的查里．賀治說，「看前面！看到樹啦。」他坐在趕車人座位的邊緣上，位置比坐在馬鞍上的人要高。

在烈日下，安德魯瞇著眼睛費力地往前看，過了一會，才看到一條細細的黑線在黃色的草原上豎著。

米勒轉頭向史耐達說，「不會超過十分鐘路程，」他微笑說，「你忍耐得住嗎？」

史耐達聳聳肩，「我不急，我只是懷疑我們是不是可以像你想像中那麼容易找到那裡。」

米勒用手輕輕拍了馬的臀部一下，馬便稍微加速往前走。安德魯聽到後方查里．賀治的皮鞭的清脆響聲，和他對公牛發出的一聲叫聲。安德魯轉身，看見公牛笨重的身體加快了速度，彷彿剛從夢中醒來。一陣微風向他們吹來，也輕輕地使青草如波浪起伏。馬匹的耳朵向前豎起，安德魯感到跨下的馬忽然繃緊了肌肉，往前衝出去。

米勒勒緊韁繩，向安德魯大喊，「要抓緊，牠們嗅到水了，如果不小心，牠會連你一併拉走。」

安德魯緊緊握著韁繩，馬被勒緊不能前進。牠的頭往後仰，睜大了一雙黑眼，揚起黑色濃重的鬃毛。他聽見來自後方皮革微微的嘎吱聲，那是查里．賀治煞住車斗，要使牛的步伐減緩的聲音，也聽到公牛低聲地哞哞叫著，彷彿被勒緊使牠們感到極大痛苦。

他們到達斯莫基希爾河時，所有牲口已變得較安靜，但仍感到緊張與不耐。安德魯雙手因緊握韁繩而感到疼痛。他下馬的時候腳還沒有觸地，馬已經迅速跑開，穿過河邊灌木叢衝到河裡去。

他雙腿無力，向前走了幾步便顫抖著坐在胭脂櫟樹的樹蔭下。就算樹枝刺到他的背部，他也不想移動身體。他看著查里．賀治煞停了車斗，把第一組公牛從橫木架解下，然後他一手用力拉著綁在這對公牛脖子上的頸軛，在兩隻牛之間斜著身體，被拉向河邊，第二組公牛則發出低沉而無意識的叫聲。米勒跌坐在安德魯身旁，史耐達坐在他們對面，背靠著一顆樹，心不在焉地環顧四周。

「查里必須一次牽兩隻，而且套在頸軛上，」米勒說，「如果讓牠們全部一起去，會互相踩踏，牠們不比水牛聰明多少。」

到最後一組公牛從車斗解下來時，馬匹已開始從河裡緩步走回來。他們把馬匹的口銜脫下，好讓牠們吃草。查里從車斗取出一些乾果和餅乾，幾個人大口地嚼出聲來。

「可以放輕鬆一下子，」米勒說，「牲口要吃草；我們可以休息幾個小時。」

小黑蠅在他們汗濕的臉旁嗡嗡叫，使他們的手忙著驅蠅；濃密的灌木叢後傳來汩汩的流水聲。史耐達躺了下來，臉上蓋上一條髒手帕，雙手交叉埋在腋下；

他很快便睡著了，紅手帕的中心隨著他的呼吸緩緩起伏。查里・賀治在灌木叢外蓋滿青草的河堤漫步走向正在吃草的牲口。

「我們今早走多遠了？」安德魯問身旁筆直坐著的米勒。

「差不多八哩，」米勒說，「牲口適應了後，我們會走得更快，牠們還沒有發揮應有的能力。」一陣沉默後，米勒繼續說，「再走一哩，就會切入斯莫基希爾徑，那條路緊緊沿著河道，直到科羅拉多境內，很容易走，應該不超過一星期。」

「到了科羅拉多之後呢？」安德魯問。

米勒簡短地露齒一笑，搖了搖頭，「沒有路，只能走在荒野地上。」

安德魯點頭，虛弱的身體讓他提不起勁，他伸直身子趴在草地上，交叉著雙手支撐下巴。樹下的草短而綠，因河水的滲潤變得潮濕，搔著他的鼻孔；他嗅著濕潤的泥土及帶有強烈清新芳香味的青草。他睡不著，但是合上了眼睛，氣息均勻而深沉。他想著他們完成的短短路程，和緊繃到讓他開始感到疼痛的肌肉。這只是旅程的開始，他今天早上所看到的——平坦、空曠、黃澄澄的翻滾草浪——

只是荒野的初始體驗。當他離開鄉野小路進入科羅拉多境內後，另一種陌生感在等待著他。半睡半醒間他幾乎再次清楚地看見在波士頓時，在書上或雜誌上清晰看到的版畫。但畫中黑色的細線重疊在他眼前眞實的草上，擺動著，冒出顏色，然後又褪去。他無法再捕捉他很久以前有過的奇怪感覺，那種感覺是建構在他第一次看到那些版畫對地形地貌的描繪，並促成他現在對這些印象的追尋。河邊三人之間的沉默延續著，直到查里・賀治牽著一組一組公牛的頸軛回到車斗，並拴回橫木架上，準備繼續下午的行程。

他們走的小徑，是一條由四輪車斗及牲口的鐵蹄不斷碾壓和踩踏而成的窄窄通道。偶爾碰上了較深的車轍，他們的車斗便不得不走到路旁的長草上，那裡的土地往往比小徑上的地勢更平坦。安德魯問米勒爲什麼要沿著小徑走，米勒說尖銳或堅硬的草與公牛的蹄和肢關節摩擦會產生疼痛。馬匹走路時，儘管是慢走，馬蹄會提得比較高，比較不危險。

有一次，他們走在小徑時，遇上一大片沒有植被的土地貫穿小徑。地上的泥土被壓得緊緊實實的，但很奇怪的，它的表面卻滿是整齊有規律的凹口。整片土地偏離河道向外延伸，到視線的盡頭處，便與草原融合。在他們的另一邊，這片土地直直向河道延伸，越靠近河邊越是寬闊，河邊的灌木叢也缺了一大片。

「水牛，」米勒說，「這是牠們喝水的地方，牠們從這裡穿過去……」他又伸手指向草原，「排成一線，到河邊才分散。無法解釋的。我看過上千隻水牛在這樣的凹坑上排成一線，一隻跟著一隻，等著喝水。」

他們再沿著小徑走，整天都沒看到水牛的蹤跡，儘管米勒表示他們已進入水牛的棲地。太陽在西邊天際強烈照射，對著他們的行動投射出高溫。馬匹低著頭，在平地上蹣跚前進，潤澤的皮毛亮著汗水；公牛在車斗前沉重緩慢地走著，氣喘吁吁的，十分吃力。安德魯把帽緣拉下遮著臉部，低下頭，只看見馬的弧形黑色鬃毛、深褐色的鞍頭，以及身下一顛一顛在移動的黃色土地。他渾身大汗淋漓，腿與臀部的皮膚與馬鞍的磨擦使他感到疼痛。他在馬鞍上不斷挪動身體，直到他再無法找到讓他更舒服的姿勢，最後他把馬拴在車斗的後擋板上，爬到查里．賀治旁邊的彈簧座上。但椅子的硬木板讓他比坐在馬鞍上更痛苦，而且牛蹄揚起的塵土幾乎讓他窒息，也使他的眼睛火辣辣地痛；他必須要僵坐在狹窄的椅子上，才能在緩慢晃動的車斗上穩住，查里．賀治沒有與他說話。不久，安德魯在他耳邊說了幾句話後，便爬下車斗，回到他的馬鞍上，再次挪動他的身體。當天黃昏前，他騎得相當痛苦，幾近麻木。

太陽隱沒在弧形的地平線後，染紅了天和地，牲口把頭抬高，快步前進。整天都走在隊伍前面的米勒轉頭對查里．賀治大喊：

「用鞭抽一下！牠們受得了，天已轉涼。我們在紮營前必須要再走五哩。」

從大清早到現在，查里．賀治的皮鞭第一次在車斗前進的嘎吱聲和牛蹄的重擊聲中啪啪地響起。其他三人也使馬匹打起精神快步前進，不讓牠們各自慢下來以致步伐凌亂。

日落後，天色迅速轉暗，隊伍仍往前走。黯淡的月亮在他們背後升起；對安德魯來說，他們的前進不會引領他們到任何地方，他們只是痛苦地攀上一個昏暗的小高原，移動的地面讓人產生往前行進的幻覺。在幾乎完全的黑暗中，他握著鞍角，雙腳搖搖晃晃地踩著馬鐙站了起來。

約兩個小時後，米勒的身影變得模糊，彷彿與他騎著的馬匹成爲一體，他停下來，在黑暗中往後用清脆響亮的聲音大喊：

「查里，牽到柳樹叢那裡，我們在這裡紮營。」

安德魯緊握韁繩，控制著馬的步伐，小心翼翼地走向米勒。河堤邊的灌木叢比黑暗的背景還要黑暗，猛然出現在他的眼前。他企圖讓一隻腳從馬鐙退下來，然後下馬，但是他整條腿已經僵硬麻木，動彈不得。最後他彎身抓住馬鞍與馬鐙間的皮帶，使勁把馬鐙從腳部鬆脫，然後才狼狽地翻身下馬，下馬後好一陣子他緊抓住馬鞍來支撐身體。

安德魯耳邊響起低沉的聲音，「今天辛苦了？」他轉身，在黑暗中看見米勒一張白皙的圓臉。

安德魯嚥了一口口水並點頭，不太相信自己能開口說話。

「要花點時間習慣，」米勒說，「再騎幾天你就沒問題了。」他從安德魯的馬鞍後方解下一卷鋪蓋，並在馬的臀部重重拍了一下。「我們睡在柳樹叢的旁邊，你現在還可以嗎？」

安德魯點頭並取過鋪蓋，「謝謝，」他說，「我可以。」他蹣跚地走向米勒所說的地方，雖然除了柳樹叢外他什麼也看不見。昏暗的身影在他身邊移動，他知道公牛已經被查里．賀治從橫木架上解下，正狂奔到河裡。他聽到鐵鍬插進泥土並與石頭摩擦的聲音，也看到鐵鍬被轉動時反射出的月色。他走近時，便看見查里．賀治在挖一個小坑。他單手提著鐵鍬的手柄，用腳把鏟頭推進土裡，然後再彎身，用另一隻手臂的臂彎托住手柄，提起鏟子把泥土撥到小坑的旁邊。安德魯把鋪蓋攤開並坐在上面，雙手十指交扣垂在兩腿中間。

過了一陣子，查里．賀治停止挖土，走進黑暗裡，帶著一束粗細不一的樹枝回來。他把樹枝丟到坑裡，劃了一根火柴。火柴在黑暗中綻放閃爍的光芒，被擠進那堆細小的樹枝裡，很快柴火便熊熊燃起，在黑暗中猛地跳動。這時安德魯才發現史耐達懶洋洋地躺在火堆的另一端。史耐達臉上閃爍著火光，對他咧嘴訕笑一下，然後平躺在他的鋪蓋上，把帽子蓋在臉上。

在之後的一、兩個小時內，筋疲力盡的安德魯只能模糊地知道身旁所發生的事。查里．賀治進出他的視線中，爲營火供應樹枝；米勒在他身旁攤開鋪蓋躺下，視線集中在營火上；然後他就打了個盹。他被一股沖煮咖啡的香味驚醒，四下張望，感到某種突如其來的迷惘；有一陣子他只能看見眼前一小堆燃燒的木炭，使臉部和手臂感到炙熱。然後他才發現史耐達和米勒兩人龐大的身軀站在營火旁，便痛苦地從他的鋪蓋站起來坐到他們身旁，沉默地喝著咖啡、吃著查里．賀治煮得滾燙的豆子和醃肋肉。安德魯發現雖然自己不覺得飢餓，卻狼吞虎嚥地吃著。他幾個人把鍋子內的食物吃得精光，並用鬆餅屑蘸著鐵盤子裡的肉汁送到嘴裡。他們把咖啡從焦黑的咖啡壺全倒到杯子裡，坐到他們的鋪蓋上，慢慢地、小口地喝著，查里．賀治則提著炊具往河邊走去。

安德魯沒有脫去靴子，便把鋪蓋一半翻起蓋在身上。蚊子在他臉部四周嗡嗡叫，但他沒有把牠們趕走。在他睡著前，遠處傳來馬蹄聲和車斗輪子快速轉動時產生的微弱嘎吱聲；這些聲音之外還有一個男性的聲音大吼著一些模糊的話。安德魯用手肘撐起了身體。

黑暗中他聽到米勒的聲音在不遠處響起，「獵水牛的，可能屬於麥唐納的團隊。」他的聲音帶著幾分不屑，「走太快了；不可能有太多收穫。」

聲音因距離變遠而逐漸模糊，安德魯仍撐著身體，雙眼努力往聲音來源看去。

後來他的手臂感到疲累，便躺了下來，也幾乎立刻睡著了。

Chapter

II

隊伍穩步往西，大平原在他們的身下搖動。肥沃的水牛草是令同行的牲口儘管在艱苦的行程中仍能變肥的糧食，它們在日光下變換著顏色；在早上桃紅色的晨光下，它是灰色的；稍晚，在中午之前的黃光下，它是亮綠色的；在中午時它帶藍色；在午後的強光下，從遠處看，草葉失去它們原來的特徵，從綠裡透出明顯的黃，以致草原在被微風吹過時似乎被一種活的顏色掃過，時時刻刻若隱若現。在黃昏，日落後，草原呈現紫色色調，彷彿吸納了來自天際的所有顏色，不願退還。

第一天路程之後，地勢已不若以前平坦；緩和起伏的大地在他們面前開展，一路上他們越過柔軟的凹坑或土丘，彷彿一塊小碎片在結冰的海面上被風吹趕著。

在那片海面上，身處在緩緩起伏之中，安德魯發現他無法意識到自己在向前移動。出發的前幾天，馬匹每前進一步所產生的摩擦使他肉體上和心靈上皆受盡折磨。幾天後，痛苦緩和了，取而代之的是一種痲木感；臀部坐在馬鞍上已全無感覺，雙腿彷彿是木頭，僵硬地、無知覺地垂在馬腹的兩側。也正是因爲陷入這種麻木的狀態中，他感覺不到自己在前進。他胯下的馬匹帶著他走著起伏的地勢，但是他反而覺得是大地在馬匹身下移動，像是牠在磨坊裡做著踩踏車的單調工作，每一個動作只是自我地重複。

日復一日，麻木感不知不覺地把他整個人佔據。他覺得自己像土地一樣，沒有身分，沒有形狀；偶爾他們其中一人會看看他，或更正確地說是看穿他，彷彿他並不存在，而他必須要甩甩頭，或在自己眼前動動手臂或小腿，以證明自己可被看見。

他的麻木感也延伸到他對身旁同行者的感知。走在渺無人煙的大草原上，有時候在他感到困倦的時刻裡，他有看見，卻無法認得他的同行者，只看到他們粗略的外型。在那種情況下，他只能靠各人的位置作爲判別身分的依據。就如同他們出發時一樣，米勒走在最前面，安德魯與史耐達在後方，形成一個銳角三角形。當他們從凹陷的地勢稍稍往上爬升時，米勒的身影往往不再被刻畫在地平線上，似乎與土地融合在一起，或者說他的身影融入了土地的色彩與輪廓。出發的第一天之後，米勒很少說話，彷彿幾乎沒在注意他的同行者。他像一隻動物一般，嗅著土地，頭部隨著他人無法辨識的聲音和味道左右轉動；有時候他長時間把頭抬高，一動不動，彷彿在等待一個未曾出現的跡象。

離安德魯身旁三十多呎遠的是史耐達。他萎坐在馬鞍上，寬邊的帽子遮到眼前，粗硬的頭髮垂在帽緣外，像一把乾燥的稻草。有時候他閉著雙眼打瞌睡，身子在馬鞍上搖晃；有時候他醒著，面色陰鬱地穿過馬匹兩隻耳朵之間凝視前方的某一個點。有時候他會從胸口口袋取出嚼菸放到嘴巴裡嚼，然後一臉鄙夷地把菸渣吐到地上，彷彿被那東西冒犯到了。他很少看別人，沒有必要就不會說話。

查里．賀治在騎馬者後方，高高地坐在車斗的彈簧椅上。因爲被籠罩在馬匹和公牛揚起的薄薄塵土中，他把頭伸得直直的，視線維持在牲口和人的上方。有時候他會用尖細、嘲諷卻歡快的嗓音呼喚他們；有時候他會用缺掌的右手腕打拍子，哼著不成調的歌；有時候在他五音不全的歌聲中會冒出一首顫抖的聖詩，讓大家覺得刺耳。他們轉身，看著查里．賀治忘情而扭曲的臉，他張大嘴巴，瞇起眼睛旁若無人。夜間，在人們吃飽、牲畜被綑綁好之後，查里．賀治便會打開他破爛而骯髒的聖經，靠著將滅的營火喃喃自語。

離開屠夫渡口鎮的第四天，安德魯再次看見水牛的蹤跡。是米勒告訴他的。他們一組人剛剛從堪薩斯平原上無盡起伏的地勢中的一個凹坑出來，米勒位在稍高處，勒住韁繩，向大家示意。安德魯騎到米勒身旁。

「看那邊，」米勒舉起手臂說。

安德魯隨米勒所指的方向看去，開始時只看到他之前看到的起起伏伏的平原；然後，他的目光聚焦於一塊在晌午的陽光下閃爍發光的白色斑塊。從他觀看的距離，那斑塊不具有形狀，在藍綠色的草葉包圍之下，幾乎看不見任何具體的東西。他轉過頭問米勒，「那是什麼？」

米勒露齒而笑，「我們騎過去，靠近看看。」

他們讓馬匹往前邁步慢跑；史耐達慢慢跟在後面，而查里・賀治微調了公牛的方向跟著，但落後很遠。

當他們更靠近米勒所指的地方，安德魯漸漸看清楚那不僅是白色的斑塊；那無以名狀的東西彷彿是由一隻巨大的、神奇的手不經意地撒落在這一大片土地上。靠近目的地後，米勒突然勒緊韁繩下馬，並把韁繩纏繞在鞍角上，使馬的頸部往下彎。安德魯照著米勒的方法安頓馬匹，走到米勒身旁。米勒站著不動，直視前方散佈著斑塊的草原。

「這是什麼？」安德魯再問。

「骨頭，」米勒說，再次對他露齒而笑，「水牛的骨頭。」

他們靠得更近。短草平原上的水牛骨閃閃發亮，半淹沒在旁邊蔓生的藍綠色短草中。安德魯在一堆堆牛骨之間走著，小心翼翼地，生怕帶來騷擾，但在經過骨骸時又好奇地不斷注視。

「小規模的宰殺，」米勒說，「一定不超過三、四十隻，才不久前發生的，看這裡。」

安德魯走到米勒身邊。他站在一組幾乎完整的骸骨前。淺灰色的脊椎骨彎成弧形，節與節之間呈現深深的凹口。肋骨在靠近胸腔處頗爲寬闊，呈彎曲狀，越靠近側腹處，便變窄變短，靠一些已經脫水的肌腱和軟骨連接在脊椎骨上。在脊椎骨末端，盆骨寬闊的兩緣平平地緊貼在草地上。連接盆骨以下的是上粗下細的後腿，也平躺在草地上。安德魯繞著這腹部朝天的骨骸仔細地看，卻沒有觸摸。

「看看這裡，」米勒又說了一次，手指著緊貼著胸腔口的頭顱。水牛的頭顱窄而扁平，相對於高及安德魯腰部的龐大骨架，是小得有點奇怪，兩支短角彎彎向上，頭蓋骨上的平坦處還有一縷乾燥的毛髮依附著。

「這骸骨躺在這裡不超過兩年，」米勒說，「還聞得到臭味。」

安德魯深深吸了一口氣，聞到一股屍體乾燥崩裂後發出的淡淡腐臭味。他點點頭，沒有說話。

「這一隻體型很大，」米勒說，「肯定有差不多兩千磅，這附近已經很少看到這麼大的了。」

安德魯企圖透過面前的骨骸想像牠安詳地在草原上休憩的樣子；他記起書本中的版畫，但是那模糊的記憶與眼前的骨骸無法融合。他無法想像牠原來的樣子。

米勒朝較寬闊的肋骨踢了一下，肋骨啪嗒一聲從脊椎骨掉下，輕輕地落在草地上。他看著安德魯，提臂向身邊的荒野地做了一個大手勢，「在以前大宰殺的那段日子裡，我們可以看到方圓一哩之內盡是一堆堆的骨骸。五、六年前吧，從堪薩斯中部的波尼岔口到斯莫基希爾河這邊，沿途都是骨頭堆。那就是堪薩斯大獵捕的範圍。」他輕蔑地再朝另一根肋骨踢去。「這些骨頭也待不了多久，被一些自耕農發現了會把骨頭載走做肥料用。雖然這裡數量不多，他們可能也懶得來。」

「肥料？」安德魯問。

米勒點頭。「水牛是很奇怪的動物，牠身上沒有一個部分是沒有用的。」他從骨骸的頭部走向末端，彎下身撿起一根大腿骨，在空中揮舞，彷彿那是一根棒子。「印地安人用這些骨頭做任何事，從一根針到打仗用的棍棒，或是一把鋒利到可以把你劈成兩半的刀。他們會把小塊的骨頭和牛角黏起來做弓，再用另一根牛角削成箭鏃。我也看過用雕刻精美的小骨頭做成的項鍊，你會以爲那是聖路易產的。還有他們小孩子的玩具、妻子的梳子，都是來自這些骨頭。還有當作肥料。」他搖搖頭，把手上那根骨頭拋了出去。骨頭在高空中滑翔，掠過太陽後墜落在軟草上，反彈了一下，便動也不動。

他們身後傳來一匹馬的鼻息聲，史耐達跟了上來。

「走吧，」他說。「這一趟結束之前會看到更多……至少有這麼多吧，如果山裡眞有那群水牛的話。」

「當然，」米勒說，「這只是一點點而已。」

牛車最後也跟上來了。在正午的高溫下，查里．賀治提高了顫抖的聲音高唱神是他的救贖，他在敵人、黑暗與誘惑前從不懼怕；神在他的右手邊，他堅強迎戰。有好一會，三人聽著痛苦的歌聲向遼闊的大地懇切訴說其中的訊息；然後他們又恢復原來的隊形，繼續他們橫越荒野的緩慢旅程。

水牛的蹤跡越來越頻繁地出現；有幾次他們經過有好幾條水牛路徑擠在一起的地方，是不同水牛群往河裡喝水時踩踏出來的，有一次他們來到一處彷彿是一個淺碟形的巨型凹坑，約四十呎寬，而最深處差不多六呎深。草皮長到凹坑邊緣爲止，坑內的泥土已經變成細粉塵。米勒向安德魯解釋這是水牛打滾的泥坑，牠們在泥土裡翻滾，使被昆蟲或蝨子叮咬的身體得到舒緩。他說水牛很久沒有來這裡了，他看不到牛糞，而且凹坑附近的草都長得嫩綠，久久沒有被啃食。

有一次他們看到一隻小牛的屍體，僵硬地側躺在厚厚的綠草上。牠的腹部鼓得大大，散發出腐肉的惡臭味。在他們靠近時，兩隻正在撕食腐屍的禿鷹緩慢而笨拙地飛到空中，繞著屍體盤旋。米勒與安德魯走近腐屍，並躍下馬來。靜止且形狀古怪的屍體上，暗棕色的毛皮上散佈著黑色斑塊，紋理粗糙；安德魯正要走近，但被一股臭味止住，感到胃部開始翻攪；他往後退開，繞到屍體的另一端，不讓臭味隨風往他身上吹。

米勒對他咧嘴而笑，「味道有點重，是不是？」他走到安德魯身旁蹲下，細心觀察面前的動物屍體。「只是一隻小牛，」他說，「射牠的人沒打到牠的肺部；很有可能是血流光到死的。或許被牛群遺棄了。」他踢了一下水牛小腿上僵硬的肌肉，發出一聲悶響，彷彿一片堅硬的布料被撕開的聲音，「死了不超過一個禮拜。實在奇怪，還有肉剩下來。」他搖搖頭，轉身走向自己那匹早已因臭味而躲得遠遠的馬。當米勒靠近時，牠的耳朵垂下，身體向後靠；但米勒在牠的耳邊說了一些安撫的話後，牠便安靜下來，雖然前腿的肌肉仍因緊張而不斷抖動。米勒和安德魯翻身上馬，經過牛車和一直沒有理會他們的史耐達，回到隊伍前方。腐屍的臭味附著在米勒的襯衫上，儘管他走在安德魯的前方，偶爾那股臭味還是會隨著微風飄到安德魯面前，讓他必須要用手摀住嘴巴和鼻子，彷彿沾到了髒東西。

有一次，他們看到一小群水牛；這次也是米勒提醒安德魯的。那群水牛在綠色的草原上形成幾個小黑點；雖然安德魯在午後猛烈的陽光下使盡眼力，並企圖在馬鞍上提身，仍是看不出任何形狀或動靜。

「只是一小群，」米勒說，「這一帶的獵人把他們打散成一小群一小群的。」

安德魯、米勒和史耐達三人並排而走，史耐達自言自語不耐煩地說，「有時候一小群就該滿足了。如果這是水牛的活動方式，獵人就必須要把他們分散成小群。」

米勒仍努力睜大雙眼緊盯著遠方的牛群，他說，「我還記得那些日子，你不會看到少於一千隻的水牛群，而一千隻也是算少的了。」米勒伸出手臂畫了個半圓形，他說，「我曾經站在一個跟現在差不多的地方看出去，我看到的是黑壓壓一片，五萬、七萬五、十萬隻牛在草原上萬頭攢動。牠們擠得一隻貼一隻的，你可以走在牠們的背上，走一整天也不會碰到地面。你現在看到的是掉隊的，就像前面那些，那就是現在的人要獵的。」他往地上吐了一口口水。

史耐達又再自說自話，「如果你只能找到掉隊的，那你就只能抓掉隊的了，我不再有希望可以找到更多。」

「在我們要去的地方，」米勒說，「你會看到我們很久以前看過的場面。」

「可能吧，」史耐達說，「但是我沒有太大的期望。」

從後方牛車上，查里．賀治的聲音連珠砲般傳來，「只是一丁點的牛群，以前沒看過那麼小群的，耶和華賜予，耶和華奪走。」

三人聽到查里．賀治的聲音便轉過頭來聽，聽完後再回過頭去，但已經看不見廣闊草原上的黑點。米勒繼續往前走，史耐達和安德魯撤到較後面的位置，沒有人再談起剛剛所見所聞。

途中像這類的插曲並不多。有兩次他們在小路的同一方向遇上兩批人。一批包含了一個男人、他的太太以及三個小孩。婦人與小孩神色凝重，臉上滿是塵垢，形容憔悴，困倦中顯得悶悶不樂，他們擠在一輛由四隻騾子拉動的篷車裡，不發一語。男人急切地想說話，卻因此使他說起話來氣喘吁吁。他說他一路從俄亥俄州到這裡，因爲原來的農場經營不下去，想到加州與從事小生意的哥哥會合；他一開始跟著篷車隊，但是他一隻騾子的腳受傷跛行，進度慢了，現在差不多落後了兩星期的行程，看來沒辦法追上了。米勒檢查了騾子的傷勢，便建議他轉往華勒斯堡，讓騾子一邊休養，一邊等待下一隊篷車隊經過。男人猶豫不決，米勒便直接了當地告訴他，受傷了的騾子只能撐到華勒斯堡，而且獨自在路上走很不明智。男人固執地搖頭。米勒不再說話，示意安德魯和史耐達出發，他們一隊人越過那一家人，並往前走。到了接近黃昏，他們還看得見篷車在後方遠處揚著塵土。米勒搖搖頭。

「他們不可能做到的，騾子撐不到兩天，」他往地上吐了一口口水，「他們剛才就應該轉方向了。」

他們遇上的另一批人共五位，各騎著馬；他們沉默寡言，而且多疑。他們勉強地告訴米勒正前往科羅拉多，有興趣要向當地政府圈地採礦。他們拒絕了查里·賀治的晚餐邀請，並站到一邊讓米勒他們先通過。那天夜深時分，當米勒、安德魯、史耐達和賀治都就寢後，他們聽到低沉的馬蹄聲繞過他們的營區而去。

有一次，小路十分接近一處河邊，有一面寬闊而陡峭的河堤，上面挖了一列半穴屋。半穴屋前平坦而堅硬的地上，有幾個棕色皮膚的裸體小孩在玩耍，小孩後方，在半穴屋的入口處，有幾個印地安人蹲著，儘管天氣炎熱，女人身上依舊裹著毯子，說不上好不好看，男人則又乾又老。當他們路過時，小孩停止玩耍，用水汪汪的烏黑雙眼注視他們；米勒向他們揮手，但是沒有一個印地安人有反應。

「河區印地安人！」米勒一臉鄙夷，「靠鯰魚和野兔為生，再也不懂得打獵了。」

但是當他們越往前進，這些插曲對安德魯來說便越脫離現實。他們旅程中真實的部分在於例行的晚上睡覺、早上起來、用馬口鐵杯喝熱咖啡、把鋪蓋捲好放回日漸疲憊的馬背上、在一成不變的大草原上單調且令人麻木地移動、中午時給牛馬水喝、吃硬梆梆的鬆餅和乾果、重新開始行程、在黑暗中摸索著紮營、大量無味的豆子及狼吞虎嚥吞下肚的醃肋肉、再一次咖啡、最後躺平。這一切成為儀式，不斷重複後變得越來越無意義，不過這儀式卻是賦予他現在所過的生活唯一的型態。他似乎極為吃力，一吋一吋地，在大草原上無際的空間中前進；但他似乎完全沒有穿越時間，反而是時間與他同步，彷彿是一片無形的雲，徘徊在他頭上，在他前進時緊貼著他。

時間的流逝呈現在其他同行者的臉上，以及在他自我審視時察覺到的變化。他一天天地覺得他臉部的皮膚在天氣的影響下變硬，臉部的鬍渣因皮膚變粗糙反而顯得柔軟，他的手背被陽光曝曬而從紅色變褐色，到最後變得黝黑。他覺得自己的體型變瘦、變結實；有時候他覺得自己走進了一具新的軀體，或者是走進了一具眞正的軀體，只不過它以前一直隱藏在一層層不眞實的柔軟、白晰與滑順之下。

他在別人身上看到的變化就沒那麼意味深長，也較不極端。米勒濃密且修剪整齊的鬍子變厚了，末端開始捲曲；但是他坐在馬鞍上的姿勢、走路的步幅，以及凝視廣闊的草原時的眼神等種種變化，又最明顯不過了。安德魯第一次在屠夫渡口鎮看見米勒時那種緊繃及拘謹的態度，開始被某種自在、親切和自然的感覺取代。他坐在馬鞍上，彷彿就是他騎乘的馬匹的自然延伸；他走路時的步履彷彿正在撫慰著地表的外形；而他對大草原的凝視，就安德魯而言，就如同引起他注目的大地一般開闊、自由和無限。

史耐達緩慢生長的鬍鬚像堅硬的稻草長在黝黑的皮膚上，似乎使臉部不斷後退，被隱藏起來。一天一天地，史耐達向自我退縮；他與別人講話的頻率降低，在騎乘的時候，他似乎一直企圖從他們之間脫離出來：他的視線總是投往與其他人不同的方向，晚餐時他靜靜地吃，不正面對著營火，比別人提早就寢和入睡。

他們之中，查里．賀治的改變最少。他滿臉灰色的鬍子長得更硬，皮膚在天氣的影響下只是變紅，卻不至於成爲褐色；他以一種超然的、狤慧的目光環顧四周，他總是忽發高論，內容與任何人無關也不要求回應。當路況平坦，他便拿出他那本已磨損的破爛聖經，一頁一頁地翻，視力不良的灰色眼睛在塵土中瞇著。每隔一段時間，他會從座椅底下掏出一瓶威士忌，用發黃的牙齒把軟木塞扯開，一口吐在大腿上，再咕嚕咕嚕地大口喝起來。然後他會尖著顫抖的嗓子高聲地唱一首聖詩，歌聲微弱地飄盪在塵土中，消逝於前面三人的耳中。

行程到了第六天，他們到達斯莫基希爾徑的末端。

Chapter

III

從屠夫渡口鎮一直引領他們的一線深綠的樹木和灌木叢緩緩地轉向南方。四個男人在第六天早上接近中午時來到這個轉折點，花了好一陣子注視著斯莫基希爾河的河道。在他們止步的地方，小徑已到盡頭，他們穿越堤岸上的灌木叢和樹木後，仍可看見遠方慢速流動的河水。河的遠處已不見橄欖綠色，太陽在河面灑下銀光，使他們感到河水分外清澈與沁涼。騎馬的三人彼此靠近；公牛轉頭向著河道，低聲呻吟；查里·賀治停住公牛，煞住了車斗；接著他跳下彈簧椅，從車斗爬下，步履輕快地走向三人。他抬頭看著米勒。

「小徑順著河道轉向，」米勒說，「沿著路可以到達阿肯色，我們可以跟著走，肯定有足夠的水，不過要繞一星期的路才能到達我們的目的地。」

史耐達看著米勒，露齒笑著；在塵土結塊的臉上，他的牙齒顯得白晰。

「我想你是不會走小徑的。」

「這會耽擱一星期，也許更久，」米勒說，「我曾越過這片荒野，」他向斯莫基希爾小徑之外的荒野地揮了揮手，「那裡會有水，懂的人就找得到。」

史耐達仍露齒笑著，轉向安德魯，「安德魯先生，你看起來這一生不像曾經口渴過；我的意思是，眞正的口渴。所以我猜就算我詢問你的意見也沒什麼用。」

安德魯一陣猶豫，接著搖了搖頭，「我沒權說話，我不懂這裡的地勢。」

「米勒懂啊，」史耐達說，「至少他是這樣告訴我們的，所以他說到哪裡我們就到哪裡。」

米勒微笑點頭，「弗雷德，聽起來你想要多一個禮拜的薪水。你不會怕一點點乾旱吧，是嗎？」

「我曾經熬過乾旱，」史耐達說，「但是要我乾著喉嚨看牛馬先喝，這種憤怒我無法忍受。」

米勒笑得更燦爛。「那需要有很大的勇氣，」他說，「在我身上發生過，但離這裡不到一天的腳程就有水了，我不認爲會像你說的那麼糟糕。」

「還有，」史耐達說，「你說你是多久以前來過這片土地？」

「好幾年前，」米勒說，「但有些事是不會被忘記的。」雖然他臉上仍帶著笑容，他的聲音變得堅定，「你還沒有嚴重地不滿吧，弗雷德？」

「沒有，」史耐達說，「我只是覺得有幾件事情我必須要說。我在屠夫渡口鎮有說過要跟你一起走，我現在就跟你一起走，怎麼走對我沒關係。」

米勒點頭，並轉向查里．賀治，「我想最好讓牲口休息夠，喝夠水再出發。我們最好能帶多少水就帶多少，以防萬一。你處理公牛，我們把能攜帶的水放到車斗上。」

查里．賀治把公牛帶到河裡後，其他人到車斗上找尋可以儲水的瓶瓶罐罐。米勒拿了一塊用來遮蓋物資的方形帆布，又從河邊砍下一些幼樹，設計出一個簡陋的桶狀容器，這個容器有一個大開口，而且能夠站得穩。他把兩根較細的幼樹綁在一起，擠壓成一個圓形，然後接上帆布的四個角落，再用皮繩綁好固定住。其他較短、較粗的幼樹被切成一定長度，各挖出一個凹槽，垂直嵌在圓形的幼樹上，便形成一個直徑五呎，高四呎的容器。他們三人用查里．賀治煮食用的水桶、水壺和一個小木桶提水，裝滿四分之三個帆布水袋，花了快一個小時。

「夠了，」米勒說，「放太多只會灑出來。」

他們在河邊的樹蔭下休息，公牛步履蹣跚地在河邊遊逛，啃著水分充足的牧草。米勒告訴他們，由於高溫，也由於他們即將要穿越乾涸的荒野地，他們稍晚再啓程；因此查里．賀治便有時間把泡好水的豆子和醃肋肉煮熟，也先煮好咖啡。直到日落西斜，他們疲倦地躺在河堤的沃草上，傾聽潺潺河水平順地、沁涼地、輕鬆地從身邊流過，穿越他們曾經走過的大草原，經過屠夫渡口鎮，再往東去。安德魯在太陽照到臉上時坐直起來。「該出發了，」米勒說。查里．賀治把公牛集合起來，一對一對地替牠們套上頸軛，再拴到車斗上。一行人離開小徑，踏入無樹無路作爲指引的平坦大地，繼續往前走。不久，斯莫基希爾河河岸的一線綠蔭已消失不見；在那一片連綿的土地上，安德魯必須緊盯著米勒的背部以掌握前進的方向。

暮色漸濃。如果不是他的倦怠，以及馬匹在負重的壓力下疲倦的蹣跚腳步，安德魯還以爲仍然留在斯莫基希爾河轉向之處，在這段路程開始以前，黑夜降臨把他們包圍。在下午的路程裡，他看到的是延綿不斷的平坦荒野地，無樹、無溪谷也無土地的起伏作爲地標指引米勒要走的路。那晚他們沒有用一滴水。

他們在開闊的平原上從馬背卸下用具紮營，彼此幾乎沒有說話。查里．賀治把公牛一隻一隻帶到車斗後方，米勒把帆布水袋豎直讓牠們喝水，並利用煤油燈的燈光小心觀察容器裡的水位；當一隻牛喝完牠的量後，米勒會嚴厲地說，「夠了，」便一腳踢向那頭牛，同時查里．賀治使勁拉著牠的頭離開。到公牛和馬匹都喝完後，水量只剩下四分之一。

過了好一陣子，查里．賀治利用中午休息時間撿拾的木頭把火生了起來。他們在營火旁邊蹲著喝咖啡。史耐達一張冷漠的臉繃得緊緊地，在閃爍的火光下似乎在抽搐變形，他說：

「我從來沒遇過無水的野營。」

沒有人說話。

史耐達繼續說，「我猜帆布水袋裡還有剩一點點吧。」

「還有四分之一，」米勒說。

史耐達點頭，「我們還可以撐一天，我想。應該會有點乾，但是應該還可以再多撐一天。」

米勒說，「我估計再多一天。」

「如果我們沒遇到水源，」史耐達說。

「如果我們沒遇到水源，」米勒表示同意。

史耐達高舉馬口鐵杯喝乾最後一口咖啡。火光中，他下巴與喉嚨上鬃毛似的鬍子直豎，微微抖動。他冷淡而慵懶地說，「最好明天能遇到水源。」

「最好是，」米勒說。然後他繼續說，「水很多，就在那裡讓你找。」沒有人回應他的話。他繼續說，「我一定是錯過了某個點，這附近應該有水源。不過情況沒那麼嚴重，我們明天會找到水，一定會。」

其他三人定睛看著他。在漸漸微弱的火光中，米勒一一與他們對望，最後目光冷冷地停留在史耐達身上。過了一陣子，他嘆了口氣，小心翼翼地把杯子放到查里·賀治身前。

「大家睡吧，」米勒說，「明天一大早出發，在天氣變熱之前。」

安德魯企圖入睡，但儘管他已經十分疲累，仍是無法好好放鬆，一直被公牛的低吟聲驚醒。牠們被拴在車斗的後方，不停地用頭碰撞車斗的後擋板，想著擋板後帆布水袋裡剩餘的水。

安德魯在不安穩的睡夢中被米勒搖醒，他張開眼睛後看到的是一片漆黑，和罩在頭頂上米勒的巨大黑影，他聽到其他人活動的聲音，他們腳步踉蹌，一大清早便開始不停咒罵。

「如果趁早把牲口帶上路，牠們便不會想著要喝水。」

當東方現出第一抹黎明的微光，公牛已被套上頸軛，一夥人向西面前進。

「要放鬆轡繩，」米勒告訴他們，「讓牠們調整自己的步伐，找到水之前最好不要把牠們逼得太緊。」

牲口在上升的氣溫中緩慢地前進。到了陽光變亮時，米勒離開一夥人，走在前面遠處，他在馬鞍上坐得直直地，不停地左右張望。有時候他會下馬仔細檢查地面，彷彿那裡隱藏了一些跡象，是他在馬背上錯過了的。他們一路走到中午時分已過。一隻公牛絆了一下，重新站起來的時候，鈍角刮傷了另一頭牛，米勒便叫大夥停下來。

「大家把瓶瓶罐罐裝好水，」他說，「要給牲口喝水了，之後就沒有剩的了。」

大家照著米勒的話安靜地去做。史耐達最後一個到帆布水袋旁，他把馬口鐵杯裝滿，大口大口地喝完，再重新裝滿杯子。

然後史耐達幫忙控制著牛隻，讓查里．賀治一隻一隻帶到車斗後方的水袋喝水。公牛喝完，並用繩拴在遠處後，便輪到馬匹把剩下的水喝光。馬匹把可以喝到的水喝完後，米勒把水袋上的幼樹卸下，讓帆布恢復原來的形狀，並與查里．賀治一起把帆布皺褶上僅剩的水倒進木桶裡。

查里．賀治再把牛隻放開，讓牠們去吃附近的短草，自己回到車斗去，取出一包鬆餅。

「這個不要吃太多，」米勒說，「會把你吸乾。」

四人蹲在車斗旁窄小的陰影處，史耐達慢慢地、小心翼翼地吃了一個鬆餅，然後喝了一小口水。

最後他嘆了口氣，直接向米勒說，「怎麼說？米勒。你知道哪裡有水嗎？」

米勒說，「我想我記得有一處地上有一小堆石頭。再半天，我們應該就會到達那條溪。」

史耐達看著米勒，神情困惑。然後他嚴肅起來，深呼吸了一口氣，輕聲地問，「米勒，我們在哪裡？」

「不用擔心，」米勒說，「自從我上次來過後，一些地標已經變了，但是再過半天，我會解決大家的問題。」

史耐達咧嘴一笑，搖著頭。他輕聲笑著坐到地上，繼續搖著頭。

「天呀，」他說，「我們迷路了。」

「只要我們沿著這個方向走，」米勒順著他們的影子，指向太陽落下之處。「我們沒有迷路，我們今天晚上一定找得到水，或明天一大早。」

「這片土地很大，」史耐達說，「我們不會『一定』做得到什麼事。」

「不用擔心，」米勒說。

史耐達看著安德魯，仍然笑著。「覺得怎樣呀，安德魯先生？想到就覺得口渴了，是不是？」

安德魯迅速撇過頭不看史耐達，皺起眉頭；但他說的是對的。安德魯感到嘴裡的鬆餅忽然變得分外乾燥，像被曬乾的沙子；他耐著乾燥把東西吞下。他注意到查里．賀治把吃了一半的鬆餅塞到襯衫的口袋裡。

「我們還來得及往南走，」史耐達說，「再一天，至多一天半，我們會到達阿肯色，牲口可能還可以撐一天半。」

「這會耽擱我們一個禮拜，」米勒說，「另外，也沒這個必要；我們可能會有點渴，但是我們可以的，我了解這裡。」

「沒有了解到可以讓你不會迷路，」史耐達說，「我說，我們轉往阿肯色，那裡肯定有水。」他從他們身旁拔起一簇黃色的乾草，「看看，這裡正發生旱災，你怎麼知道溪水沒有乾掉？水塘沒水怎麼辦？」

「這片土地會有水，」米勒說。

「有看到水牛的蹤跡嗎？」史耐達看著他們兩人，「一點都沒有，沒有水就找不到水牛，我說，我們應該往阿肯色走。」

米勒嘆一口氣，對史耐達冷淡地微笑，「行不通的，弗雷德。」

「什麼？」

「行不通的，離開斯莫基希爾後我們便朝一個角度斜斜地走，帶著牲口的話，我們需要兩天半，比折返斯莫基希爾還糟糕。沒水的話，牲口撐不到阿肯色。」

「他媽的，」史耐達低聲地說，「你早該讓我們知道。」

米勒說，「沒什麼需要擔心的，我會找到水給你，哪怕是要從地底挖出來。」

「他媽的，」史耐達說，「你這混蛋，我有考慮我一個人脫隊，我想我應該到得了。」

「你到不了的，」米勒說，「你熟悉這片土地嗎，弗雷德？」

「你很清楚知道我不熟悉，」史耐達說。

「那你最好緊跟著大家。」

史耐達逐一直視每一個人，「你肯定大夥會緊跟著你？」

米勒放鬆了緊繃的臉，嘴角的皺紋再度出現，「我會向前走，就像我一直在做的，我只需要找回對土地的感覺，我一直很仔細地觀察、很努力去記憶，一旦我找回對這塊土地的感覺就沒問題了，你們也會沒問題。」

史耐達點頭，「賀治會繼續支持你，我猜。是嗎，查里？」

查里．賀治猛然提起手，彷彿受到驚嚇。他搓揉著缺了手掌的手腕，「我會去神應許之地，」他說，「當我們口渴的時候，祂會引領我們到有水的地方。」

「一定的，」史耐達說。他轉向安德魯，「好，就剩我們了，安德魯先生。你怎麼說？那是你的車、你的團。如果你說我們要往南走，米勒很難反對你的意見。」

安德魯低頭看著地面；每片又乾又細的草葉之間是粉狀的土壤。他沒有抬頭也能感到大家的目光集中在他身上。「我們走了那麼遠，」他說，「我們最好繼續跟隨米勒。」

「好，」史耐達說，「你們都是神經病，不過看來我沒有選擇，你們愛怎麼做就怎麼做。」

米勒的兩片薄唇拉出一線微笑，「你擔心太多了，弗雷德。如果情況變得像你說的那麼糟，我們總有查里的威士忌可以撐過去，他一定還有八、九加侖。」

「馬匹也會很高興，」史耐達說，「我可以想像我們喝了十加侖威士忌後出發的樣子。」

「你擔心太多了，」米勒說，「你會活到一百零五歲的。」

「我已說了該說的了，我願意服從你，讓我休息一下吧。」他側身躺著，並滾進車斗底下，背對著其他人。

「或許我們也該睡一下，」米勒說，「不能在高溫底下走，我們先休息，傍晚再出發。」

安德魯側身躺下，彎著手臂支撐頭部，穿過陰影望向平整的大草原，極目所視，大地一片平坦，全無個性。挺立的草葉離他鼻子數吋，變得模糊，在遠處融合成一片，又急速地反衝向他。這般草原的景象嚇得他立刻閉上眼睛，手指猶疑地伸進草叢，直到把草葉分開，感覺到指尖上粉狀的塵土。他把身體貼向草地，不看任何東西，直到剛才使他眩暈的景象彷彿透過他的指縫退去，從土地來，回到土地去。他的嘴巴乾涸，想取水壺，但還是沒取。他以意志力驅走口渴的感覺。過了一會，身體與土地的緊張關係漸漸舒緩；他在下午結束前便睡著了。

當太陽沒入遠方的地平線後，他們重啓行程。

黑夜很快便到來。在月光下，走在最前方的米勒整個身體往前傾，在馬鞍上向左右擺動，神情亢奮。

雖然安德魯和史耐達讓馬匹按自己的步伐走，米勒卻在夜裡似乎仍發出微光的草原上策馬飛奔，以之字形的路線馳騁。他會突然大角度地轉向，沿著新路線走差不多半小時便放棄，再切入另外一個方向，讓人看不出他有明顯的目標。在前幾個小時，安德魯企圖記住他們走過的路線，但他因疲倦而無法集中精神，清朗的夜空中，星星和一彎新月在他頭頂旋轉，他閉上了眼睛，在馬鞍上彎身向前，隨馬匹跟在史耐達和米勒後面。儘管夜晚溫度驟降，口渴的感覺仍折磨著他，偶爾要從水壺呷一、兩口水。有一次他們停下來讓牲口吃草，安德魯還是坐在馬鞍上，只半睡半醒地意識到身邊發生的事。

他們一直走到第二天清早，走到氣溫遽升的大白天。公牛的動作緩慢，不斷地呻吟，呼吸乾燥而急促。連安德魯也看得出牛皮已失去光澤，胸腔兩側也露出骨頭的形狀。

史耐達騎到他身旁，並轉頭朝公牛的方向看去，「牠們看起來很糟，舌頭快要腫起來，接下來就無法邊呼吸邊拉車了，我們早該往南走，運氣好的話我們可能趕得到。」

安德魯沒有回答，他的喉嚨乾得受不了。他忍不住從馬鞍後方取出水壺，大喝了兩口。史耐達笑著騎走。憑著意志力，安德魯把水壺蓋上，放回馬鞍的後方。

中午前，米勒下馬往回走向緩慢前進的牛車。他打手勢要查里．賀治停下來。

「我們在這裡避一下高溫，」他簡短地說，並走到車斗旁的陰影處。史耐達和安德魯湊了過來。「牠們看來很糟，米勒，」史耐達說，然後轉向查里．賀治，「牠們怎麼拉呀？」

查里．賀治搖搖頭。

「牠們的舌頭開始腫脹了，撐不過今天；那些馬，你看看。」

「別管牠們，」米勒說，他的聲音低沉單調，幾乎是在咆哮。他烏黑的眼睛閃著亮光，眼神卻茫然，雖然注視著三人，但似乎沒在看他們，他說，「水壺裡還有多少水？」

「不多了，」史耐達說，「可能還可以撐過今天晚上。」

「拿過來，」米勒說。

「你聽好，」史耐達說，「如果你認爲我除了爲了我自己以外，會把水用在任何地方，你就……」

「去拿吧，」米勒說，把目光投在史耐達身上。史耐達輕輕咒罵了一聲，便站起來去拿水壺，他回來時提著自己和安德魯的水壺。米勒接過水壺，把自己的也加進去後，向查里．賀治說，「查里，把木桶和你的水壺拿過來。」

史耐達說，「你聽好，米勒，那些牛已經不行了，浪費我們剩下的一點點水是於事無補的，你不能……」

「閉嘴，」米勒，「再爭論這個只會讓你更口渴。就像我說的，我們還有查里的威士忌。」

「天呀！」史耐達說，「你是說眞的。」

查里．賀治回到車斗旁的陰影處，把水壺和木桶交給米勒。米勒把木桶小心翼翼地放在地上，用手壓著桶邊來回轉了幾下，使它平穩固定在草葉的梗上，然後他逐一旋開水壺蓋，謹愼地把水倒進木桶裡。最後他把水壺懸空好一陣子，直到最後幾滴水掛在瓶口，然後滴進木桶裡。到最後一個水壺被清空後，木桶裡的水約有四吋高。

史耐達撿起自己的水壺，仔細地看了看，然後看著米勒。他使盡全身力氣，把水壺甩向車斗側面，水壺向他反彈回來，落在他身後的草地上。

「他媽的！」他大吼，聲音震驚了寧靜而炎熱的大草原。「那一點點水你期待能做什麼？你把它浪費掉！」

米勒沒有看他。他向查里．賀治說，「查里，卸除牠們的頸軛，把牠們一隻一隻帶過來這裡。」

三人之中，米勒和安德魯保持平靜，史耐達身體顫抖，在充滿無力感的憤怒中翻騰。查里．賀治把牛逐一解開帶到米勒身邊。米勒從口袋裡拿出一片破布，浸泡在水裡，然後謹慎地在木桶上輕輕擠出多餘的水，一滴都不浪費。

「弗雷德，你和小威握住牠的角，要抓穩。」

史耐達和安德魯各抓住一隻牛角，而查里．賀治則用他完好的手臂圈住骨瘦如柴且被繩子捆紮的牛脖子。查里．賀治的腳跟戳進土裡，以抵消公牛向前衝的力量。米勒用沾濕的破布擦拭公牛乾涸的嘴唇，然後再把破布沾水，擠出多餘的水。

「把牛角往後拉，」他告訴史耐達和安德魯。

當牛頭抬高，米勒抓住上顎，並往上推。烏黑而腫脹的舌頭在顫抖。米勒再次用濕布擦拭粗糙而腫脹的舌頭，他的手以及手腕伸進喉嚨裡。他把手伸出來時，順勢用力擠壓濕布，最後幾滴水涓涓滴落在舌頭上，舌頭像一塊黑色的乾海棉一般把水吸乾。

公牛的嘴巴逐一被擦拭。三人感到炎熱，但汗水早已流乾。他們雙腳戳進泥土，借力把牛控制住；史耐達一直低聲咒罵；安德魯呼吸沉重急促，吸進的乾燥空氣像芒刺般粗糙，但仍努力不讓顫抖的手臂從平滑而溫熱的牛角滑脫。每處理完一隻牛，查里·賀治便把牛帶回車斗去給牠套上頸軛，再帶另一隻過來。儘管他們動作迅速，仍是花了接近一個小時才處理完畢。

米勒靠著車斗的側面。他的皮膚乾燥得像皮革，在黑鬍子的烘托下略帶淡黃色。

「情況沒那麼糟糕，」他呼吸顯得沉重，「可以撐到天黑；而且還剩一點水，」他手指著木桶中一吋高混濁的水。

史耐達笑了起來，笑聲乾燥，漸變成咳嗽，「一品脫的水給八隻牛和三匹馬用。」

「可以消腫，」米勒說，「夠用了。」

查里・賀治從車斗前方回來，「要不要把頸軛卸除，讓牠們休息？」

「不要，」米勒說，「不管牠們站著或動著，舌頭一樣會腫脹。動著更能避免牠們吃草。」

「我們往哪去？」史耐達說，「你認爲牠們還能拉多遠？」

「夠遠的，」米勒說，「我們會找到水的。」

史耐達忽然迅速走到米勒身邊。「我只想知道，」他說，「車斗上有多少彈殼和炸藥？」

「一頓半到兩頓，」米勒說，二人眼神沒有接觸。

「喔，天啊，」史耐達說，「怪不得牲口都乾掉了。如果我們丟掉那些東西，可以走兩倍遠。」

「不，」米勒說。

「我們可以找到水，或許再回來拿，不是說我們要把東西留在這裡。」

「不，」米勒說。「怎麼出發怎麼到達，不然不要去。我們不需要恐慌。」

「你這發瘋的混蛋，」史耐達說，一腳踢在車斗的胡桃木輪輻上，「他媽的，比地獄還瘋狂。」他再補踢一腳，並在輪緣上重重地搥下去。

「還有，」米勒平靜地說，「沒差的，在平原上，當公牛聯套在車上開始拉動後，有載貨跟沒載貨是一樣的。」

「跟他說沒用，」史耐達說，「完全沒用。」他大踏步離開車斗的陰影到車斗的後方取馬，安德魯和米勒慢慢跟在後面。他們的馬被拴在車斗後面，轠繩收緊，無法低頭吃草。

「偶爾發洩一下對弗雷德是好事，」米勒告訴安德魯，「他知道如果把東西卸在這裡，我們可能要花一個星期找回來，還要看找不找得到。要找的話會讓我們跟現在一樣糟。我們的車斗沒有留下夠深的車轍，而且在這種地上也很難留下車轍。」

安德魯往後看。米勒說得沒錯。車輪走在滾燙土壤上短且堅硬的草中，幾乎沒有留下痕跡。剛才被車輪碾過的草現在已經筆直地站著，隱藏起他們路過的證據。安德魯企圖吞嚥，但喉嚨的肌肉已經乾得無法收縮。

他們的馬匹緩慢前進。在查里．賀治甩動皮鞭的爆裂聲和他尖銳的聲音之下，公牛疲弱地與沉重的車斗互搏。牠們蹣跚前進，不再是彼此合作的一群，而是在皮鞭與吆喝聲催促下各自掙扎受苦的野獸。有一次，車隊來到一處淺窪地，底部已經龜裂的泥土呈現錯綜複雜的圖案，大家面對乾涸的水塘說不出話來，心情沉鬱。

下午快過了一半，米勒強迫大家吞一小口查里．賀治的威士忌。

「不要喝太多，」他警告大家。「讓喉嚨濕潤就好，多一點就會讓你不舒服。」

酒精使安德魯感到噁心。乾涸的舌頭和喉嚨開始燒得難受，嘴巴裡好像插了一根火把；當他的舌頭在龜裂的嘴唇上舔了一圈後，嘴唇便痛得像火燒一般，久久不退。他閉上眼睛，身體依附著鞍角，任由他的馬來帶動前進。然而眼瞼閉合後的黑暗卻被強光穿透，像一根根在旋轉的長矛，讓他頭暈目眩。他不得不再張開眼睛，面對那空曠且無人踏足過的路。

太陽下山時，公牛的呼吸再次發出呼嚕呼嚕的強烈呻吟聲，牠們頭部下垂，左右搖擺，舌頭腫得使嘴巴必須半開。米勒讓牛車停下。史耐達和安德魯再次握住牛角，雖然二人的體力大不如前，他們卻較前次容易達成任務。公牛默默地、毫無抗拒地被他們擺佈，對米勒用水擦拭嘴巴也根本不感興趣。

「我們不要停下來，」米勒用沉重單調而嘶啞的聲音說。「在牠們仍可以站著的時候，就讓牠們繼續走。」

他把木桶傾斜，用破布吸乾最後幾滴水，幫馬匹擦拭嘴巴；完成時，破布已幾乎完全乾掉。

太陽墜入平坦的地平線後，黑暗便很快到來。安德魯雙手緊握著鞍角，但由於雙手已無力，所以一次又一次地滑脫，最後已提不起手來放回鞍角上。呼吸是痛苦的事；他坐在馬鞍上萎靡不振，學會從鼻子吸進一點空氣，隨即快速地呼出，然後在幾秒鐘後重複一次。有時候在夜裡，他發現自己嘴巴張開，而且無法合攏，舌頭伸出在上下兩排牙齒之間，當他想要把嘴巴合起來時，便感到口腔內一陣因乾涸而引起的悶痛。他想起公牛發黑、腫脹而乾涸的舌頭；他努力把自己的思維從這個景象推開、讓它離開自己，他把思想轉推到一個有如他身處的夜空一般黑暗且無邊際的地方。有一次，一隻公牛絆倒，無法站起來。三人必須下馬，以他們僅有的力量用推的、拉的、戳的，使公牛站起來。之後公牛無法發力拉動車斗，因此三人要推動輪輻，查里．賀治在公牛上方甩動皮鞭，直到輪子開始移動，公牛也蹣跚地恢復向前移動。安德魯呷了一點查里．賀治的威士忌，想潤濕嘴巴，但酒精沿著嘴唇從他的嘴角流走。幾乎整個晚上他都徘徊在輕微的神智不清和極度痛苦的狀態。有一次他清醒過來，發現自己一個人在黑暗中，沒有空間感，沒有方向感。一陣驚慌中，他在馬鞍上感到天旋地轉，他往上看那浩瀚的半圓天空，往下看他正在行走的土地，彼此似乎遙不可及。後來他聽到車斗發出微微的嘰嘎聲，便讓馬朝著聲音的方向走，不久後便回到隊伍裡，其他人也不知他曾經脫隊。他歸隊後仍顫抖了一段時間，自己被遺棄而產生的驚慌揮之不去，因此有一段時間他保持警覺，緊盯著米勒模糊的動作，這樣做彷彿不是因爲他的移動會引領他到達他想要到的地方，而是避免自己偏離路線而進入一種孤獨的虛無中。

黎明之後不久，他們便找到水。

後來，安德魯記得靠近水源的第一個徵兆彷彿出現在夢中。東方於黎明時分出現了曙光，在馬鞍上的米勒身體繃緊，頭抬得高高地像一隻動物，充滿警覺性。然後，米勒以微小得幾乎看不出來的動作，控制馬匹稍稍偏北方走，自己仍抬頭保持警覺。過了一陣子，他拉緊韁繩，馬匹急轉北方，使查里·賀治必須從牛車跳下，連推帶戳地讓公牛轉向跟著米勒的馬。當太陽從東面的地平線冒出時，安德魯便注意到胯下的馬匹在顫抖，他也看到米勒的馬的耳朵倒向前方，不耐煩地掙扎，只被韁繩緊緊地拉住。米勒在馬鞍上轉身面對身後的伙伴。在淺黃色的晨光下，安德魯看見米勒的臉上露出怪異的微笑，龜裂的嘴唇因過度腫脹而微微滲著血。

「天呀，」米勒喊著，他的聲音急促而微弱，但傳達出強烈的勝利感。「天呀，我們找到了。把馬匹控制好，還有……」他高聲向著較遠的地方喊，「查里，要用全力抓緊不要放鬆，牠們很快就聞得到，會發瘋的。」

安德魯的馬忽然向前衝；安德魯大吃一驚，立刻全力勒緊韁繩，馬身後仰，前蹄在空中猛踢。安德魯瘋狂地向前傾，把臉部埋在鬃毛裡，好讓自己不會被甩下馬。

小溪是在平坦的草原上被侵蝕而成的一條蜿蜒水澗，光禿禿沒有樹木。當他們看見小溪，那些牲口只是一團團被這些人以微弱的體力控制住的、不斷顫抖的血肉。當他們聽到溪中的水聲時，米勒向身後的伙伴大喊，「跳下馬，讓牠們去。」

安德魯一腳脫離馬鐙時，韁繩的力度減少後，馬匹便突然往前衝，把安德魯甩落在地上。他站起來時，所有馬匹都已到達溪邊，前腿跪著，頭部伸進淺淺的細流裡。

查里．賀治從車斗上大喊，「來幫我拉一下這根煞車桿！」他用手掌和另一隻手臂的手肘合力拉住車斗旁的煞車拉桿；被鎖緊而停止運轉的車輪在短草上滑行，揚起了滾滾塵土。安德魯跌跌撞撞地走到車斗旁，踩著輪輻跳到車斗上，從查里．賀治手中接過拉桿。

「要把公牛的頸軛卸下來，」查里．賀治說，「再這樣下去牠們會死掉。」

安德魯急促猛拉手中的不斷抖動的拉桿，聞到一陣木頭與皮革的燒焦味。查里．賀治從車斗跳下，跑到帶頭的兩隻公牛前。他動作敏捷地把頸軛的弧形部分拿下，跳到一旁讓公牛經過他身邊向前衝往溪邊。米勒與史耐達站在另一邊，在查里．賀治把其他頸軛卸下時企圖安撫公牛。最後一個頸軛被卸下後，三人蹣跚地走到溪邊與牲口距離不遠的上游。

當他們放縱地趴在渾濁的小溪旁時，米勒說，「要放輕鬆，先用水把口腔弄濕，一時喝太多會讓你覺得噁心。」

他們把口腔弄濕後，便讓一點點溪水流進喉嚨裡。然後他們躺在地上一陣子，雙手墊著頭部，讓涓涓的溪水溫柔地、沁涼地流過他們的身體。然後他們再比較大口地喝，然後再休息。

他們整天待在溪裡，牲口補充水分，吃附近的短草。「牠們體力流失不少，」米勒說，「牠們有一天的時間可以補回來一點。」

接近正午時，查里．賀治沿著溪邊撿拾了一些浮木，生了火。他煮了一些豆子，煎了一些醃肋肉。醃肋肉與最後一批鬆餅和大量的咖啡被狼吞虎嚥地一起灌進肚子。他們睡了一整個下午，煮豆子的火漸漸熄滅，查里．賀治醒來後重新升起火堆。那天晚上，他們在黑暗中吃著半熟的硬豆子，喝更多的咖啡。他們聽著牲口在附近緩慢而滿足地動著；同樣感到滿足的他們在營火的餘燼旁邊沉睡，在睡夢中聽著被他們發現的小溪汩汩的流水聲。

他們第二天黎明前便再度出發，身體仍因爲前段時間持續缺水而感到有點疲弱。現在水已經找到了，米勒便更有信心帶領團隊。他把水源說得像是一種生物，不斷企圖躲避他們，「現在我找到牠了，」他在溪邊的營火旁曾經說過，「我不會再讓牠跑掉。」

而牠的確沒有跑掉。在毫無特色景致的草原上，他們沿著不規則的路線朝西方走，每天結束前總會找到水源；他們往往入黑後才找到水源，那對史耐達和安德魯來說是不可思議的。

走到第十四天，他們看到了山脈。

在前一天下午大部分的路途上，他們越來越靠近籠罩著西面地平線上的低層雲。由於他們到深夜才找到水源，所以第二天早上很晚才醒來。

他們醒來的時候，天空已呈鋼藍色，東面的太陽已熱得火辣辣。安德魯在他的鋪蓋上猛然驚醒；整個行程裡他們從來沒有那麼晚還待在營地過。其他人還躺在鋪蓋裡。他想要叫醒他們，但他的眼睛被強光照得睜不開，他讓雙眼沿著天空的圓頂無目標地游移；當他的目光一如往常地落在西方時，他心情一凜，再仔細一看，發現大草原的極遠處隆起一個深藍色的小土丘。他跳起來並往前走了幾步，彷彿走這幾步會讓他看得更清楚。然後他轉身走向正在熟睡的伙伴。他走到米勒面前激動地搖動他的肩膀。

「米勒！」他說，「米勒，醒來。」

米勒翻動了身體，張開眼睛，並迅速地坐了起來，完全清醒。

「什麼事，小威？」

「你看，」安德魯指向西邊，「看看那邊。」

米勒只是笑著，沒有朝安德魯所指的方向看去，「是山啊，我估計我們今天會看得到的。」

此時大家都醒了。史耐達看了一眼遠方的小山脊，聳聳肩，便把鋪蓋捲起來，綁回馬鞍的後方。查里．賀治只向山脈瞄了一眼便轉過頭，忙著準備早餐。

稍後，他們繼續往西的漫長旅程。現在他們的目的地已經出現，安德魯開始在他們正穿越的草原上看出一些他之前無法辨別的地貌。某處地勢凹陷形成一個淺溪谷；某處地上隆起一小堆石頭；某處遠方有一面矮樹叢，在黃綠色的景色上添上一個斑點。以前，他的雙眼大部分時間都緊盯著米勒的背部，現在他極目遠眺，注視著那地平線上參差不齊的土丘，有時候清楚，有時候模糊。他覺得他對這種種所見的渴望，與先前他對水的渴望是一樣殷切的；但現在他知道群山已經在前面了，已經在視線之內了，卻無法精確地知道他眼前所見緩和了他心中哪些飢渴。

他們花了四天才到達丘陵帶。那四天裡，隨著他們的前進，連綿的山丘拔地而起。他們越靠近，米勒越發不耐煩；他們越來越常在溪邊午餐，他卻幾乎不願花時間等待牲口喝水和吃草，越來越迅速便趕著牠們上路，直到最後查里．賀治的皮鞭規律地劈哩啪啦響，公牛的嘴唇出現斑污，不斷滲著白色泡沫。牠們從晚上走到深夜，隔天日出前已經出發。

安德魯覺得連綿的山丘牽引著他們往前走，他們越靠近，那股力量越發強烈，彷彿是一塊磁石，越靠近越被更強的力量吸住。當他們越靠近，安德魯感到被吞噬，被包含在一些以前與他沒有關係的東西裡；然而那種吞噬感與他在缺乏個性的大草原上所經歷的不一樣，那是一種儘管模糊，卻承諾著某種富裕與成就的感覺，但要成就什麼，又是他無以名狀的。

有一次他們遇上一條南北走向的寬闊路徑。米勒下馬，仔細研究這條被磨得光溜溜的路面。

「趕牛用的，看來很像。他們一定是已經開始從德克薩斯運牛*，」他搖搖頭，「我上次經過還沒看到。」

就在天黑前的黃昏時分，安德魯看見遠處鐵路呈兩條細小的平行線。鐵路平平地走在蜿蜒的小山丘之間，漸漸駛進開闊平原。但米勒早已看到。

* 一八六六年至一八八六年間，美國西部的經濟活動之一，期間兩千萬隻牛從德克薩斯州被趕往堪薩斯州，再從堪薩斯州被以火車運往芝加哥，再運往東岸。

「天啊，」米勒說，「是鐵路！」

三人快馬加鞭，幾分鐘後停在某處隆起的路基旁邊。鐵軌表面黯淡地反射出夕陽的最後一抹光芒。米勒下馬，好一陣子站著不動。他搖著頭，跪在地上，用手撫摸鐵軌上的鋼材，然後他抬頭看見面前赫然聳立、呈鋸齒狀的山峰，午後的陽光照得山峰出現橘藍兩色。

「天啊！」他再說一次，「我從沒想過這裡會有鐵路。」

「水牛，」史耐達仍坐在馬上，向鐵軌吐了一口口水，「一大群！鐵路出現幾年後的地方，我從未看過大群的水牛。」

米勒沒有抬頭看他。他搖搖頭，站了起來，騎到馬背上。

「走吧，」他突然說，「在紮營前還要走很長的路。」

雖然他們經過幾處清澈的溪流，但米勒仍強迫大家在入黑後走了三個小時。他們前進緩慢，因爲他們越接近山區，地勢越發崎嶇；他們常常要避開溪邊的小樹林，有時要繞過幾個在黑暗中隱約冒出的陡峭山崗。有一次，他們看見遠處一點燈光閃爍，可能是來自附近人家敞開的大門。他們繼續往前走，直到他們看不見那燈光，之後又繼續走了很長一段時間。

第二天大清早，他們已進入了科羅拉多的丘陵帶。陡峭的山丘上，幾棵松樹擋住了遠方山脈的視線。米勒騎在最前方，引領著牛車走上緩緩拔高的山丘。他指向一個從高到低排列了松樹的山丘，大家便朝著山裡走去。山後是一個深谷，谷底是一條小河，小河兩岸地勢平緩。他們隨著山勢下降，進入一個寬闊的平底谷，谷底延伸到兩邊的山腳。

「我們中午時分應該會到達河邊，」米勒說，「之後就要爬山了。」

不過他們到達主河道時已過了中午。河道的這一邊視野清楚，河堤邊有幾棵漆樹，葉子已染上一絲金黃，另外還有幾叢柳樹。河床極為寬闊，約兩百碼。兩邊河堤外數十碼處青草蔓生，河床上除了青草外，還有幾棵矮樹及幾處灌木叢。年復一年，流水對泥土和岩石的搬運與侵蝕作用，使中央的河道變淺變窄，不超過三十呎寬。河水暢順而清澈地流過河床上時而平坦整齊、時而拔地而起的岩石，零零散散地產生小漩渦或漾起白色的漣漪。

他們就在剛剛與河道相遇的地方停下來休息。當牲口忙著吃草時，米勒騎著馬沿河道的走向往東北方走去。查里·賀治和史耐達在牛車旁邊休息，安德魯一個人走到河堤邊坐了下來。漫山都是松樹。河堤的遠處矗立著褐色的粗大松樹樹幹，在三、四十呎的高度主枝橫生，一簇簇深綠的松針形成樹冠。粗大的樹幹與樹幹之間是較小的樹幹，較小的樹幹之間又是更小的樹幹，使得他眼前所見，是由樹、樹蔭、黯淡無光的土壤融成的一片濃密無法穿透的黯黑，這裡從未有人涉足過。他抬起頭，視線隨著陡峭的高山往上延伸。松樹的形體，甚至是那濃密的一片視野，或者是高山本身都已然消失。他只看到一張松針與松枝形成的深綠毯子，在他凝神關注下已失去它原有的屬性及規模，像一片不帶情感的海洋，凝結在一刻平靜之中，滾滾波濤永遠是規律而安詳的──他可以短暫地站在上面，但是只要稍有動靜，身體便往下沉，慢慢地沒入那一團綠色之中，直到沉至空氣凝滯的森林最核心處，在沉鬱的孤獨中，成爲它的一部分。他在河堤邊坐了很久，那景象不斷出現眼前，盤據心神。

米勒從下游探路回來時，安德魯仍坐在河堤邊。

米勒安靜地騎到正在休息的伙伴身邊，他下馬的時候二人已圍到他身邊。

「欸，」史耐達說，「你去得夠久的了，找到要找的東西了嗎？」

米勒悶哼了一聲，眼神掠過史耐達，從自己的角度左右打量著河道。

「天曉得，」米勒說，「地形好像改變了。」他的聲音略帶茫然，「好像一切都跟以前不一樣了。」

史耐達往地上吐了一口口水，「那我們還是不曉得自己在哪裡囉？」

「我沒這樣說，」米勒雙眼繼續打量著河道的走勢。「我來過這裡，我來過這區域所有地方，我只是好像沒辦法很確定。」

「我敢說這是我參加過最糟糕的一次狩獵，」史耐達說，「我覺得我們在大海撈針，」他憤怒地獨自走開，坐到車斗旁邊，背靠著後輪上的輻條，悶不作聲地眺望著他們曾經橫越的平底谷。

米勒走到剛才安德魯坐過的河堤邊。他定睛看著對岸漫山聳立的松樹林長達好幾分鐘。他雙腿微張，壯碩的雙肩萎靡地往前沉，低著頭，雙臂無力地垂在兩旁。他的一根手指不時抽動，這輕微的動作帶動他的手輕輕轉動。最後他嘆了口氣，站直身子。

「還是出發吧，」他說，並轉向其他三人，「一直坐在這裡不可能找到東西的。」

史耐達抗議，他認爲既然只有米勒一人才知道他要找的地方（如果他眞的知道的話），他們就不必全部一起去找。米勒沒有回應，卻示意查里·賀治去把公牛套上頸軛；不久整隊人便往西南方走，那是米勒稍早探路時走的相反方向。

他們花了整個下午往河的上游走去。米勒走在堤岸邊，有時候堤岸的樹叢太茂密，便策馬踉踉蹌蹌走在滿是碎石的河床上。有一處濃密的松林延伸到河邊，牛車必須改道。米勒繼續走在河床上，安德魯、史耐達和查里·賀治三人則繞著松林走，有超過一個小時沒看到米勒的蹤影。最後他們繞過那塊楔形地帶，便看到米勒在上游的遠處，在馬鞍上向外彎身審視著更遠方的堤岸。

那個晚上他們很早便紮營，只離太陽下山一個小時而已。入黑後，空氣中瀰漫著寒意，查里·賀治把更多樹枝和一根巨大的松樹幹加到篝火裡。那松樹幹是被過度憤怒而越發精力充沛的史耐達從一棵松樹砍下來的，松樹的樹頂已被前一年過量的積雪和強風毀掉。篝火在寧靜中轟轟地猛烈燃燒，逼得人們往後退，臉部也被照得通紅。但等到篝火漸弱到只剩餘燼時，寒意再度襲來；安德魯從車斗上取出另一張毛毯，加到他薄薄的臥鋪上。

早上他們安靜地拆營。安德魯和查里．賀治二人動手，史耐達和米勒二人離彼此遠遠的，也遠離忙著拆營的二人。史耐達坐在地上粗野地用刀削著一根細長的松枝，碎屑堆在他縮起的膝蓋之間。米勒再次站到河堤邊，背對著其他人，凝望清澈的淺水從他們要前進的方向流過來。

早上的行程懶洋洋地開始。史耐達坐在馬鞍上，神情萎靡；他抬頭時，雙眼的視線憂鬱地停在米勒的背上。查里．賀治漫不經心地甩動著長鞭，在領頭公牛的頭頂上劈啪響著，經常從彈簧椅下的箱子裡取出酒瓶喝上幾口。只有米勒焦躁不安地走在前方，時而在河堤上，時而在河床邊緣，時而在水中，使馬蹄後上部的肢關節處激起白色的泡沫。安德魯也開始被米勒的不安影響，發現自己越來越頻繁地注視著緊鄰河道、引導著他們前進路線的那片不知名的森林。

那天上午，在前方的米勒停了下來。馬匹站在河床中央，其他人趨前靠近後，安德魯看得出來米勒在凝視著對岸河堤上的某一個點，若有所思，卻不帶任何情緒。牛車停下來後，米勒轉身平靜地對同伴說：

「就是這裡。查里，把牛車帶下來，要直接過河。」

有好一陣子大家都沒有動靜。米勒所指之處，與今天早上和昨天下午沿著無變化的、不斷延伸的山坡所走的路上的任何一處，都沒有什麼差異。米勒再說：

「來吧，把牛車轉過來，直接過河。」

查里．賀治聳聳肩，在右方的牛耳上抽響皮鞭，並拉好煞車，準備從陡峭的河堤下降。史耐達和安德魯往前走，緊跟隨著米勒，而米勒勒馬直接進入了濃密的松樹林。

當安德魯、史耐達和米勒三人強押著馬匹正面挺進松樹林時，一瞬間，安德魯有一種下沉的感覺，彷彿被往下吸進一種沒有範圍、沒有印跡的柔軟與具有彈性的空間裡。馬匹的呼吸聲、嘚嘚的馬蹄聲，甚至是他們吐出的幾個字，全都被吸進森林的寧靜中，使得所有的聲音聽來都暗啞、遙遠而平靜，一個聲音與另一個聲音幾乎一樣，不管是馬的噴息聲或人聲；一切聲音被簡化爲輕輕的悶響，並非來自發聲者本身，而是來自森林，彷彿那裡有一個巨大的心臟在搏動，讓每個人聽見。

史耐達的聲音來自安德魯身旁，被森林轉化成輕柔、微弱而無關痛癢，「我們到底往哪去？我看不到有水牛的跡象。」

米勒指向下方，「看我們踩著什麼？」

安德魯看見馬蹄碎步地滑行著，他以爲是踩在森林中灰綠色的土壤上，但靠近看才發現原來馬匹是走在一系列長形的平滑石頭上，那些石頭在山脈的底部形成，在樹幹之間蜿蜒著。

「牠們不會留下蹤跡讓人發現，」米勒說，身體從馬鞍往前傾，「可是你們看看那裡。」

石頭小徑在他們前方突然終止，一片天然的空地在樹林中開展，蜿蜒地沿著山邊往上延伸。地上看得見等寬土壤上光溜溜地寸草不生，裸露的土壤與石頭顯現出一條小徑的邊線範圍。米勒輕踢馬腹，走到小徑的起點，然後下馬，蹲在小徑的中央細心地審視。

「這是牠們走的路，」他的手撫摸著被壓得堅硬的土壤，「有一群水牛不久前走過，看來是好大一群。」

「眞的！」史耐達說，「眞的！」

米勒站了起來，「現在開始會有很困難的山路要爬。最好把馬匹拴到車斗的後面，查里需要我們的幫忙。」

水牛的路徑蜿蜒曲折。牛車要爬上一道陡峭的斜坡；它慢慢地爬升，然後又急遽地下降到深谷裡，之後又往上爬。安德魯把馬拴在車斗的後擋板後，便在車斗側面大步地走著，山上的清新空氣充滿他的肺部，讓他感到一股前所未有的力量。他在車斗旁邊，轉身面向已經落後一大段路的米勒和史耐達。

「趕快啊，」一股過度的熱情與精力驅使他大喊，而且興奮地輕輕笑了起來，「我們會把你們甩掉。」

米勒搖了搖頭；史耐達對他咧嘴而笑。兩人都沒有說話。他們在粗糙的小徑上笨拙地拖著腳前進；他們步履緩慢，勉強而且謹慎，像是老人家不太情願地、漫無目的地閒逛。

安德魯聳聳肩，轉身不理他們二人。他沿著小徑殷切地向前看，彷彿每轉一個彎都會爲他帶來驚喜。他走到牛車前方，輕鬆而快速地踏著大步前進；遇到小凹坑，他就快步跳進去，爬坡時猛力跨腿。在某個高處他停了下來，當時牛車不在他的視線裡，他站在兩棵松樹之間一塊突出的大石上往下看。山勢陡峭得無法再看見原來的小徑，從他的位置可以看到幾分鐘前才穿越的河流向左右延綿，河邊的平原向背後的丘陵地伸展。大地顯得平靜而祥和，安德魯對於剛才穿越松樹林時半陷入的那種恐懼，心中仍反覆思量著。如今他們已經穿過了松林，反而感到那松林頗像一個老朋友，給予安德魯一份安全感，一點撫慰，使他了解到，只要他願意，他可以再回到那裡而同樣得到那份安全感與撫慰。他轉過身來。他的上方、前方的大地都被籠罩起來而不可知，他無法看透，也不知他們會向何處去。但他轉看另一面郊野的景致，那就在他背後的平坦原野，讓他聯想到他原本想要看的，這使他心中產生一股平靜感。

他聽到有人叫他的名字，隱約來自他下面牛車的方位。他從巨石躍了下來，快步走向正努力往上爬的牛車。牛車已因山路太陡峭而無法前進，米勒與史耐達站在車斗的後輪附近，查里·賀治坐在彈簧椅上，手緊拉著煞車拉桿，以防車斗往後滑動。

「來幫個忙，」米勒說，「太陡了，牛拉不動。」

「好，」安德魯說著，感到呼吸緊促及輕微的耳鳴。他用肩膀抵住後輪的底部，同樣地，史耐達則抵住車斗另一邊的輪子，只是那一端小徑的地勢稍高，輪子也相對位於稍高的位置。米勒面對著安德魯，二人緊握著車輪的輪輻，一人拉著，一人推著前進。查里．賀治大幅度用力甩動手上的皮鞭，在他們身後咻咻掠過，最後在前方牛群的頭頂上啪地響起。他提高嗓門，拉長了聲音大叫：「趕快喔！」牛群竭力寸步前進。查里．賀治放開了煞車拉桿，後方顧著輪子的人立即感到車斗重重地向後滑動，大吃一驚，不過很快的，公牛的體重穩住車斗，車後三人竭力抵住車輪，車斗便慢慢沿著山路爬升。

安德魯感到血液在頭部翻滾。他隱約看到米勒前臂上的肌肉像粗麻繩一般盤纏著，額頭上的血管明顯地突起。當輪子開始轉動，安德魯便靠到另一個輪子的輪輻，再用肩膀輔助前進；他呼吸急促，使喉頭和胸部感到劇痛。他朦朧的眼中出現了亮點，並開始旋轉，他閉上了眼睛。忽然間他雙手鬆脫，感到山徑上尖銳的石塊壓向他的背部。

他聽到遠處傳來聲音。

史耐達說，「他看來有點沮喪，是不是？」

安德魯張開眼睛，眼前的光在舞動。深綠色的松針離他很近，然後又在遠處，松針中間露出一片藍天。他聽到自己急促的氣息，雙臂無力地躺在他的兩側，胸脯上下起伏，使他的頭部往地上的石塊壓去，除此之外他的身體一動也不動。

「他會沒事的，」米勒的聲音緩慢、愼重而從容。

安德魯轉過頭來。史耐達和米勒蹲在他的左邊，牛車在稍遠的地方，在斜坡的頂端，暫時停了下來。

「發生什麼事了？」安德魯的聲音輕而微弱。

「你暈倒了，」米勒告訴他。史耐達咯咯笑起來。「在山裡，你要放輕鬆，山裡的空氣比平常吸到的要稀薄。」

史耐達搖著頭，仍是笑著，「年輕人，你有陣子心花怒放是吧，我以爲你會爬到山頂呢，但還是倒在這裡。」

安德魯虛弱地微笑，用手肘撐起了身體；然而這個動作又讓他已經稍微平順的呼吸慢慢變得急速而沉重，「爲什麼你們不讓我緩下來？」

米勒聳聳肩，「這種事要自己親身體會，說了也沒用。」

安德魯站了起來，有一陣子身體因暈眩而搖晃，他伸手捉緊米勒的肩膀，身體站直了後才靠自己的力量站穩。「我沒事了，繼續走吧。」

他們沿著斜坡走向車斗，安德魯的呼吸又開始變得沉重，走了那一小段路便使他的雙手發抖。

米勒說，「我應該叫你騎一陣子馬，讓你恢復體力，但是這不是好方法，在氣喘已經發生的時候，最好是繼續用走的，如果你現在騎馬，氣喘一定會再發作。」

「我的情況很好，」安德魯說。

他們再次出發。現在，安德魯走在米勒和史耐達後面，企圖模仿他們彆扭而踉蹌的步態。過了一會，他便發現訣竅在於讓四肢放鬆，身體向前傾，雙腿的作用只是讓身體不會垮。雖然他的呼吸仍然短而急促、雖然走了一段稍微陡峭的山坡後眼中的白光仍在旋轉，但他發現攀登時的古怪拖沓節奏使他不至於太疲累。每四十五分鐘米勒都會讓大家停下來休息。安德魯發現米勒和史耐達在休息時都沒有坐下。他們身子挺直，胸部有規律地呼吸，一旦呼吸平順下來，大家便再次出發。安德魯發現從坐著或躺著的姿勢站起來，會引起極大的痛苦，便開始與他們站在一起；相較於坐著的姿勢，用站立的姿勢開始攀爬，會比較容易，也比較不疲累。

整個下午他們都走在車斗的旁邊，當山路變窄，便走在車斗後方，當沒有植被的斜坡讓牛蹄打滑，他們便用肩膀抵住車輪。

下午三時左右，他們又拖又拉地爬到山坡的一半。安德魯的雙腿已麻木，肩膀也因不斷推動車輪而開始發燙。就連休息的時候，寒冷而乾燥的稀薄空氣都會刺痛他的喉嚨，甚至使胸部產生劇痛。他很想休息、坐在地上，或躺在山路旁柔軟的松針上；然而他知道爬起來時會帶來的痛苦，還是和大家站在一起，遙望山徑的盡頭消失在濃密的松林裡。

黃昏時，山徑要轉一個急彎，查里．賀治必須要把車斗倒退好幾次，每次都要向右微微調整角度，最後才能順利拐彎。那時右輪已經緊貼著松樹，左輪則瀕臨三、四百呎深的峽谷的邊緣。轉彎後，大夥停了下來。米勒指著前方，山徑在兩個山峰之間急遽攀升。山峰與午後的強光成強烈對比，顯得更黑暗，稜角更分明。

「就在那裡，」米勒說，「就在山峰後面。」

查里．賀治大聲歡呼，皮鞭在牛頭上方劈啪響起。受驚的牛隻猛力向前衝，牛蹄戳進土裡而失蹄，幾個人再次用肩膀抵住輪子。

「不要逼得太緊，」米勒向查里．賀治大喊，「要拉很長的路，一直到頂。」

一步一步地，他們用拉的、用推的讓車斗走完最後一段陡峭的山路。他們滿臉的汗水一下子就被高山的冷空氣吹乾。安德魯聽到空氣吸進肺部時產生的咕嚕咕嚕聲，他知道那聲音來自自己的身體，大到幾乎可以蓋過其他人的呼吸聲、車斗攀爬陡峭地勢時發出的嘎吱聲，以及牛隻的呼吸聲、踏步聲和牛蹄在山路上滑動的聲音。他喘著氣，像一個快要溺斃的人；肩膀不斷擠壓輪輻時，他想要揮動垂在兩側的雙臂，彷彿這樣做會讓他多吸一些空氣。他的雙腿越來越麻木，但忽然間麻木感消失了，他同時感到幾百根針扎到肉裡，那些針從微溫到白熱，再從骨頭燒向他的肌肉。他感到所有的關節——腳踝、膝蓋、臀部——在往前推的重力下被壓得粉碎。他頭部的血液翻騰，在耳際抽動著，連他呼吸的聲音也被淹沒。他眼前一片血紅色，擋住視線；他盲目地推，意志力超乎他的體力，成爲主體，直到兩者被痛楚所掩蓋。後來他身體忽向前撲，離開了車斗，雙手被山路上尖銳的石塊割到，但他沒有動。他的膝蓋和雙手著地好一陣子，他以幾分冷淡的好奇看著血液從手掌上的傷口汩汩地滲進緊鄰的土裡。

過了好一會，他才發現當他向前衝的時候，牛車已經停了下來，而且已經到了一處平坦的地勢，不再是傾斜的了。在他的右邊是一塊筆直的巨石拔地而起，左邊離牛車不超過三十呎遠的地方，是另一塊類似的巨石。他企圖站起來，但腳下一滑又讓他跪了下來，維持著原來的姿勢。膝蓋和雙手仍然著地的他，看見查里·賀治筆直地坐在駕駛座上，看著遠處，一動也不動；米勒和史耐達仍然挨著他們一直在推動的輪子，也是朝著前方看去，沉默不語。安德魯往前爬了幾呎，雙手撐著地面站了起來，把手上的血擦在襯衫上。

米勒轉頭向他說，「就在那裡，」他平靜地說，「看看。」

安德魯走到他身邊，沿著他所指的方向看去。在前面約三百碼的距離，山路漸漸下降，沒入松樹林，而就在那裡，地勢突然變平坦。那是一個窄長的山谷，平坦得像桌面一般，在山脈中蜿蜒。谷底滿是郁郁蔥蔥的青草，隨著微風波浪般起伏，一望無際。山谷裡似乎衍生了一種沉默，是一處渺無人跡之地所擁有的沉默、靜謐和絕對的平和。儘管安德魯已是精疲力盡，他仍是屏息靜氣，盡他所能地緩緩地呼氣，唯恐騷擾了此處的寧靜。

米勒突然緊張起來，輕拍安德魯的手臂，「你看。」他的手指向西南方。

在對面山坡上深綠的松林下方，黑壓壓的一片斑塊在山谷裡移動。安德魯瞇著眼睛遠看，那黑色的邊緣彷彿泛起輕輕的漣漪，整體得像一片水域，被不明的水流所推擠，產生陣陣的悸動。從他們所在之處看來雖然只有小小一片，但據安德魯的估計，實際會超過一哩長，半哩寬。

「是水牛，」米勒輕聲說。

「我的天呀！」安德魯說，「有多少隻？」

「可能兩、三千，可能更多，這山谷隨著幾座山延伸；我們從這裡只看到一小部分。再走遠一點會看到什麼就很難說了。」

安德魯站在米勒身邊好一陣子，看著那群水牛。在他立足之處，他無法看到動物的形體，也無法辨別個別的動物。北面吹起涼風，穿越山口而來，安德魯開始發抖。太陽已落在對面的山後，陰影籠罩著他們站立之處。

「下去紮營吧，」米勒說，「天很快就黑了。」

像列隊行進一般，他們沿著斜坡慢慢進入山谷，入黑之前便到達平地。

Chapter

IV

他們在一個小溪旁紮營。溪水反射出日落前最後一抹陽光，慢慢流過平滑的岩石進入山腳下的水塘裡，再流入隱藏在山谷沃草裡的溪流。

「南面幾哩外有個小湖，」米勒說，「那是水牛去喝水的地方。」

查里．賀治卸下公牛脖子上的木軛，讓牠們吃草。安德魯幫忙他把大片的帆布從車斗上拉下來，然後他從一棵幼齡的松樹上砍下幾根細小的樹枝，兩人合力搭了一個箱型的框架，再把帆布鋪在框架上，小心地固定好後，再把多餘的部分塞到框架的底部，把草皮蓋起來，作爲墊子。之後他們再從車斗上用力拉下裝滿火藥的箱子，一箱一箱地放入那小小的帳篷裡。

「如果我把火藥弄濕了，」查里．賀治咯咯地笑，「米勒會殺了我。」

幫查里．賀治處理好後，安德魯便拿著斧頭，與史耐達一起走到附近山坡上砍一些木頭，爲營地做儲備。他們把砍下的木頭堆放原處，較小的樹枝則堆在樹的旁邊，史耐達說，「我們遲些再用馬匹來拉下山去。」最後他們回營地時，各自夾了一手臂的樹枝，另外合力拉了一根幼齡樹幹。

查里．賀治已經在一塊岩石旁邊生起火來。那塊巨石約兩個人高，有一個大而深的裂縫，形成一個自然的煙囪。篝火燒得很旺，不過他已經把咖啡壺和用來煮大豆的鍋子置在火舌的左右兩方，「最後一晚吃豆子了，」查里·賀治說，「明天我們有水牛肉；或許我可以抓一隻小的，我們就有肉湯可喝了。」

他在兩棵靠得很近的松樹之間釘穩了一根又粗又直的樹枝，掛上了他的煮食用具——一個長柄煎鍋、兩個平底鍋、一個杓子、幾把刀子、一把短柄小斧、一把長柄斧。幾把刀子的刀柄已經褪色，而且佈滿疤痕，但刀鋒在閃爍的火光中仍閃閃發亮。地上放著一個鐵製水壺，外面被燒得焦黑，壺內仍是亮著暗沉的銀灰色。除此之外，樹幹旁放了一個箱子，內裡裝的是他們的物資。

晚餐後，他們在佈滿松針的地面挖出橢圓形的凹坑，交錯地放滿小樹枝，又在樹枝上回填剛剛被挖走的松針，這樣他們便可以在上面鋪上鋪蓋，讓身體輕鬆舒服地躺在軟綿綿的床墊上。他們的鋪蓋位在煙囪石旁的篝火邊，來自北面和西面的涼風不至直接侵襲，東側的樹林也擋住風勢。

大家弄好床鋪後，篝火已漸漸變小，只剩灰色餘燼。米勒專注於面前的碳火，臉部在火光下呈深紅色。查里·賀治點亮了掛在樹枝上煮食用具旁的煤油燈，黑暗中發出了微弱的燈光。他把煤油燈提到他們身邊，米勒站起來，從地上提起大鐵壺直接放在碳火上，然後他拿起煤油燈並遞給查里．賀治。查里．賀治尾隨米勒到松樹旁的木箱；米勒取出兩大條鉛條，帶到篝火邊。他把鉛條交叉放入大鐵壺裡，平均分佈重量，穩住鐵壺。然後他走到查里．賀治和安德魯所搭的帳篷裡，取了一盒火藥和一小盒彈頭，離開前小心地把剩下的彈藥用帆布裹好。

回到篝火附近置放鋪蓋的位置後，他跪在鋪蓋旁的馬鞍前，從鞍囊中取出一個縮口布袋。他打開袋口的皮繩，把黃銅製的彈殼倒出，堆成一個小丘。安德魯慢慢移動身體靠近。

焦黑的水壺被火燒燙，壺內的鉛塊變形移位。米勒檢視水壺，稍微晃動幾下，讓熱度更均勻。然後他用短柄小斧劈開裝載火藥的木箱，撕開保護火藥的厚厚包裝紙，露出黑色的粉末。他用拇指和食指夾起一撮，扔到火裡，火中隨即閃起藍白色的火焰。米勒滿意地點頭，又探手到鞍囊中取出一個扁平而笨重，類似盒子的東西，一邊有絞鍊控制開合。他把盒子打開，現出裡面幾個排列整齊的凹洞，洞與洞之間有細小的凹槽彼此連接。他小心地用一片沾了油脂的布把這個彈頭模子清理乾淨。米勒把模子合上時，安德魯看見模子上一個小杯子形狀的開口。

米勒又從鞍囊中取出一隻杓子，在滾燙得冒泡的鉛溶液中舀出一匙溶液，小心翼翼地從杯形的開口灌進去。鉛溶液碰觸冰涼的模子時發出輕微的爆裂聲，其中一滴灑落在米勒手持模子的手上，但是他並沒有縮手。模子被灌滿後，米勒便把整個模子插入查里．賀治準備好的一桶冷水中。模子在水中嘶嘶地響，並冒出白色泡沫。然後米勒從水中取出模子，把裡面的彈頭灑在一片放在彈殼旁邊的布上。

當彈頭的量已堆到差不多和彈殼一樣高後，米勒便把模子放在一邊晾著。他迅速卻細心地檢視剛脫膜的彈頭，偶爾用小銼刀把底部磨平，偶爾把瑕疵品丟回已經從火裡取出而放在一邊的大鐵壺裡。他再把每一顆彈頭底部往一塊方形蜂蠟抹一下，然後放回彈殼旁邊堆成另一堆。接著他從放彈藥的箱子旁邊的方形容器裡取出了鐵製的子彈底座，用一個黑色的小工具逐一細心地敲進彈殼裡。

然後他再次從鞍囊裡取出一個杓部稍窄的湯匙及一坨揉成一團的報紙。他用湯匙控制火藥量，手拿著彈殼，懸在火藥箱子上把火藥灌滿四分之三個彈殼，然後往箱子敲一敲，使彈殼中的火藥平齊，再利用空下來的一隻手撕下一小塊報紙，塞進彈殼裡。最後他撿起一顆彈頭，用手掌根推進彈殼裡，然後用牙齒在彈頭和彈殼接觸的地方啃出齒印，以固定彈頭。完成後便扔到彈頭和彈殼堆旁邊。

其他三人看著米勒工作好幾分鐘。查里・賀治看得興高采烈，面對米勒靈巧的技術露齒笑著，且猛點頭；史耐達昏昏欲睡，漫不經心地看著米勒工作，偶爾打個哈欠；安德魯則全神貫注，企圖要牢牢記住米勒每一個工序的意義。

過了一會，史耐達站了起來向安德魯說：

「安德魯先生，我們有事要辦。去拿你的刀子吧，要把它們磨利。」

安德魯看著米勒，米勒扭頭指了指樹幹旁儲存物資的大箱子。在煤油燈黯淡的光線下，安德魯在箱子裡翻找，最後找到一個扁平的皮製盒子，那是他還在屠夫渡口鎮時米勒替他購買的。他把皮盒子帶到篝火邊，查里・賀治剛加了一塊大原木，篝火又旺了起來。他打開盒子，裡面的刀子在火光中閃耀，獸骨刀柄乾淨無瑕。

史耐達也從他的鞍囊中取出他的刀子，用長了繭的拇指試了試刀鋒。他搖搖頭，往灰褐色的磨刀石吐了一大口口水。磨刀石的中心已被虧蝕，使整個表面呈長長的弧形，他用刀背把唾液均勻地塗到弧形的面上，便開始磨刀。他小心地讓刀鋒與橢圓磨刀石的弧形表面維持一個角度，盡量使刀鋒完整地接觸弧面推進。安德魯看了一會，然後挑了一把刀，用自己的拇指來試刀鋒。刀鋒陷進他柔軟的拇指，卻沒有割傷皮膚。

「每一把都要磨，」史耐達抬頭迅速地看了他一眼說，「新刀子都沒有開鋒。」

安德魯點頭，從盒子取出了磨刀石，照史耐達的作法在上面吐了口水，並把口水塗均勻。

「應該要把磨刀石泡在油裡一、兩天才能用，」史耐達說，「不過我想這一次就沒差了。」

安德魯在磨刀石上來回磨著刀身。他的動作彆扭，無法掌握節奏讓整個刀身平均地被磨到。

「嘿，」史耐達把刀子和磨刀石放下，「刃口的角度太大了，刀子會鋒利，但是剝兩片牛皮就不行了，給我。」

史耐達純熟地使刀鋒在磨刀石上來回地跑，速度快得使安德魯無法看清楚。史耐達把刀鋒翻了過來，讓安德魯看清楚刀鋒與磨刀石的角度。

「這樣刃口才會長，」史耐達說。「讓你剝一整天的牛皮，中途不用再磨刀。刃口太窄會毀了你的刀。」史耐達提著刀尖，把刀柄遞給安德魯，「試試看。」

安德魯用姆指觸碰刀鋒，隨即感到一陣微微的刺痛，一條細細的紅線斜斜地出現在大拇指上，他默默地看著紅線變粗，血液不規則地流進細小指紋裡。

史耐達露齒笑著，「刀子就該這樣啊，你那套刀子不錯。」

在史耐達的指導下，安德魯把其他刀子磨完。磨不同刀子的同時，史耐達會向他解釋每一把刀的用途，「這一把開膛刀，」史耐達說，「可從喉頭一刀滑到生殖器，中途不用拔出來。」或者「這把用來細部處理牛蹄附近的牛皮。這把用來割肉。這把是用來刮掉黏在牛皮上的肉屑。」

等到史耐達對刀子十分滿意後，安德魯便把刀放回盒子裡。用被指導的新姿勢磨刀使他的手臂覺得疲倦，在磨刀時緊握著刀子的右手也已發麻。一道冷風從山口吹來；安德魯打了個冷顫，向篝火靠近。

三人圍著篝火靜靜坐著，米勒的聲音從後方的黑暗中傳來，「大家爲明天做好準備了嗎？」三人轉頭。米勒襯衫上的鈕釦和鹿皮外套前襟的邊緣反射出火光，鼻子和額頭也閃爍著火光，黑鬍子則融入黑夜裡，剎那間讓安德魯覺得他的頭部懸在模糊的身影上方。不一會米勒從黑暗中冒出來，在他們身邊坐下。

「都準備好了，」史耐達說。

「很好，」米勒從繃得鼓鼓的外套口袋裡取出一顆子彈。他用彈頭在篝火邊一塊平坦的石頭上畫出一個不規則的弧形，看起來像一個半圓。

「就我所記得，」米勒說，「這就是山谷的形狀，今天下午我們只看到一點點。幾哩以外，轉了彎後，山谷便開始變寬，或許有四、五哩寬，山谷會延伸二十到二十五哩遠。地方看起來不大，但是草皮又肥又厚，長的速度跟吃的一樣快，養活了不知多少水牛。」

火裡一塊燒透了的木頭崩裂開來，彈起一陣火花，在空氣中閃耀，然後又熄滅在黑暗中。

「我們的工作很簡單，」米勒繼續說，「我們從今天早上看到的一小群開始殺，然後沿著山谷往前。不用擔心，除了我們進來的路，便沒有路可離開這個峽谷。至少沒有水牛的路。山谷轉了彎後，兩邊的山勢會開始變陡峭，好多地方只有光禿禿的巨石。」

「這裡會是主營？」史耐達問。

米勒點頭，「當我們沿著山谷進去，查里會駕著牛車跟著，撿起牛皮。然後我們把牛皮捆好，運回來這裡。我們可能要在沿路上紮幾個營，但不要紮太多；我們到了峽谷盡頭後，如果還有水牛的話，我們可以把牠們趕回來這裡。長遠來說，這會比較省時間。」

「只有一件事，」史耐達說，「開始的時候要慢一點，這位安德魯先生需要花好幾天才眞的幫得上忙，而我不想要幫僵硬的死牛剝皮。」

「我們就按這個計劃，」米勒說，「不必急，有需要的話，我們可以整個冬天留在這裡把牠們殺光。」

查里．賀治把另一塊原木丟進熊熊的火中。原木在高溫中立即著火燃燒。這時，篝火邊四人的臉完全亮起來，彷彿在日光下，彼此清楚看得見對方。不久，原木的樹皮燒光後，火勢漸弱，火焰穩定下來。過了幾分鐘，查里·賀治用鏟子鏟起死灰封火。在煤油燈黃色的燈光下，他們只看到乳黃色的煙從死灰裡迅速往上升。他們不再發一語，各自鑽進自己的鋪蓋裡。

安德魯躺了很長一段時間，聽著四周的寧靜。有好一陣子，松樹原木悶燒發出的刺鼻味道讓他的鼻腔感到溫熱，後來風向轉了，他便聞不到煙味，也聽不到睡在他身旁的人的沉重呼吸聲。他轉身面向山間，那是他們剛剛翻越過來的地方。他的目光從黑壓壓的地面往上看，樹頂的輪廓，在清澈的深藍色星空下漸漸從模糊變得清晰。儘管多加了一條毛毯，他還是感到寒冷，冰冷的空氣讓他呼吸冒白煙。他合起雙眼，關上眼前那明亮的夜空中圓錐形的參天松樹。縱使寒冷，他還是一覺睡到天亮。

Chapter

V

安德魯醒來時，查里．賀治早已起來，並穿著妥當，蜷縮著身體在篝火邊，往前一晚被封火的原木上添加樹枝。安德魯在相對溫暖的鋪蓋裡躺了一會，看著自己呼出的空氣變成白煙。後來他掀開了鋪蓋，顫抖著身子穿上因天冷而變得硬梆梆的皮靴。他沒有繫上鞋帶，便噔噔地走到篝火邊。太陽還沒翻過營地旁高聳的山頂，然而對面山頂上的松林已被晨光照亮，一叢金黃的山楊樹像在墨綠色的松林中燃起火焰。

查里．賀治的咖啡還沒煮好，米勒和史耐達便起來了。米勒示意安德魯，然後三人拖著沉重的步伐，從樹蔭遮蔽的營地走到山谷裡的平地。自那裡一百碼外，拴住雙腳的馬匹在吃草。他們把馬匹牽回營地，之後咖啡、醃肋肉和玉米煎餅也陸續準備好。

「牠們不太移動，」米勒穿過林木指向遠方。安德魯看見牛群在山谷要拐彎之處形成細細一條黑線。他迅速喝完燙口的咖啡，米勒卻慢慢地、平靜地吃著他的早餐。吃完早餐後，米勒走進樹林裡，在一棵松樹靠近地面的樹枝上找到一根有分叉的小樹枝，在距離分叉約兩呎之處砍下來；他隨之用刀修整分叉，使左右分支各六吋長，然後再把粗大的主幹末端削尖。他在自己鋪蓋旁的一堆雜物裡，拿出他的槍，拆開防止露水滲透的油布，小心翼翼地檢查一遍，再插入縛在馬鞍旁的長形皮套裡。三人騎上馬背。

到了空曠的山谷裡，米勒策馬上前到兩人之間，「我們正面走向牠們。你們的馬匹緊貼著我的後方，不要走歪，只要我們維持直線，牠們就不會被嚇到。」

安德魯在米勒後面，慢速走著。他的手部感到疼痛，看見指關節上的皮膚繃緊呈白色。他放鬆了韁繩，讓肩膀可稍稍下垂；他的呼吸開始變得沉重。

當他們橫越到山谷的一半時，邊走邊吃草的牛群已經沿著山谷拐了彎。米勒引著其他兩人走到山腳附近。

「現在開始我們要十分小心，」他說，「在山裡你無法估計風吹的方向，把馬拴好，我們用走的。」

他們在米勒後面一個跟著一個，到達巨石嶙峋的山腳。米勒突然停下腳步，舉起一隻手。他頭也不回，以一般的談話口氣向後方二人說，「就在前面，不到三百碼，小心。」他蹲下身體，扯下幾片草葉，高舉在半空，然後放手。草葉碎片吹向他面前。他點點頭，「風向對了。」他站起來往前走，速度更慢。

安德魯馱著米勒放置槍枝的皮套，正要換肩膀，卻看到前方的牛群有了動靜。

米勒還是沒有轉頭，「直著走，只要我們不走歪，牠們就不會被嚇到。」

現在安德魯能清楚看見牛群了。淡黃綠色的草原上，焦茶色的水牛特別顯眼，但是同時又融入背後陡峭山坡上深綠色的松林。大部分的水牛悠閒地躺臥在柔軟的草地上；這些都是小角色，沒有身分，也沒有地位，就像山中的亂石。但有少數幾隻站在一旁，似是哨兵，部分在吃草，部分站著不動；牠們長毛覆蓋的頭部垂在兩腿之間，但由於兩腿也蓋滿了毛，讓人無法看清楚外形。一隻老水牛站得遠遠的，從他們的距離也能清晰看見牠兩脇滿是疤痕。牠面對著前進中的三人，低下頭，上彎的牛角黑檀木般在陽光下發亮，在一頭暗色的亂毛中十分顯眼。三人不斷靠近，老牛毫無動靜。

米勒再停了下來，「我們不用全上。弗雷德，你在這裡等著；小威，你跟著我。要繞著牠們的外圍走，牠們愛順著風向站，從這個角度射不準。」

史耐達便跪在地上，並順勢俯臥著。他雙手交叉墊著下巴，往牛群方向看去。

米勒和安德魯切進牠們左邊，才走十五碼，米勒便舉起手，手心向外，安德魯停下腳步。

「牠們開始躁動了，」米勒說，「要小心。」

站在牛群外圍的數隻水牛已經站起來了，牠們挺直前軀，然後後腿也站直，搖動著臀部往前走數步。二人仍靜止不動。

「我們的動作會使牠們警覺，」米勒說，「你可以站在牠們面前一整天，牠們都不會理你，但是你先要知道怎樣毫無動靜地來到牠們身邊。」

他們再次開始緩慢前進，但當牛群再度躁動起來時，米勒便跪下，用雙手支撐著身體，安德魯緊跟在後面，身旁拖拽著包裹獵槍的皮套，十分狼狽。

他們走到牛群側面的一百五十碼外，便停了下來，安德魯匍匐前進到米勒身旁。米勒把準備好的叉狀樹枝插入土裡，從皮套取出槍枝，並把槍管擱在分叉的地方。

米勒露齒笑著，「年輕人，看我怎麼做。如果要從後面射牠，像我們現在這樣，槍頭先要瞄準肩胛骨後面一點點，再從背部的隆肉往腹部移到牠全身高度三分之二的地方。這是射牠的心臟，要穿過肺部射牠的心臟前端比較好；這樣牠不會死太快，中槍後又不能走太遠。但是如果有風，要追上牠們就要碰運氣了。要注意那隻最大隻、身上有疤痕的水牛；牠的皮一毛不值，但是牠看來是領袖。你要挑出這一群的領袖，先幹掉牠。沒有領袖牠們沒有能力跑太遠。」

安德魯專注地看著米勒瞄準老牛。米勒的雙眼沿著槍管往前看，臉頰緊貼著槍托，右手的肌肉繃緊。來福槍一聲巨響，後座力撞向米勒的肩膀，一小團白煙從槍管口悠悠飄走。

槍聲讓老牛猛地一動，彷彿臀部受到重擊而嚇一跳，隨即不疾不徐地跑離開，剩下兩人仍趴在地上。

「幹，」米勒說。

「你沒打中，」安德魯帶著驚訝的語氣說。

米勒短笑一聲，「我沒射歪，被射中心臟的牛就有這個麻煩，牠們有時能撐一百碼遠。」

其他水牛因領袖的舉動而開始動起來，開始時是慢慢的，有幾隻後腿直立，兩條粗壯的前腿騰空；然後忽然間，整群牛變成黑漆漆一團移動的牛皮，朝著領袖走過的方向跑去。牛群緊緊擠在一起，背部的隆肉有節奏地上下動著，幾乎像流水一般順暢；兩人趴在地上看著，牛蹄聲震耳欲聾。米勒向安德魯喊了些話，但在蹄聲中安德魯聽不清楚。

牛群越過受傷的領袖，往前跑了快三百碼，卻因體力慢慢地消耗而停了下來，心神不安地亂轉。老牛孤獨地站在牠們後方，巨大的頭顱垂得比背部隆肉還低。牠的尾巴抽動了一兩下，搖著頭部。牠身子轉了幾圈，就像一般動物睡前所做的一樣，最後站著面對兩百碼外的兩人，向他們走了三步，又停下來。然後，牠僵硬地往側面倒下，四肢從腹部直直地伸出來。最後牠的腿抖動了兩下，便靜止下來。

米勒從俯臥的姿勢爬起來，把衣服上的草屑拍去，「好了，我們幹掉領袖了，牠們下次不會跑那麼遠。」他撿起來福槍、分叉的樹枝，及放在身旁的擦槍布，「要不要過去看看？」

「會不會嚇到其他的水牛？」

米勒搖頭，「牠們已被嚇到了，不會像剛才那麼神經質。」

他們穿過草地到了老牛的屍體前。米勒漫不經心地瞥了老牛一眼，用靴子的足尖在牠的皮上來回擦了幾下。

「皮不值得剝，」他說，「但是如果你要處理剩下來的水牛，就一定要把牠解決掉。」

安德魯看著被擊倒的老牛，心情顯得矛盾。老牛躺在地上，已毫無動靜，幾分鐘前牠那股野性的尊嚴與力量，已不復存在。雖然牠的身體看似暗黑的大土丘，其體積似乎變小了。牠倒臥時一邊牛角插入凹凸不平的地面，使毛髮蓬鬆的黑頭微微側彎，另一隻牛角的頂端則缺了一片。牠的一雙小眼睛半閉著，在日光下卻仍然明亮，靜靜地注視著前方。牛蹄小得驚人，可說是纖細，整齊地分成兩瓣，像小牛的蹄；踝關節十分窄小，似乎無力支撐龐大的身體。寬大肥厚的側腹滿是疤痕，有些是舊疤，已被毛髮蓋住，其他的新疤，平平地在皮上呈深藍色。一滴血在陽光下變濃稠，從鼻孔滴到草上。

「牠本來就撐不了多久，」米勒說，「再過一年牠就會變得衰弱，被野狼抓走，」他在屍體旁的草上吐了一口口水，「水牛從來不會老死，不是被殺掉，就是被野狼拖走。」

安德魯目光越過老牛的屍體，停在遠處的牛群上。除了仍有幾隻仍惴惴不安，其他的水牛已平靜下來，大部分在吃草，或在草地上躺著休息。

「再給牠們幾分鐘，」米勒說，「還是驚魂未定。」

他們繞過老牛的屍體，然後向牛群的方向前進。他們放慢腳步，但不像第一次進擊時那麼步步爲營。當他們走到牛群兩百碼外，米勒停了下來，拔了滿手的草葉，高舉半空，然後放手。草葉緩緩飄下，散落各處，米勒滿意地點頭。

「風停了，」他說，「我們走到另一端，把牠們趕向我們的營地，這樣我們就不用把皮拖回去。」

他們繞了一大圈後再前進，然後停在擠成一堆的牛群百碼以外。安德魯在米勒身旁俯臥著，而米勒則把來福槍重新架在那分叉樹枝上。

「這次要在牠們逃跑前打下兩、三隻，」他說。

他花了幾分鐘觀察牛群的分佈情形。多數的牛已經躺到草地上，米勒的注意力集中在外圍幾隻仍然躁動不安的牛身上。他瞄準了一隻體型較大，而且比較活躍的，輕輕扣了扳機。少許幾隻水牛站了起來，轉頭向著槍聲的來源，似乎在注視著從槍管冒出的白煙漸漸消散在停滯的空氣中。中槍的牛嚇了一跳，往前走了幾步後停下來，轉身面對俯臥的兩人，血液從鼻孔滲出，速度越來越快，成爲兩道血水涓涓而下。其他聽到槍聲而開始逃竄的水牛，目睹新的領袖遲疑不動，便停下來等牠。

「打肺部，」米勒說，「看著。」他邊說邊再次給來福槍上膛，移動著槍管尋找下一隻最活躍的。

同時，受傷的牛搖晃著身體，蹣跚地走了兩步，便重重地向側邊倒下。三隻體型較小的水牛好奇地回到剛倒下的牛身邊，注視了好一會，並嗅著溫熱的血液。其中一隻抬頭嚎叫，快步走開。安德魯身旁隨即響起槍聲，小牛吃驚而猛地一動，跑到幾呎外便停下來，血液涓涓地從鼻孔流出。

米勒快速而連續地射中了三隻水牛，發到第三槍時，整群牛都警覺起來，到處亂轉；但是牠們沒有奔跑，只是在一個圓形的範圍內竄動嚎叫，找尋新的領袖帶牠們離開。

「我逮到牠們了，」米勒輕聲地說，語氣殘酷。「天呀，牠們開始暈頭轉向！」他倒翻攜帶武器的皮袋，抖出幾十顆子彈，讓自己更容易取用，安德魯則收集起範圍所及的彈殼。米勒槍殺了六條牛後，打開來福槍的後膛，用捲著金屬絲的擦槍布探進槍管裡擦淨厚厚一層火藥渣。

「你跑回去營地拿另一支來福槍和一些子彈過來，」他告訴安德魯，「還有一桶水。」

安德魯循直線爬行離開米勒，幾分鐘後，他轉頭看看，然後站起來快步繞著牛群外圍跑。他回到山谷的拐彎處時，看見史耐達背靠著大石坐著，拉下帽子蓋住雙眼。聽見安德魯走近，史耐達便把帽沿推高，仰頭看著安德魯。

「米勒讓牠們暈頭轉向的，」安德魯氣喘吁吁地說，「牠們只站著讓米勒射，甚至不逃跑。」

「他媽的，」史耐達輕輕地說，「他把牛嚇呆了，我就怕這樣。槍聲聽來有規律，也很接近。」

他們從所在地聽到遠方傳來一聲槍響，聲音模糊而不刺耳。

「牠們一直留在原地，」安德魯再說一次。

史耐達把帽沿拉下，蓋著眼睛，靠到背後的岩石上，「你最好希望牠們快點動起來，不然我們要工作整晚。」

安德魯走向靠攏站著的馬匹，牠們因米勒發出的槍響而揚起頭，耳朵倒向前方。他騎上自己的馬匹，橫越山谷，疾馳到他們的營地。

「幫忙處理一下這些柱子，」安德魯下馬時查里向他呼喚，「我要給牲口做個畜欄。」

「米勒把牛嚇住了，」安德魯說，「他要一把新的來福槍和子彈，還有水。」

「天呀，」查里．賀治說，「感謝上帝。」他原本已用殘廢的那隻手肘勾起一根松樹旁的白楊樹樹幹，但聽到安德魯的話，便立即丟下，跑向煙囪石附近儲藏物資的帆布營帳，「多少頭？」

「兩百五、三百，可能更多。」

「天呀，」查里．賀治說，「如果牠們不逃竄，這可能是他看過最大的一群。」

查里·賀治從松樹搭建的帆布帳篷裡取出一把古老的來福槍，槍托已生鏽，且滿佈刮痕，有一處還裂開，只用銅線緊緊地纏繞起來，「這是一支舊的巴拉牌來福槍，比不上夏普的，但是五十口徑，可以使用夠長的一段時間讓好的槍冷卻下來。這是子彈，一共兩盒，只有這些了，加上他昨晚做的，應該夠了。」

安德魯拿了槍和子彈，在匆忙與緊張中把一盒子彈掉落地上。「還要水，」安德魯說，一邊停下來撿拾子彈。

查里·賀治點頭，走到溪邊，把一個小木桶裝滿水。他把木桶遞給安德魯時說，「要把水溫一下才可以放槍管進去；或者不要讓槍管過熱。高溫的槍管放到冷水，很快會被毀掉。」

安德魯點頭，騎到馬背上。他一手環抱著木桶，用胸部抵住，另一手拉著韁繩策馬離開營地，朝槍聲響起的地方奔去。微弱的槍聲仍穿越窄長的平底谷傳來，安德魯讓馬引路，一手抱著木桶和備用的來福槍，另一手輕鬆地牽著韁繩。到了山谷的拐彎處，安德魯把馬停下，史耐達仍在打瞌睡。他笨拙地躍下馬，幾乎把木桶摔落地上。他把馬匹拴在一棵小樹旁邊，然後循著一個半圓形路線拐過弧形的山谷到達米勒的所在地。米勒俯臥地上，每兩、三分鐘便向亂哄哄的牛群開一槍，周圍已經被一團淺灰色的硝煙包圍。安德魯匍匐前進到他身邊，一臂攬著木桶，支撐身體的另一隻手利用光滑的草皮把來福槍滑向米勒。

「你殺了多少了？」安德魯問。

米勒沒有回答；他轉頭，睜著黑眼眶的雙眼茫然地看著，並看穿、看透安德魯，彷彿他不存在。米勒搶去備用的來福槍，把自己手上的夏普塞到安德魯的手中。安德魯用雙手接住槍管與槍托，卻馬上鬆手。槍管非常滾燙。

「把它清一清，」米勒的聲音平淡卻刺耳。他把槍管通條遞給安德魯，「裡面積了厚厚一層火藥渣。」

安德魯小心翼翼地不再碰觸槍管的金屬部分，他把槍管卸下，再把捲著金屬線的擦槍布塞入槍管裡。

「方向錯了，」米勒用平淡的聲音告訴他，「你會把撞針弄髒。先把擦槍布泡水，再從後膛進去。」

安德魯打開木桶，把槍管通條上有毛質的一端往水裡沾。當他從後膛把通條插入槍管，炙熱的金屬產生滋滋聲，滴在藍色的槍管外的水珠彈跳了幾下便消失無蹤。他等了一下，再插入擦槍布，有幾滴參雜了火藥渣而變黑的水從槍管口流出。把槍枝清理好後，他從口袋取出手帕，沾了一些仍是清涼的溪水擦拭槍管，完全降溫後才交給米勒。

米勒重複著發射、裝子彈、發射、裝子彈。四周刺鼻的硝煙越來越濃，安德魯開始咳嗽，而且呼吸困難，把臉湊近硝煙較稀薄的地面。當他從地面抬頭，便可看到面前堆積如山的水牛屍體，牛群顯然沒有變小，但牛隻幾乎是以一種機械式的、單調的節奏繞著轉，彷彿是被米勒規律的槍聲所驅動。槍聲震耳欲聾，槍聲與槍聲之間，安德魯的耳朵感到陣陣悶痛，在悸動的寂靜中他緊張地，幾乎是驚恐地等著下一次槍聲幾近痛苦的爆響，震碎那寧靜。

漸漸地，盲目轉動的牛群離他們遠去。但在牠們移動的同時，二人跟著匍匐前進，一次幾碼遠，總是與慌亂的牛群維持一定的距離。當他們遠離濃重的硝煙後，有好幾分鐘，他們的呼吸比較輕快；但是很快的，另一個煙團形成，他們又再次呼吸沉重，開始咳嗽起來。

不久，安德魯開始意識到米勒射殺牛隻有一種節奏感。首先他從容地、慢慢地使手臂的肌肉繃緊，穩住頭部，手部緩緩地收緊，擊發子彈；然後他會迅速地從槍膛退出還在冒煙的彈殼，同時再上膛；他會觀察中槍的動物，如果是正中要害，他的眼睛會在暈頭轉向的牛群中尋找另一隻特別焦躁的；幾秒鐘後，中槍的牛會開始搖晃，繼而倒地；然後他會再發射。對安德魯來說，這過程就像一支舞蹈，一個因四周的狂亂而產生的驚天動地小舞步。

在距離第一隻牛被射殺的幾個小時後，米勒仍在撲殺亂成一團的牛群之際，史耐達緩慢地爬行到他們身後，呼叫米勒的名字，米勒彷彿沒聽到一般。史耐達再呼叫一次，聲音更大。米勒微微轉頭，卻仍然不回應。

「夠了，」史耐達說，「已經殺了七、八十隻了，夠我和安德魯先生忙到半夜了。」

「不行，」米勒說。

「已經很不錯的一群了，」史耐達說，「夠了，你不必……」

米勒的手收緊，一聲槍響蓋住了史耐達的話。

「安德魯先生幫不了多少忙；你知道的，」在空氣中迴盪的槍聲漸漸散去後史耐達說，「沒必要一直殺，我們趕不上剝皮。」

「我們會把射到的牛全都剝皮，弗雷德，」米勒說，「不管我是不是從現在射到明天。」

「他媽的！」史耐達說，「我不要剝硬梆梆的牛。」

米勒再上膛，焦躁地把槍甩到三叉樹枝上，「我會幫你剝，有需要的話。但是不管我幫不幫你，你還是要剝，弗雷德，不管溫的冷的，軟的硬的。不管發漲的還是結冰的，你都要剝。就算是要用鐵撬撬開，你都要剝。你給我閉嘴走開；你會讓我射歪。」

「他媽的！」史耐達說，一拳頭搥在地上。「好，」他提起身體變成蹲伏的姿勢，「能打多少打多少，但是我不會……」

「弗雷德，」米勒低聲地說，「你爬走時，要安靜點，如果牠們被嚇跑，我一定把你轟掉。」

史耐達維持蹲伏一陣子，最後搖搖頭，便跪在地上爬離開二人，嘴裡咕咕噥膿的。米勒的手收緊，手指扣扳機，在血脈悸動的寧靜中槍聲再起。

被驚嚇得不知所措的牛群直到下午才掙脫逃走。

原來的牛群數量已減少三分之二，或更多。隨著牠們被追趕射殺，水牛的屍體斷斷續續呈黑色的直線堆積差不多延綿了一哩遠。米勒以一碼一碼的距離緩慢向南前進，追殺慌亂的牛群。隨著米勒爬行的安德魯，膝蓋已開始紅腫、雙眼因暴露在硝煙裡而感到灼熱，肺部也因吸入硝煙而疼痛；槍聲讓他的頭部陣陣作痛，而處理炙熱的槍管也使他的一隻手掌開始長出水泡。最後的一個小時，他已經是咬緊牙關在忍受身體所承受的痛苦。

但是，當他的身體忍受著疼痛時，他的思想似乎脫離了痛苦，可以從某個高度比以前更清楚看見自己及米勒。在那最後的一個小時，他發現米勒已是機械化、自動化地被移動的牛群牽引著；他發現米勒宰殺牛群不是因爲嗜血、不是要取得牛皮、不是要獲得牛皮背後所代表的經濟利益、更不是因爲心中那股暗黑力量所誘發的盲目憤怒——他發現米勒的行爲，是他對自己參與及投入的人生作出的冷酷、無意識的反應。安德魯看到自己在平坦的谷底麻木地跟著米勒匍匐前進、撿拾空彈殼、使勁拉著木桶、管理和清潔槍枝、在有需要時把槍枝傳給米勒——他看著自己，不知道自己是誰，或身處何方。

米勒的槍再度響起槍聲；這次是一隻小牛，還沒斷奶的牛犢。牠跌倒在地上，爬起來，亂跑了幾步，竟然離開了正在打轉的牛群。

「幹，」米勒不帶情緒地說，「打到腿，還可以。」

他邊說邊再上膛，再向受傷的小牛射一槍；但是太遲了。第二槍的槍聲響起時，小牛又轉身跑回去亂轉的牛群裡。突然間牛群不再以繞圈子的方式前進，所有牛隻停了下來，一動也不動，隨後一隻小牛往外衝，整群牛跟著小牛跑離開，原來形成一圈的牛群漸漸萎縮，像水從茶壺嘴流出來一般。直到最後米勒和安德魯只看到牛背上下起伏，噔噔地沿著平坦而蜿蜒山谷往前跑，形成細細一線黑色小溪流。

兩人站直身子。安德魯伸展繃緊的肌肉，當他挺胸伸背時，痛得幾乎要大聲喊出來。

「我在想，」米勒沒有看安德魯，只注視著不斷縮小的牛群，「我在想如果我沒有一槍斃命會怎樣。果然就沒有一槍斃命，打到腿。如果我沒有想太多，我會拿下整群牛。」他轉向安德魯，眼睛睜得大大的，眼神卻是空洞茫然，眼珠不停地轉動而且四處游移飄蕩。他鬍子上的火藥已結成塊，臉部則被火藥燻黑。「整群，」他再說一遍，目光注視著安德魯，嘴角揚起了微笑。

「那是很大一群嗎？」安德魯問。

「我沒看過比這大的，」米勒說，「我們來數數看。」

兩人開始沿著被射殺的牛隱約形成的一條路徑往回走。數到第三十隻之前，安德魯還可以清楚記得；但是屍體數量之龐大漸漸讓他分神，他重複唸著的數目字塞滿他的腦子，彷彿在一個大漩渦裡旋轉。他不再數下去了。他頭昏腦脹地走在米勒身邊，兩人穿梭在水牛屍體間，有些距離相當接近，身體互相接觸。有一隻牛在倒下時，巨大的頭部偎在另一隻牛的側腹，現在似乎在看著他們走近；牠黑而明亮的眼睛空洞茫然，冷漠地看著他們，而在他們經過牠的屍體後，牠的眼神凝視著茫茫前方。無雲的午後，太陽火辣辣地曬著，他們腳步沉重地走在海綿般的草皮上，高溫讓動物屍體浮出腐敗或自體的惡臭。兩人的靴子踩在長草上發出連續的颼颼聲凸顯了四周的寧靜，剛才安德魯頭部血脈的搏動已開始減緩，而空中刺鼻的硝煙味消散後，水牛的腐臭味幾乎是勉強可以接受的。他把空木桶擱在肩膀上一個舒適的位置，挺直身子走在米勒身邊。

史耐達在牛隻開始倒下的起點等他們。他坐在一隻牛的側腹上，雙腳幾乎碰不到地面，馬匹在他的後方安靜地吃草，韁繩鬆鬆地束在一起，垂在地上。

「多少隻？」史耐達面帶愁容地問。

「一百三十五，」米勒說。

史耐達神情肅穆地點頭，「跟我估的差不多。」他順著側腹滑到地上，並撿起他放在屍體旁邊的那盒刀子。「開始吧，」他對安德魯說，「要忙整個下午和晚上。」他轉向米勒，「你要幫忙嗎？」

米勒好一陣子沒有回應。他的雙臂垂在兩側，兩肩低垂，臉上木無表情。他的嘴巴微微張開，頭部隨著水牛屍體形成的黑線看去，最後轉身面向史耐達。

「什麼？」他神情呆滯地問。

「你要幫忙嗎？」

米勒把雙手舉到胸前張開。右手食指已腫脹，彎向掌心，他慢慢伸直食指。左手從食指指根斜斜延伸到手掌根部隆起一條窄長的水泡，顏色蒼白，與周邊黝黑的膚色成強烈對比。米勒站直了身子，開合著雙手，露齒而笑。

「開始吧，」他說。

史耐達向安德魯示意，「拿你的刀子，跟我來。」

安德魯隨史耐達到一隻小牛前面，二人跪下。

「你看我做就好，」史耐達說。

他選了一把長而彎的刀子，右手緊緊拿著。他用左手把脖子豐厚的毛撥開，另一隻手用刀在皮上割了一個開口，並迅速地沿著喉嚨往腹部長長地劃了一刀，牛皮在一聲微微的撕裂聲中整齊地分開。他再用一把粗短的刀子沿著陰囊的圓弧形切開，再把連接睪丸與陰莖到身體之間的肌腱切斷。他從陰囊裡取下野生酸蘋果般大小的睪丸，扔到一邊去，然後運刀再切開陰囊與肛門之間的幾吋牛皮。

「我愛把睪丸留下，」他說，「很好吃，還可以壯陽。不過如果是老牛的睪丸，你最好不要碰。」

史耐達拿出另一把刀，找到最初切開喉嚨的位置，把巨大的牛頭提起來，用自己的膝蓋支撐著，再繞著牛的脖子運刀。然後他繞著腳踝把牛皮割開，再用刀沿四肢的內側往腹部的開口處割去。他把腳踝附近的皮向外扳開，直到可以用手握住，再把整片掀離，呈波浪般攤在側腹上。到他把四肢的牛皮復歸原位後，便使背部隆肉上部分的皮剝離，直到可以用手掌握住。然後他從鞍囊取來一條細繩子，把鬆脫的皮綁起來，繩子的另一端則繫在鞍角上。他坐到馬鞍上，讓馬開始倒退，此時整片牛皮便剝離牛的身體，水牛重顛顛的肌肉微微顫抖抽搐。

「就是這樣，」史耐達從馬背躍下，並解開牛皮上的繩結，「然後把它攤平在地上，讓它乾燥。皮毛要朝上，好讓它不會乾得太快。」

安德魯估計史耐達花了五分多鐘完整地剝完一張牛皮。他看著地上的屍體。沒有了皮，整隻牛比原來小很多，平滑而呈藍色、彼此糾纏的肌理被乳白色的脂肪包覆著，某些部位的肌肉隨著牛皮一起被扯下後，留下深紅色的血塊。牠的頭部上還留著厚厚的頸毛和下顎的長鬚，看來大得嚇人。安德魯別過頭去。

「覺得你可以嗎？」史耐達問。

安德魯點頭。

「不要想趕快，」史耐達說，「不要挑老的，開始的時候挑小的，體重輕的。」

安德魯挑了一隻體型與剛才那一隻差不多大小的。他走近那頭牛時，彷彿感到自己身體變得渺小，被罩在忽然間變僵硬的衣服底下。他小心翼翼地從盒子裡取出一把類似史耐達用過的刀，並強迫自己雙手重複剛剛看過的動作。腹部的牛皮看來相當柔軟，卻對他的刀鋒作出頑強的抵抗；他加大力氣，感到刀鋒沒入肌肉裡。他無法像史耐達一樣從容平順地運刀，而使腹部最長的一刀顯得參差不齊。他無法讓自己碰觸牛的睪丸，便小心翼翼地在陰囊兩邊下刀。

到他處理到四肢和頸部時，已經在流汗了。他要把腿部的皮掀起來，但是被扳開的部分卻從手中滑脫；他試圖用刀子讓皮肉稍微分離再掀，但是又在撕扯的過程中連大片肉塊也拔了下來，依附在皮上。他也努力在背部隆肉上捏出多一點皮來，好讓繩子在上面打結，但是當馬匹向後退時，繩結又滑脫了，差點使馬匹往後墜地。他再從隆肉上剝離更多的皮，讓繩結結得更堅固。馬匹再往後退，牛皮開始剝離，屍體也轉了半圈；他策馬後退，這次牛皮斷裂，從側腹剝下，大塊肉連在皮上。

安德魯無助地看著遭毀的牛皮。過了一會，他轉身尋找史耐達。史耐達在百呎以外忙著爲一隻牛開膛。安德魯算算，自己在剝一隻牛皮的這段時間，史耐達已經剝了六隻。史耐達往安德魯的方向看，但沒有停止工作。他在牛背上固定繩子，策馬後退，再把牛皮攤在草地上。然後他走到安德魯站立的地方，看著那塊仍連在臀部的牛皮。

「沒有剝完整，」他說，「你也沒有先沿著脖子割開。如果你割太深，會切到肉裡，那裡就很容易連肉掀起來。這片沒用了。」

安德魯點頭，解開牛背上的結，然後走到另一隻牛前。這次他下刀時更是小心，然而到最後他要扯下牛皮時，牛皮還是斷裂了。憤怒的淚水在他眼眶打轉。

史耐達再走到他的身邊。

「這樣吧，」史耐達說，口氣不至於不近人情，「我今天沒時間跟你耗了，如果米勒和我沒有在幾小時內把牛皮剝下，這些牛就會硬得像木板一樣。你要不要拖一隻小牛回去處理？我們晚餐總需要點肉；你可以在牠身上試試刀法，掌握那感覺。我來幫你把牛綁起來。」

安德魯怕無法控制他的言語，只是點頭。他感到對史耐達有一股強烈卻非理性的憎惡湧上心頭。史耐達挑了一隻還未滿周歲的小牛，把繩子繞到牠的脖子上，再把繩索長度調短，再綁到鞍角上，好讓小牛被拖行時頭部不會觸到地面。

「你要牽著馬回去，」史耐達說，「拉這頭牛夠牠受的了。」

安德魯再點頭，一眼也不看史耐達。他牽著韁繩，馬的身體往前傾，馬蹄在草皮上一滑，連帶小牛也向前微微滑動。馬匹站穩後便開始費力地穿越山谷。安德魯拉著韁繩沉重緩慢地走在前面，顯得疲累。

回到營地時，太陽已沒入西邊的山嶺。沁涼的空氣穿透他的衣服，更碰觸到他汗濕的皮膚。查里．賀治從營地快步趨前迎接他。

「多少隻？」查里．賀治大聲詢問。

「米勒算了一百三十五隻，」安德魯說。

「天呀，」查里．賀治說，「好大一群。」

安德魯在營地附近把馬停下，從鞍角解下繩索。

「很棒的小牛，」查里．賀治說，「會很好吃。你要處理嗎，還是要我來？」

「我來，」安德魯說，但是他動也不動，只看著小牛透明的眼睛，睜得大大的，上面已沾了一層塵土。

過了一會，查里．賀治說，「我來幫你搭個架子。」

他們兩人走到之前查里．賀治搭建畜欄的地方。那個略呈六角形的畜欄已經完成，旁邊還躺著幾根山楊木。查里．賀治挑出三根長短相近的，兩人把木頭拉到小牛躺臥的地方。他們把木樁敲進土裡，形成一個三腳架的結構。安德魯騎到馬上，把三根木樁從頂端捆綁在一起。查里．賀治把繞著小牛頸部的繩子往上拋，越過三腳架的頂端，安德魯接過繩子，捆在鞍角上，策馬後退，小牛便懸在半空，牛蹄只觸及草尖的高度。查里．賀治握住繩子等安德魯回到三腳架，把繩子固定好，不讓小牛摔下來。

小牛被吊起來後，兩人靜靜地觀察了好一陣子後，查里．賀治回到營火邊，安德魯仍站在小牛前。他察覺在山谷的另一端有些微動靜，那是史耐達和米勒在回來的路上，兩匹馬健步如飛地穿越山谷。安德魯深深吸了一口氣，小心謹慎地把刀子插入小牛坦露的腹部。

這次他的動作更慢了。腹部開了膛，頸部及腳踝周圍劃了一刀後，他小心地掀起牛皮，垂在兩側，然後他攀到小牛背部隆肉的位置，扯下牛皮。這過程自然流暢，只有少許幾塊肉屑附著在皮上。他用刀把幾塊最大的肉屑刮下來，再把牛皮攤在草皮上，皮毛朝上，跟史耐達的作法一樣。安德魯退後一步，看著地上的牛皮，米勒和史耐達也剛好騎到他身邊，躍下馬來。

米勒的臉上滿是火藥殘留的污垢及紅褐色血跡，他目光呆滯地看了安德魯一會，再看了攤在草地上的牛皮，便轉身蹣跚地向營火走去。

「看來剝得很乾淨，」史耐達繞著牛皮走了一圈，「你沒問題了，不過當然，吊起來比較好辦事。」

「你和米勒還好嗎？」安德魯問。

「我們還不到一半，晚上還要做很久。」

「如果我能幫忙就好了，」安德魯說。

史耐達走向剝了皮的小牛，拍了拍牠坦露的臀部，「好一隻小肥牛，會很好吃。」

安德魯跪到小牛身旁，翻動著盒子裡的刀，然後抬頭看著史耐達，但史耐達沒有看他。

「我要做什麼？」他問。

「什麼？」

「我先要做什麼？我從來沒有處理過動物。」

「天呀，」史耐達輕聲說，「我一直忘記。好吧，你最好先清掉牠的內臟。然後我告訴你怎樣分解牠。」

查里．賀治和米勒兩人靠在煙囪石旁，看著安德魯。安德魯猶豫了一下便站了起來。他以刀尖碰觸小牛的胸骨，直至他找到腹部柔軟的地方。他咬緊牙關一刀戳進肉裡，並把刀子向下推。藍白色沉重而盤繞的大腸，比他的手臂還要粗，從整齊的切口溢出。安德魯閉上雙眼，盡他所能快速地往下切。當他站直後，他感到一些溫熱的東西附著在襯衫的前襟。那是來自腹腔裡已經半凝固的血液，噴到他的襯衫，並滴到褲子上。他猛地往後躍開，那快速的動作使小牛在空中輕輕搖晃，粗大的腸子慢慢地從已經變大的切口溢出，夾帶著液體砰然滑到地上。腸子在地上彷彿是活的一般，滑向安德魯，並覆蓋住他的鞋尖。

史耐達大聲地笑，並拍打他的大腿。「切斷呀，」他大喊，「切斷呀，不然會爬到你身上去。」

他吞下嘴巴裡大量湧出的口水，左手沿著粗大而黏滑的大腸探進小牛的身體裡。他看著自己的前臂消失在溫暖而濕潤的腹腔，他的手找到腸子的末端時，另一隻手便提著刀子會合，笨拙地、胡亂地要把堅韌的腸管切斷。腸子裡半消化的食物所產生的腐臭味如巨浪般襲來，安德魯憋著氣，更拚命地揮刀。最後，腸管被切斷，腸子墜落至下腹部裡，他用雙臂把腸子從腹腔挖出來，直至他找到腸子連在體內的另一端。他把腸子割斷後，雙臂拚命地把內臟撥到地上，臟器堆滿了他腳前的空地。他往後退開，張著嘴，沉重地呼吸，臉色發白。他把滴著血的雙手提至胸前，不斷顫抖。

米勒仍靠著煙囪石，對史耐達說，「弗雷德，來點牛肝吧。」

史耐達點頭，走了幾步到小牛的屍體前，一手穩住小牛，一手伸進腹腔。他的手臂往下一拉，便取出一大塊褐紫色的牛肝。他的刀快速地切了幾下，便把牛肝分成兩塊，接著把較大的一塊扔向米勒。米勒雙臂提到胸前，合掌接住，生怕牛肝會滑走。然後他把牛肝湊到嘴邊，大口咬下。深紅色的血液從牛肝滲出，從他的嘴角流下，滴到地上。史耐達露齒笑著往自己的那塊咬了一口。他面露笑容地咀嚼著牛肝，嘴唇被染得深紅，然後把牛肝遞給安德魯。

「要來一口？」他大笑著問。

安德魯感到一陣苦澀從喉頭升起，胃部產生一陣痙攣，喉部肌肉反射性收縮，讓他幾乎窒息。他轉身跑開了幾步，彎腰靠著一棵樹乾嘔，過了一會才轉向他們。

「你把它吃完吧，」他大聲喊，「我受不了。」

安德魯不等他們回應，便向距離營地七十五碼以外的小溪走去。到了溪邊一處小水池，他把襯衫脫下；背心上的牛血也已經開始凝固，他迅速地把身上衣物褪去。站在日落後的陰涼地方，他不斷顫抖。從他的胸部到肚臍以下，全沾滿了紅褐色的血跡，在褪去衣服時，他的前臂和手掌的血也沾到身上的其他部位，使身體呈現從淺紅到深紅褐色的不同血跡。他把雙手伸進冰冷的水裡時，血液立即凝固，剎那間讓他懷疑是否能洗掉這些血。不過隨著血液慢慢消散在水裡，他便開始往手臂、胸部、腹部各處潑水。他冷得直倒抽氣，每一次冷水的衝擊都必須大力吸氣抵禦，讓他的肺部不堪承受。

去除了身上最後一道血跡後，他跪在地上，雙臂環抱著身軀，劇烈地顫抖著，皮膚開始發紫。他撿起衣服，一件一件地浸進水裡，用盡力量地搓洗、扭乾，再浸到水裡，重複了好幾次，直到水池裡的水變得混濁，滿是血色。最後，他在池邊撿起一些碎石，和著一些泥土，要刷掉靴子上的血跡，但血液和黏液已深入皮革的細孔裡，無法清除。他穿上濕漉漉而且起皺的衣服，走回營地。天已入黑，到篝火邊時，他的衣服冷得更加堅硬。

小牛已經處理好了，內臟、頭部、牛蹄，以及胸腔肋骨也已被堆放一邊。篝火的火勢比平常猛烈，冒著大煙，烤肉叉上是厚厚一大塊牛肩肉，篝火旁邊一塊方形的髒污帆布上，是一堆堆大小不一的小牛肉。安德魯走近篝火，迎上火邊的溫熱，縷縷水蒸氣沿著衣服的皺紋升起。沒有人和他說話；他也沒直視他們。

過了一會，查里·賀治從帆布帳篷中取出一個小盒子，在火光下打開。安德魯看見裡面放著白色粉末。查里·賀治走到煙囪石旁邊小牛遺骸堆放的地方，邊走邊自言自語。

「查里防狼去了，」米勒沒有特別向誰說話，「我發誓，他覺得狼就是魔鬼的化身。」

「防狼？」安德魯沒有轉身。

「把士的寧灑在肉上，」米勒說，「然後分放在營地周圍幾天後，能讓牠們很長一段時間不來找麻煩。」

安德魯轉身，讓背部的衣服可以受熱；但他轉身後，前面的衣服立刻變冷，半濕的衣服冰涼地貼在皮膚上。

「不過防狼不是他的目的，」米勒說，「他看到死狼就像看到魔鬼被殺死了。」

一直蹲著的史耐達站了起來，走到安德魯身邊，飢餓地用鼻子嗅一嗅正在燒烤的肉。

肉的邊緣已漸漸焦黑，史耐達說，「太大塊了，非要一個小時不可。肚子餓了，剝了整天皮。要工作整晚的話需要食物。」

「情況沒有太壞了，弗雷德，」米勒說，「今晚有月亮，肉烤好之前我們可以休息一下。」

「再變冷的話，」史耐達說，「我們就要撬開硬皮了。」

查里．賀治現身在煙囪石附近，明亮的夜空使巨石越顯黑暗。他把盒子放回帳篷裡，在褲管上拍掉手上的粉末，然後檢視正在燒烤的牛肩肉。他點點頭，把咖啡壺放在碳火漸弱的篝火邊緣。咖啡很快便煮開了，肉汁滴進火裡的香味混著咖啡的香氣飄向幾位正在等待食物的男人。米勒微笑、史耐達懶洋洋地咒罵、查里．賀治獨自饒舌。

安德魯想起剛才宰牛的景象及氣味所引起的強烈的反感，使他本能地排斥那股香氣；但他又忽然間發現那香氣著實讓他心動，令他對那正在被烹煮的食物產生食慾。在他從溪邊洗澡回來後，他第一次轉身看其他人。

他怯懦地說，「那隻牛我覺得我沒有處理得很好。」

史耐達大笑，「你扔掉了所有東西呀，安德魯先生。」

「都會這樣，」米勒說，「我看過更糟糕的。」

一輪圓月在東方的山嶺上露臉。當篝火漸弱時，淺藍的火光擴散到樹叢及他們的衣服上，使得他們的身上揉合了炭火的深紅和冷冽的淺藍。他們沉默地坐著，直到月亮出現在樹梢上。米勒測量了月亮的角度，叫查里．賀治把牛肉取下，不管熟了與否。查里．賀治把半熟的牛肉切片放到他們的盤子上。米勒和史耐達直接拿起牛肉用牙齒撕啃，不時把牛肉咬在嘴裡，讓過熱的手指搧搧風。安德魯從剝牛皮的刀中選出一把來切肉。帶血水的牛肉硬得讓人咬不動，卻很多汁，但有重重的沒有熟透的肉味。他們用滾燙的咖啡把大口大口的肉沖到肚子裡。

安德魯只吃了幾口查里．賀治給他的牛肉，之後便把盤子和咖啡杯放在篝火旁，向後靠向他早些已經移到火邊的鋪蓋，看著其他人狼吞虎嚥地啃著牛肉和喝著咖啡。他們吃完查里．賀治分配的牛肉外，還多要了一些。查里．賀治近乎優雅地吃著他切成小塊的薄薄烤肉。他小口地吃著，一口接一口地喝著加了大量威士忌的咖啡。米勒和史耐達吃完最後一口烤肉後，米勒便伸手取來查里．賀治的酒罐，咕嚕嚕喝了一大口，然後遞給史耐達，史耐達咯咯地把酒灌進喉嚨裡，並重複了好幾次才遞給安德魯。安德魯嘴巴湊近酒罐口，等了好幾秒鐘，才謹慎地喝了一小口。

史耐達嘆了一口氣，伸直身子，躺在篝火前，喉嚨深處發出低沉而緩慢的吼聲，「滿肚子的牛肉，灌了不少威士忌，現在身體最需要的是女人。」

「吃牛肉和喝威士忌都不是罪，」查里．賀治說，「但是女人，那是肉體的誘惑。」

史耐達打了個哈欠，再把身體伸直，「還記得屠夫渡口鎮那個小妓女嗎？」他看著安德魯，「她叫什麼名字？」

「法蘭辛，」安德魯說。

「對呀，法蘭辛。我的天啊，一個漂亮的妓女。她不是對你有意思嗎？安德魯。」

安德魯嚥了一口口水，盯著火光，「我沒有注意到。」

史耐達大笑起來，「不要告訴我你沒有動心。我的天啊，從她看著你的那副眼神，就知道她可以幾乎不收錢，或者免費，你想一想。她說她不在工作……感覺如何？安德魯先生，過癮嗎？」

「好了，弗雷德，」米勒平靜地說。

「我想知道那感覺如何，」史耐達說。他用手肘撐起上身，凝視著安德魯，被晦暗的碳火照得通紅的一張圓臉上，掛著一副僵硬的笑容，「又白又嫩，」他舔著嘴唇，聲音嘶啞，「你做了嗎？告訴我……」

「夠了，弗雷德，」米勒嚴厲地說。

史耐達憤怒地看著米勒，「怎麼了？我有權說話，不是嗎？」

「你知道在這種地方想女人沒有好處，」米勒說，「想著你得不到的東西會讓你倒盡胃口。」

「淫婦，」查里．賀治說，倒了另一杯威士忌，因混合了咖啡而產生微溫，「魔鬼創造的。」

「你心裡不要想著，」米勒說，「就不會思念。來吧，趁著有光，我們去處理牛皮吧。」

史耐達就像動物從水裡冒出來後把水甩掉一般甩動自己的身體，笑著，同時清著喉嚨，「見鬼了，」他說，「我只是跟安德魯先生開個玩笑，我會控制自己的。」

「當然，」米勒說，「走吧。」

兩人離開營火到樹旁牽馬匹。在離開篝火照亮的範圍進入黑暗前，史耐達轉頭對著安德魯露齒而笑。

「我回到屠夫渡口鎮的第一件事，就是要找那個德國妹陪我幾天，如果你也急著要，安德魯先生，你可能要把我拉開呀。」

安德魯等著，直到他聽到二人騎馬離去，並看到他們騎著馬大步慢慢穿過灰白的谷底、直到他們起伏的黑色身影融入西面昏暗的山嶺。然後他滑進自己的鋪蓋，並閉上眼睛；他花了很長的時間聽著查里．賀治清潔煮食用具及打掃營地。過了一陣子四周安靜下來。在黑暗中安德魯用手拂拭臉部，他覺得觸感粗糙而奇怪；那出現在臉上，一直讓他感到驚訝的鬍子，讓他的手遲疑起來，也讓他對自己的五官有幾分陌生；他很好奇他現在的長相如何，也好奇如果法蘭辛現在看到他，會不會認得他。

自從那晚在屠夫渡口鎮他進去過法蘭辛的房間後，他便不容許自己心裡想著她。但是剛剛史耐達提起她的名字後，她的形象不斷湧入他的腦際，揮之不去。那形象是他在最後一刻轉身逃離她的房間之前所看見的法蘭辛。現在她湧現心頭，讓他輾轉難眠。

爲何他要逃走呢？從哪裡來的心死的感覺，讓他知道他必須要逃走？那天晚上看見她裸露的身體在他眼前輕輕搖晃，彷彿是被他的慾望所牽引，而隨之血脈噴張；他清楚記得心頭這股厭惡感、這股強烈的反感。

在他睡著前的那一刻，他對那晚在屠夫渡口鎮拒絕法蘭辛，以及今天稍早在這科羅拉多的落磯山脈裡他轉身逃離那隻被開膛破肚的小牛這兩件事，做了一些牽強的關連。他覺得他逃離小牛不是因爲像女人般害怕血液、髒污或是肚破腸流。他覺得他感到厭惡而轉身離開是因爲小牛給他帶來震撼。前一刻牠還充滿驕傲、高貴與生命的尊嚴，現在卻一絲不掛與無助，是一團靜止的肉，被剝奪了自我，或者是牠對自我的概念，醜陋地、挖苦地在他面前晃動。牠不再有自我，或者不再擁有那個他想像中的那隻小牛的自我。那個自我已經被殺害，而在這殺害的過程中他感到內心中某些東西的毀滅，那是他無法面對的。所以他轉身離開。

再一次，在黑暗中，他的手在鋪蓋底下移動到他的臉上，從凸出的額頭、鼻子、乾裂的嘴唇，到濃密的鬍子，找尋他的五官。他睡著的時候，手還是撫著他的臉。

Chapter

VI

白天越來越短；山谷裡的綠草在冰涼的晚上開始變黃。自從第一天山谷裡的屠殺後，幾乎每天下午都下雨，因此他們很快便習慣了大約三點鐘便放下工作躲雨去了。他們躺在一片防水帆布的下方，那片帆布從車斗斜斜延伸到地面，用木釘固定住。這段時間他們很少說話，只聽著雨滴落到松樹上被彈碎後，不規則地打在防水帆布上的聲音，從車斗下看著外面的細雨。有時候四周彷彿被濃霧籠罩，灰濛濛的，使對面綠樹包覆的山嶺隱藏起來，但有時候當反射著陽光的雨滴一針一針打在軟土上，又使四周顯得銀白明亮。雨持續的時間不會超過一小時；當雨停後，他們又開始追殺牛群，直到傍晚。

牛群被逼往山谷裡逃，越走越深入，到後來三人必須黎明前出發，才有足夠的時間。第一個星期才過一半，他們就必需要騎一個小時才能到達牛群的棲息地。

有一次史耐達埋怨騎得太久，米勒說，「我們要一口氣把牠們追到山谷盡頭，然後從原路把牠們追回來。如果我們追著牠們來來去去地跑，牠們就會分散成一群一群，到時要打牠們就沒那麼容易了。」

每隔兩、三天，查里．賀治便會把公牛拴到車斗，隨著地上一片片攤開的牛皮所形成的路線走。安德魯和史耐達，有時候是米勒，會陪著他；牛車慢慢前進，三人把堅硬的牛皮扔到車斗上。撿完所有的牛皮後，牛車駛回營地，三人再把牛皮扔到地上。然後三人把牛皮一片一片地疊起來，到他們雙手可觸及的高度。累積到七、八呎高後，他們便用剛剝下來的牛皮裁成的皮條，從牛腿的地方穿過第一片和最後一片牛皮，拉緊後再打結。每一疊約有七十五到九十片牛皮，十分沉重，要四人合力才能搬到樹下遮蔽起來。

安德魯的剝皮技術漸漸進步，雙手變得有力且準確。他的刀子已失去當初的光澤，在反覆使用後已能切得乾淨俐落。很快地，史耐達剝兩頭牛皮的時間，安德魯便可以剝一頭。牛的惡臭、仍有體溫的牛肉所產生的觸感，以及凝結的血塊對他的感官已經越來越沒有像以前那麼震撼。不久以後，他剝皮的技術差不多已經自動化了，從牛的身上撕下牛皮並釘在地上的動作幾乎在不知不覺中完成。他已經可以穿梭在滿是黑壓壓飛蠅的屍骸之間，而幾乎不會注意到腐肉在烈日下所揚起的惡臭。

偶爾他會伴隨米勒追蹤牛群，而史耐達則習慣停下來休息，等到足夠的牛被殺後，再開始工作。在米勒身邊的時候，安德魯已經越來越不在乎米勒殺牛的行爲本身，反而注意到米勒使用的策略，把牛群困在一定範圍裡，以及讓受傷的牛按著某種模式倒下，好讓他們容易地、快速地剝皮。

有一次，米勒讓安德魯拿他的槍，嘗試射殺一群牛。安德魯按他常看到米勒的姿勢，俯臥地上，瞄準了一隻牛，並擊中牠的肺部。再殺了其他三隻後，他已無法瞄準，而小牛群也散去。米勒繼續獵殺，而安德魯仍俯臥地上，把弄著空彈殼，心裡思量著剛才的行爲。他看著躺在差不多兩百碼以外的四隻水牛，除了肩膀因來福槍的後座力而產生的疼痛外，沒有任何感覺。一些小草跑到他的襯衫裡，使他發癢。他站起來把草拂去，步離俯臥的地方，步離米勒，慢慢地往史耐達走去。史耐達躺臥的地方已有點深入山谷裡，離山邊的一棵拴住馬匹的松樹不遠。他坐在史耐達身邊，一語不發，待米勒擊發的槍聲漸漸模糊，才沿著水牛屍骸形成的路線，一邊剝皮，一邊前進。

晚上，他們通常疲累得說不出話，狼吞虎咽地吃完查里·賀治準備的食物、喝光熱騰騰的咖啡後，便精疲力盡地躺到鋪蓋裡。米勒無情的獵殺使他們越來越疲憊不堪，只有食物和睡眠才是他們心中最有意義的事。有一次，史耐達想要換換口味，便到樹林裡捉了一頭小雌鹿；還有一次他沿著山谷走到一個水牛常喝水的小水塘，捉來十多條一呎長的鱒魚，十分肥美。但是他們只吃了一點點鹿肉，也覺得鱒魚肉平淡無味，便回到重口味的牛肉去了。

史耐達每天都從一隻牛的腹腔切下肝臟，幾乎像舉行儀式一樣，切成四等份，分給大家。安德魯知道這三位較年長者生吃牛肝並不是在展現個人膽色。米勒曾經對他解釋如果不這樣，便會得「水牛病」，皮膚上會產生大片潰瘍，還會發高燒及全身無力。之後，安德魯每天晚餐都強迫自己吃一小口；他不覺得牛肝的味道可口，不過牛肝的微溫與淡淡腐臭味，及那滑溜無纖維的口感，比起他的疲倦已不算什麼了。

在山谷裡一個星期後，他們已經累積了一共十疊紮好的牛皮，緊密地排在一個小松林下，但平底山谷裡還有滿滿的牛群在悠閒地吃草，安德魯還是看不出牛隻有減少的跡象。

日復一日，晚間的疲累滑進第二天晨間的疼痛；就像他們在來時路上找尋水源的時候，時間對安德魯來說彷彿與日子的嬗遞毫不相干。四人獨自在高山的深谷裡，並不因爲他們與外界的隔絕而彼此更緊密，反而是彼此區隔，每個人漸漸地各自爲政，甚或只依賴自己身邊的資源。晚上他們很少說話；說話時談的只是與獵牛相關的事。

安德魯特別注意到米勒的自我封閉。一向雖不多言，但總能單刀直入的他，越來越沉默。在晚上回到營地後，他時而焦躁不安，眼睛不斷從營地遠看山谷，彷彿企圖要遠距離地操縱及支配牛群，時而表情冷漠，近乎鬱鬱寡歡，慵懶地凝視著篝火，有人叫他的名字或問他問題，也要好一陣子才回應。只有在獵捕水牛時，或在幫忙安德魯和史耐達剝牛皮時，他的反應才敏銳起來；這種敏銳度在安德魯看來卻帶有點不自然的緊繃。米勒的形象開始在他的腦子裡揮之不去，儘管他不在眼前——他的臉被火藥燻黑而顯得呆滯、皓齒在乾裂的嘴唇後面緊咬著、黑亮的眼珠子嵌在火紅慍怒的眼眶中。有時候這個形象在他夜裡的夢中出現；不止一次，他猛然醒來，整個上半身在鋪蓋上彈了起來，那對清晰的眼睛在他四面的黑暗中變淡、變模糊，到最後消失；他呼吸緊迫急速，彷彿受了很大的驚嚇。有一次他夢到他成爲一隻被獵捕的動物，有一種無情的力量讓他避無可避，最後被圍困在一個黑暗角落，毫無退路；在驚恐中醒來之前，或者惡夢中最暴虐的一刻，他往往會瞥見那對在黑暗中向他怒視的眼睛。

一個星期過去，再一個星期過去；營地旁邊堆疊的牛皮不斷增加。史耐達和查里．賀治越來越焦躁。儘管查里．賀治沒有直接用言語表達自己的心理狀態，安德魯卻從他面對天氣變化時的表情裡清楚察覺到。每每下午烏雲聚攏準備下雨，安德魯和史耐達都表現得十分期待，但他發現查里．賀治開始喝酒，這從空酒瓶與牛皮增加的速度一樣快可以看得出來。在晚上，爲了禦寒，查里．賀治會點燃熊熊篝火，逼得大家遠離烈焰，而自己則蓋上好幾層他用炭灰水軟化了的牛皮。

在第二週結束前的一個晚上，他們很晚才用餐。史耐達把一塊沒吃完的烤牛肉丟到火裡；牛肉在火裡吱吱作響，捲成一團，並產生大量的黑煙。

「我他媽的吃膩了牛肉了，」他說，之後他沉默了一段時間，出神地看著火中的牛肉變成一堆烏黑扭曲的灰燼，在暗紅的木炭上特別顯眼。「他媽的膩煩了，」他再說一遍。

查里·賀治來回晃蕩著馬口鐵杯裡的酒和咖啡混合物，注視了一下便喝下去，滿蓋灰色濃鬚的喉節上下抖動。米勒冷淡地看了史耐達一眼，眼神又回到篝火上。

「他媽的，你們有聽到我說的嗎？」史耐達對所有人大喊。

米勒轉頭，「你說你吃膩了牛肉，」他說，「查里明天會煮一鍋豆子。」

「我不再要豆子，不再要醃肋肉，也不再要發酸的烤鬆餅，」史耐達說，「我要蔬菜、馬鈴薯；還要女人。」

沒有人說話。篝火中一塊原木爆響，一陣火花彈到空中，黑暗中落在衣服上，旋即被他們拍掉。

史耐達用較爲冷靜的語氣說，「我們在這裡兩個禮拜了，比計劃中多了四天。一切都很順利，而且牛皮已經多得載不走了，不如明天就收拾一切回去，怎樣？」

米勒看著史耐達，彷彿他是個陌生人，「你不是來眞的吧，弗雷德？」

「你說得沒錯，我是他媽的認眞，」史耐達說，「聽我說，查里已準備好回去了；不是嗎，查里？」查里·賀治沒有看他；他迅速地倒了一些咖啡到馬口鐵杯裡，再用威士忌注滿杯子。「已經入秋了，」史耐達繼續說，目光仍在查里·賀治身上，「晚上越來越冷了，你現在就可以猜到之後的天氣會怎樣。」

米勒挪動了身子，嚴肅地直視史耐達，「你不要煩查里，」他的語氣平靜。

「好吧，」史耐達說，「那你告訴我，就算我們留下來，我們又要怎麼把所有的牛皮載回去？」

「牛皮？」米勒說，短暫的一臉茫然。「牛皮？……載多少載多少，其他的留下；我們可以在春天再回來載走，這是我們在屠夫渡口鎮說好的。」

「你的意思是我們要留下來把所有牛殺光？」

米勒點頭，「我們要留下來。」

「你瘋了，」史耐達說。

「再十天就好，」米勒說，「最多兩個星期，天氣轉變前我們有大把時間。」

「他媽的整群牛，」史耐達說，不可思議地搖頭。「你瘋了，你要幹嘛？你他媽的殺不了這塊土地上的每一頭牛啊。」

好一陣子米勒雙目無神，茫然地看著史耐達，彷彿他不存在。不久，他雙眼回神，頭轉向篝火。

「弗雷德，再說下去也沒有用，這是我的團，我已經做了決定。」

「好，他媽的，」史耐達說，「是你做的決定，要記好。」

米勒冷淡地點頭，似乎不再對史耐達要說的話有任何興趣。

史耐達憤怒地收拾他的鋪蓋離開篝火，放下後又走回來。

「還有啊，」他陰沉地說。

米勒心不在焉地抬頭，「怎樣？」

「我們離開屠夫渡口鎮到現在剛剛超過一個月。」

米勒沉默一會，「怎樣？」他再問。

「一個月多一點，」史耐達再說，「我要拿薪水。」

「什麼？」米勒說，一臉疑惑。

「我的薪水，」史耐達，「六十元。」

米勒皺起眉頭，然後露齒而笑，「你急著要花嗎？」

「不要管，」史耐達說，「把薪水給我，照我們說好的。」

「好，」米勒說著，轉向安德魯，「安德魯先生，你可不可以給史耐達先生他的六十元？」

安德魯解開他襯衫的前襟，從他存放現金的腰帶取出一疊鈔票，算了六十元，便遞給史耐達。史耐達拿了錢，走到篝火旁跪下，小心翼翼地數鈔票，然後把鈔票塞到口袋裡，再走回去他放鋪蓋的地方，撿起鋪蓋後便沒入黑暗中。圍在篝火邊的三人聽見樹枝折斷的聲音，以及松針和整理鋪蓋的沙沙聲，直到耳邊傳來深沉的呼吸聲，及後來雷鳴般的鼾聲。他們沒有說話，不久，他們也一一就寢。早上他們醒來時，山谷裡的草原上結了一層霜。

在晨光中米勒看著結霜的山谷說，「草快沒了，牠們會企圖越過山口到平地去，我們必須要把牠們趕回來。」

就這樣，他們每一個早上都對牛群做正面攻擊，慢慢地把牛群趕向南面的高山群。但是這個策略僅能延後牛群逃走的速度，一天一天的，牛群越來越逼近進入平原的山口，因為一到入黑後他們便停止攻擊驅趕，牛群又開始往原來的方向走得遠遠地去吃草。

當牛群盲目地、本能地逼近山口，想離開山谷時，他們便更積極地展開獵殺。本來就已經自我封閉起來，且很少說話的米勒，漸漸地幾乎只專注在屠殺的工作上；甚至就算晚上在營地裡，他也不再用言語表達他最基本的需求；他用手勢表示要咖啡壺，當名字被呼喚時只發出悶哼，而指揮其他人時只用手或手臂作出簡單的動作，或只甩一下頭，或從喉嚨深處發出吼聲。他每天提著兩支槍追趕牛群，槍膛熱得只差沒有著火。

史耐達和安德魯剝牛皮的工作必須要更加迅速，才能處理被米勒射殺一地的屍骸；他們幾乎無法在日落前完成工作，必須每天日出前起來從僵硬的屍體上鋸下堅韌的牛皮。在白天，他們汗流浹背地剝牛皮，拚命趕上米勒的速度，耳朵聽著規律的、單調的來福槍聲不斷地敲擊著四周的寧靜、敲擊著他們的神經，直至傷痕累累。到了晚上，他們兩人在黑暗中騎著馬疲憊地走出山谷，回到營地上橘紅色的篝火前，會看到米勒黑暗而遲鈍的身影，無精打采地站著。除了他的雙眼，他全身僵直，死氣沉沉得像一隻被他獵殺的水牛一般。他甚至已經不再洗掉每天臉上殘留的火藥；那些煙硝彷彿已是他的皮膚的一部分，陷在裡面，成爲一張面具，更凸顯他興奮而猙獰的雙眼。

牛群漸漸變小。安德魯極目之處，滿地都是無皮的骨骸，散發出他已習以爲常的、幾乎不在意的腐臭味。剩下的牛群平靜地在曾經是牠們的同伴的遺骸間遊蕩，啃著血跡斑斑的草葉。安德魯在注意到牛群變小的同時，也開始察覺到他從來沒有思考過有一日牛群會完全消失，沒有一隻在走動。他和史耐達不一樣，他早知道只要有一隻牛還活著，米勒便不會願意離開山谷；他沒有主動去問過這件事，也不知道自己是如何知道的。他一直以牛群的大小在計算時間、在估計在哪個時刻、哪個地點離開，而不像史耐達只計算那日復一日無意義地消耗的日子。他想著把牛皮裝到車斗上、拴上因爲太久沒有活動又食用山中豐美糧草而發胖的公牛、沿著來路下山、橫越大平原、回到屠夫渡口鎮。這一切他無法想像。在這四面環山的平底山谷裡，外在世界離他漸遠；想到這裡，他心頭微微一震；他記不得他曾經費力克服的陡峭山路，或者那曾經讓他們流汗，忍受乾渴的廣闊無垠的大草原，或者那幾星期前他造訪及離開的屠夫渡口鎮。那個世界斷斷續續地、隱隱約約地來到他的眼前，彷彿潛藏在夢裡。在這高山的深谷裡他渡過一生中最有意義的日子；當他俯瞰這深谷，它平坦的地勢、黃綠色的草原、環山峭壁上深綠的松樹林夾雜著五彩斑爛的山楊樹、嶙峋的巨石或小丘，蓋上了深藍無風的天頂——彷彿整個地形的輪廓在他眼底流動，彷彿他的凝視塑造他所見，這一切亦倒過來帶給他自我存在的形態和處所。他無法想像不在此地的他會是如何。

在山中的第二十五天，他們起得很晚。之前的好幾天，他們獵殺的速度變得更爲緩慢；牛群經過三個星期的追殺後，似乎開始察覺到身邊的獵人，並開始默默地進行反制；牠們漸漸分散成一小群一小群的。米勒已經很少有機會一次射殺十二到十四隻牛，大部分時間都浪費於在牛群和牛群之間走動。不過，稍早的急迫性已不復存在，因爲原來的五千隻牛現在已剩下不到三百隻。面對這三百隻水牛，米勒更緩慢、更無情地逼近，彷彿在數量降低後，他更能仔細地品嚐每一隻牛的死亡。第二十五天，他們不慌不忙地起來；早餐後他們甚至圍著篝火坐了好一陣子，直到杯子裡的咖啡變涼。太陽已冒出東邊山嶺，但是他們被濃密的松樹林阻隔，無法看到陽光。模糊的光線照射在馬口鐵杯上，讓杯子的外型變得柔和，在那半陰涼的營地裡發出黯淡的光。湛藍的天空清澈明亮而無雲，谷底平原上的凹坑或山腳邊岩石的縫隙籠罩在一層幾乎看不見的薄霧裡，如果不是岩石或樹木的輪廓因此而變得更柔和，人們根本無法察覺這層薄霧。日光漸暖，預示了一整天的高溫。

喝完咖啡後，他們在營地閒蕩，等著查里．賀治把畜欄裡的公牛牽到已清空的車斗拴好。安德魯和史耐達幾天以來把在山谷裡剝下的牛皮都釘在地上，現在得一一取回，整理成疊。

史耐達用五指梳攏著蓬亂糾結的鬍子，懶洋洋地伸著懶腰，「今天會很熱，」他指著澄澈的天空說，「搞不好不會下雨。」他轉向米勒，「你看還剩多少隻？幾百？」

米勒點頭，並清清喉嚨。

史耐達繼續說，「我們有可能三、四天內把牠們清理乾淨吧？」

米勒轉身向著史耐達，彷彿這才注意到史耐達有在說話，粗聲粗氣地說，「三、四天應該可以了，弗雷德。」

「媽的上帝，」史耐達大喜過望，「我不曉得能不能熬到那一天。」他搥了安德魯手臂一下，「你呢？年輕人，你能等嗎？」

安德魯咧嘴一笑說，「當然。」

「滿口袋的鈔票、滿嘴食物、抱不完的女人，」史耐達說，「老天爲證，這才是人生啊。」

米勒不耐煩地動身，「來吧，」他說，「查里把公牛拴好了，出發吧。」

四人從營地緩慢前進。米勒騎在牛車前方，安德魯和史耐達乾脆把轡繩纏繞在鞍角上，讓馬匹緩緩地跟在後面。公牛因太久沒有工作而變得懶散及毛躁，各自爲政，寧靜的上午被查里·賀治的叫罵聲破壞殆盡。

他們的隊伍只花了半個小時便到達三星期前第一隻牛被槍殺並剝皮的地方。屍體上的肉已經乾硬得像打火石一般。狼群被查里·賀治施放的士的寧毒殺或驅趕之前，已在屍體上多處扯下肉塊。裸露在外的骨頭白得發亮，彷彿被打磨過。安德魯沿著山谷往前看，到處都堆著屍骸。他知道明年夏天前，肉會被禿鷹吃光，或在大自然中腐化掉。他企圖想像滿地白骨的山谷長得怎麼樣。他打了一個寒顫，儘管是在酷熱的太陽底下。

不久，牛車便被屍骸重重包圍，查里．賀治無法走直線；他必須要站在領頭的一對公牛旁邊，引導牠們繞過屍體。儘管如此，巨型的車輪還是會偶爾碾過伸直的牛腿，使車斗搖晃起來。日間漸高的氣溫讓腐臭的味道更加濃郁，公牛想避開臭味，不滿地哞哞叫著，並猛烈地仰頭，查里．賀治必須要保持好幾呎的距離。

牛車慢慢抵達一處空曠的草地，上面釘滿了牛皮，躺著不少新近被剝皮的屍骸。安德魯和史耐達躍下馬來，把手帕綁在臉的下半部，好讓他們工作時不受腐肉引來的小黑蠅干擾。

「今天工作會熱死，」史耐達說，「看看太陽。」

東邊的樹梢上是一個燃燒的火球，讓安德魯無法直視；沒有薄霧和雲層的遮蔽，陽光在他們身上發熱，使臉部和手上冒著汗水，卻又立即被蒸發掉。安德魯抬頭巡視蔚藍的天際，一陣涼意撫慰了他們剛剛瞥見太陽時所帶來的炙熱。一朵雲在南方形成，小小的一片靜靜地懸在山尖上。

「開始吧，」安德魯一腳踢掉一根把牛皮釘在地上的木釘，「看來不會變涼快一點。」

一哩外，在一小堆屍骸附近有小黑影在移動；那是一小群牛在吃草，並慢慢地向他們靠近。米勒猛然勒馬，向牛群飛奔，留下三人忙著搬運牛皮。

當他們在工作時，查里．賀治把牛車引到二人中間，讓他們只需走幾步便可以把牛皮往車斗裡扔。米勒離開後不久，安德魯和史耐達便聽到遠方傳來槍聲；他們抬頭聽了一會，便繼續他們的工作，拔去木釘，把牛皮扔進移動的車斗。他們的速度變得較慢，應和著來福槍聲的節奏。槍聲停止後，他們也暫停工作，氣喘如牛地坐在地上。

「看來今天不必剝很多牛皮，」史耐達喘著氣，手伸向槍聲的方向，「聽起來到現在才打到十二到十四隻。」

安德魯點頭，身體往後靠，用手肘和前臂支撐著。他解下臉上的花色絲質大手帕，讓清涼的微風輕拂他的臉。漸強的風勢讓他感到涼爽，頭部猛烈的脈搏跳動也漸漸和緩。十五分鐘後，米勒的槍聲再起。

「又找到一小群了，」史耐達站了起來，「我們還是趕上他的速度吧。」

但他們邊工作，邊發現槍響不再有規律，無法配合他們踢掉木釘、提起牛皮扔上車斗的節奏。有幾聲槍響來得很密集，像一陣狂風，好幾分鐘的平靜之後，又傳來短暫密集的槍聲。安德魯和史耐達困惑地面面相覷。

「不太對勁，」史耐達說，「牛群可能被激怒了。」

隨著密集的槍聲而來的是奔跑的蹄聲，短暫卻像雷鳴；遠處是奔跑的牛群揚起的輕輕的塵土。另一陣槍聲響起後，他們看到塵土轉了方向，離他們遠去，進入山谷深處。幾分鐘後，他們又聽到一陣微弱的奔蹄聲，在剛剛牛群狂奔的東面遠處揚起了另一團塵土，隨著一陣短暫密集的槍聲再次響起後，他們又看到那團塵土轉向，往原來方向推進。

「米勒有麻煩了，」史耐達說，「惹上牠們了。」

兩人聽著槍聲、看著塵土移動的軌跡的那幾分鐘，炙熱的溫度明顯下降，一層薄霧瀰漫在他們與太陽之間，南面吹來的涼風也越來越強。

「來吧，」安德魯說，「趁著有涼風快把牛皮裝到車上。」

史耐達提起手，「等等。」查里．賀治不管公牛，走到史耐達和安德魯身旁。一陣激烈而急促的馬蹄聲傳來，米勒穿越遍地剝去了皮的屍骸，向他們直奔。馬匹靠近他們時，米勒突然急拉韁繩，使馬後腿直立，前蹄騰空亂踢。

「牠們要離開山谷，」米勒的聲音急躁刺耳，「牠們已經拆成十多群，我沒辦法把牠們趕回來；我需要幫忙。」

史耐達對米勒的話嗤之以鼻，「眞見鬼了，」他不耐煩地說，「就讓牠們走吧，剩幾百隻而已。」

米勒不看史耐達一眼，「小威，你騎上馬到那邊等著。」他指向西邊離山邊兩百碼的地方，「弗雷德，你騎到那邊，」他指向東邊相反的方向。「我會留在中間，」他對安德魯和史耐達說，「如果牛群往你們的方向走，便擋住牠們的路，你只要向牠們開兩、三槍，牠們就會轉向。」

史耐達搖頭，「不行的，如果牠們已經分成小群，我們就無法把牠們全趕回去。」

「牠們不會一起來，」米勒說，「牠們會一次來兩、三群，可以趕牠們回去的。」

「有什麼用？」史耐達幾乎在哀號，「有他媽的什麼用？讓幾隻跑掉你不會死的。」

「趕快，」米勒說，「牠們很可能隨時會過來。」

史耐達雙手舉到半空，聳聳肩，便走向他的馬；米勒策馬走向山谷中央。安德魯騎上馬背，準備前往米勒指示的地方。他先停在車斗旁，那時查里．賀治也剛剛回來。

「你有來福槍嗎，查里？」安德魯問。

查里．賀治轉身向著安德魯，神情焦慮。他點點頭，從他的座椅底下取出一枝小型來福槍，「只是一把狐鼠步槍，」他說著把槍遞給安德魯，「不過足夠攔截牠們。」

安德魯接過來福槍，往山邊騎去。他把馬轉到牛群出沒的方向，靜靜等著。他往山谷橫看過去，看見米勒已到達山谷中央，身體前傾，注視著前方仍未出現的牛群。米勒身旁不遠處，史耐達無精打采地坐在馬背上，彷彿睡著了。安德魯再注視著南面，注意著牛群的蹄聲，以判別牠們是否在奔跑。

除了耳邊涼風輕輕掠過耳際使他開始感到刺痛外，沒有任何動靜。山谷的南端因山巓降下來的薄霧而顯得朦朧，稍早靜靜懸在山尖上的那朵小雲已經伸展至山谷盡頭，底部呈土灰色，上層被陽光照亮的水氣被風搓揉而捲成螺旋狀，但山谷裡的空氣仍顯得沉滯。

地面響起沉重的隆隆聲，安德魯所騎的馬嚇得往後退，耳朵垂在頭部兩旁。片刻間，安德魯以爲聽到的是雷聲，還抬頭往南面的山嶺看去；但是那沉重的聲音在他的腳下持續響起。在他的正前方遠處，一層薄薄的塵土揚起，但立即又消散去。然而忽然間，水牛從陰暗處冒出，顯現在日光照得明亮的山谷裡。牠們的速度出奇地快，卻沒有循直線跑，而是不斷轉向地迂迴前進，彷彿是要躲避面前的隱形障礙物。三、四十隻成一群的水牛迂迴轉向，彷彿是一個腦袋、一個單一意志，其中沒有一隻會脫隊或背道而馳。

安德魯好一陣子僵坐在馬背上，有一股衝動要轉身逃離逐漸逼近的牛群。他不相信自己懷中一枝小小的狐鼠步槍發出的幾聲槍聲可以被聽得見，或可以被一群具有如此速度、力量、意志力的牛群所感知；他不相信自己能夠改變牛群的方向。他在馬鞍上轉動僵硬的頸部往米勒的方向看。米勒靜止不動，看著安德魯；過了片刻，米勒大喊，但是聲音已被狂奔的牛蹄聲掩蓋住，他指向牛群，手臂向前揮動，姿勢像極了在丟擲石頭。

安德魯猛踢馬的腹部，馬向前跑了幾步便停住，臀部往後蹲。在一陣絕望與恐懼中，安德魯的鞋跟再往正在喘氣的馬腹踢去，並用槍托往牠不斷顫抖的臀部戳。馬大步往前躍，差一點把他摔下來；牠狂奔了一會，便因安德魯把馬銜拉得太緊而讓馬頭往上揚；不久，馬匹的動作開始協調而使情緒平復，便穩步奔向牛群。風打在安德魯的臉上，拂去眼中的淚水。片刻間，他不知道自己正往哪裡去。

後來他的視野恢復清楚。牛群在不到三百碼外，迂迴不定地跑著，卻是朝他的方向奔來。他勒緊韁繩把馬停下來，來福槍架在肩膀上，槍托冰涼地貼到臉上。他向牛群開了一槍，在如雷的蹄聲中他幾乎聽不見槍聲。他再發一槍。一隻牛跌跌撞撞地走了幾步便倒下，其他牛隻或繞過牠，或在牠身上跨過，像滾滾流過的水。他再發一槍，又再一槍。忽然間，牛群往左轉，橫過山谷向米勒跑去。安德魯策馬走在奔逃的牛群側面，並向著牛群不停開槍。牛群漸漸地轉向，到後來沿著牠們來的方向跑去，絲毫沒有降低速度。

安德魯停了下來，氣喘吁吁地看著牛群跑遠，聽著慢慢減弱的蹄聲。然後，隨著這漸弱的聲音，相同的聲音又模糊地出現。他往山谷的對面看，那是比剛才那一群稍小的另外一群，正向史耐達狂奔。史耐達向牛群開槍，緊跟著牛群轉向，被逼回相反的方向。

他們三人總共把六群水牛趕回去。最後他們不再聽到奔跑的牛蹄聲，在等了很久，肯定牛群不再奔來後，米勒才示意二人走到山谷的中心。

安德魯和史耐達平靜地騎向米勒。他們讓馬匹慢步走，好讓他們隨時能聽得見牛群是否要反攻。米勒則俯視整個山谷，瞇著眼睛緊盯著牛群逃走的路線。

「沒事了，」米勒說，「牠們不會再亂竄了。」

安德魯感到一陣莫名的歡欣，使他渾身冒起雞皮疙瘩。「我從沒想過會這樣，」他對米勒說，「牠們幾乎像是集體行動，彷彿是計劃好的。」他似乎從沒思考過那些水牛，他剝過數以百計的牛皮、也射殺過一些；他吃過牠們的肉、聞過牠們的臭味、雙手沾滿過牠們的血液；不過他從沒有像現在一樣思考過牠們，「牠們常這樣子嗎？」

米勒搖頭，「你最好別想瞭解牠們；你很難猜到牠們的下一步；我獵殺牠們二十年了，還是猜不透。我看過牠們跑在懸崖邊，或幾千隻一起擠在峽谷裡，你推測不出任何原因。我看過牠們被一隻烏鴉嚇到，也看過一個人走在牛群中，牛群卻若無其事的樣子。你想知道牠們的下一步，那是自找麻煩；我們能做的就是不要思考牠們，只要衝向牠們，能殺就殺，不要想什麼。」米勒說話時沒有看安德魯一眼，一直盯著已經趨於平靜的山谷，那裡除了被狂奔的牛蹄踩踏過的屍骸外，空無一物。他深吸了一口氣，轉向史耐達，「來吧，弗雷德，天氣變涼快了，現在開始工作不錯。」

「等一等，」史耐達茫然凝視前方，頭抬高彷彿用心聽著什麼。

「聽到有動靜嗎？」米勒問。

史耐達用手示意米勒保持安靜，他坐在馬鞍上好幾分鐘，仍然用心聽著；後來他深深吸了兩口氣。

「怎麼了？」米勒問。

史耐達緩緩轉向米勒，語氣平靜地說，「趕快離開這裡。」

米勒皺起眉頭，眨了眨眼，「怎麼了？」

「我不知道，」史耐達說，「就是有點不妥，有點不對勁。」

米勒哼了一聲，「比牛還容易嚇到。來吧，還有半天工作，牠們會安靜一陣子，入夜前還可以打下幾隻。」

「聽聽，」史耐達說。

三人坐在馬鞍上，漫無目標地靜靜聽著。風已漸歇，但空氣中有一股涼意。他們只聽得到寧靜，松林間沒有颯颯的松濤聲或鳥鳴聲。其中一匹馬發出噴鼻息的聲音、有人在馬鞍上挪動的聲音、皮革拉扯的細微嘎吱聲。米勒一掌打在腿上，打破了沉默。他轉身向史耐達大喊：

「眞該死——」

史耐達伸直手臂，指向不確定的目標，打斷了米勒的話。安德魯的眼神困惑地在兩人之間游移，然後停在中間，凝視著前方。一片雪花在空中，柔軟得像鵝毛般慢慢飄著，之後他看到另一片，再另一片。

他臉上露出了笑容，喉嚨發出一串略帶神經質的笑聲。

「呵唷，下雪了，」他笑著說，眼神再次在兩人之間游移，「你們有沒有想過今天早上……」

他的聲音從喉嚨中消失。米勒和史耐達沒有看他，也對他說的話毫無反應。雲層漸厚，二人看著雪花下降的速度越來越快，臉部也開始緊張而繃緊。安德魯迅速轉身看了幾碼外坐在牛車上的查里．賀治。他抬頭看天，雙臂交叉抱在胸前；他的全身只有眼睛猛烈地滾動著，頭部文風不動，雙臂也沒有鬆開。

「來吧，」米勒平靜地說，眼睛仍注視著天空。「天氣變壞前還來得及。」

他策馬轉身，走到查里．賀治前面，跨出身體，猛烈搖動查里．賀治的肩膀。

「啓動吧，查里。」

有一陣子查里．賀治似乎沒有意識到米勒就在身旁；後來他面向米勒，也好像認不出他長了大鬍子，而且因雪花融化而開始閃閃發亮的臉。直到他回過神來，才用顫抖的聲音說：

「你說過沒事的。」他語氣越來越重，帶著指責的口吻，「你說下雪前會把事情辦完。」

「沒事的，查里，」米勒說，「我們有很多時間。」

查里．賀治提高聲調說，「我說過我不想來，我告訴過你……」

「查里！」米勒的聲音變得沙啞。然後他用較溫和的語氣說，「我們在浪費時間了，把牛車帶回營地吧。」

查里．賀治看著米勒，嘴巴在說話，卻沒有發出聲音。然後他從椅子後方取出長鞭，那是條有著沉重握把並由牛皮編織而成的長鞭。他握著握把甩動長鞭，卻一時驚慌讓長鞭的尖端抽打到右邊領頭公牛的耳朵，鮮血直流。那隻公牛本能地猛烈轉頭，身體向前衝，牽引著其他受驚的牛隻，踉蹌前進，每一隻牛往不同的方向走，過了好一會才平靜下來，穩定地往前拉。查里．賀治再甩動皮鞭，公牛拖著笨重的身體奔跑，而他並沒有企圖引導公牛避開遍地的屍骸。牛車的輪子碾過牛的身體，使車斗猛烈地擺動，車斗上的乾牛皮左右滑動，最後被拋到車斗外。但是沒有人停下來撿牛皮。

其他三人騎著馬緊靠著車斗前進。他們必須要拉緊韁繩，不讓馬匹突然向前衝。才幾分鐘，空中已飄滿了白雪，兩邊山嶺雖被蓋上一層薄薄的白紗，仍透出朦朧的綠意，但是他們還是無法看見營地的所在。兩旁山腳幽暗的松樹林引領他們走在平底谷上的路，安德魯瞇著眼睛往營地的方向看，卻只看到白皚皚一片，眼前雪花在空中旋轉，一片接一片地慢慢著地。在路途上，每當他注視面前的雪花，頭部便隨之旋轉而感到暈眩；他乾脆把注意力轉到移動的車斗上，在焦距以外的雪花便化成一片霧靄，籠罩著他，雖然仍可看到身旁同伴模糊的身影，卻感到自己被孤立起來。馬匹在水牛屍骸間或快跑或跳躍，他一手握著韁繩，一手緊抓著鞍角，在低溫中雙手變得紅通通。他企圖把一隻手插入褲袋裡，但卻因粗糙僵硬的布料而感到疼痛，又把手取出，曝露在外。

幾分鐘後，地上已鋪滿白雪，車輪輕易地碾過，在車斗後留下兩條平行的黑線。安德魯往後看，車輪在雪地上剛走過留下的車轍，在幾秒鐘內又填滿了白雪，讓他看不出自己的來路；儘管他們的身體在移動，車斗也在左右搖擺，他卻覺得他們在漫無目的地走著、覺得他們彷彿走在磨坊裡的踏車上，起起伏伏地走著，其實沒有前進半步。

第一片雪花飄下時便止住的微風此刻又再度吹起，把他們身邊的雪捲起，打在臉上，使他們必須要瞇起眼睛，才能抵擋那股力量。安德魯的下顎開始疼痛，才想起了自己有一陣子是用了全身的力量咬緊牙關；而在他不知爲何齜牙咧嘴低聲咆哮時，外翻的嘴唇開始龜裂，再被寒風吹得刺痛。爲了抵擋吹進他單薄的衣服裡的寒風，他放鬆下顎低下頭，聳起雙肩，並把轠繩繞到鞍角上固定好，用雙手握住，讓馬匹走自己的路。

風一陣強過一陣，雪一陣大過一陣。一瞬間，安德魯看不見牛車，看不見其他人；心中一種痲木的、隱隱約約的恐慌使他猛然抬頭；在他左邊某處傳來呼呼的風聲，以及車輪的嘎吱聲和槌擊聲。他策馬往聲音的方向靠去，片刻之後牛車巨大的外型出現在眼前，搖搖晃晃地行駛在水牛的屍骸之間，車斗上是查里．賀治的模糊身影，弓著背在座椅上搖晃著，在潮濕而厚重的空氣中甩動著長鞭，啪啪的聲音因包覆在風雪中而顯得輕柔。

風仍不斷加強，在山嶺間吼叫，吹送出子彈般的雪球，令人感到灼痛；強風再度掀起地上的雪，在空中粉末般散開，落在衣服的摺縫裡，被體溫融化。潤濕的衣服遇冷後，重重地、硬梆梆地掛在身上，冷得刺骨。安德魯把鞍角握得更緊，雙手已無感覺。他把僵硬的手從鞍角提起，活動關節，並往大腿外側拍打，直到感到抽痛才換成另一隻手。到沒有活動的手又開始麻木時，他發現馬鞍上兩腿之間已積了一小堆雪。

風中傳來一陣模糊的叫喊聲，牛車赫然聳現眼前，安德魯的馬匹突然停止行進，使他的身體往前衝。叫喊聲再次傳到他的耳邊，他覺得是有人喊著他的名字。他引著馬，弓起背部迎風走在車斗側面，半閉上眼睛盯著前方，想要知道誰在喊他的名字。米勒和史耐達當風並排站在牛車的前方等著他。當他靠近時，看見查里·賀治蜷縮在兩匹馬之間，彎身背著風。兩人使力把頭低下迎著強風，帽沿也被吹翻，蓋著臉頰。

他們躍下馬，屈膝彎身斜斜地逆著風勢走向安德魯；米勒示意要他下馬。他翻身下馬時，缺乏支撐的身體被強風往前推，一個踉蹌，腳跟沒站穩，另一隻腳被卡在環形的馬鐙裡。

米勒臉上的大鬍子已多處結了冰塊，他蹣跚地走到安德魯身前，抓住他的肩膀，在他耳邊大喊，「要把車斗留在這裡，我們走太慢了，你看著馬匹，弗雷德和我去把公牛從車斗解下來。」

安德魯點頭，當下一提韁繩，朝其他馬匹走去。但是馬的頭部往前拉，幾乎讓韁繩從他麻木的手鬆脫，安德魯立即猛力拉住韁繩，才把馬控制住。他單手提著韁繩，彎身在雪堆裡摸索。已到達他的足部附近的雪被翻攪打轉，彷彿被炸開，直到找到兩條綁在一起的韁繩，他才伸直身子。此時他看見查里·賀治轉身向他；他失去手掌的前臂插在薄外套的口袋裡，另一隻手則緊靠著他彎下的身體。霎時之間，查里·賀治面對著安德魯，卻沒有眞正看他；他淺藍的雙眼睜得大大，卻沒有聚焦在使他感到劇痛的風雪上。他的嘴巴迅速地動著，嘴唇左右抽動，也牽動著嘴巴附近的鬍子。安德魯喊他的名字，但聲音消散在風中；查里·賀治的眼睛仍呆滯著。安德魯靠近他，把三條韁繩轉到一隻手上抓緊，伸出另一隻手碰觸查里·賀治的肩膀。這一碰觸讓查里·賀治猝然後退，並蜷縮起來，雙眼呆滯無神，嘴唇繼續抽動。安德魯再大喊：

「沒事的，查里，沒事的。」

他只勉強聽見查里．賀治對著風、雪及寒冷一直重複著：

「上帝救救我。主耶穌基督救救我。上帝救救我。」

一陣沉重的步履聲使得安德魯轉身。一隻龐然大物從白皚皚的風雪中冒出來，從他身邊急奔而過，那是米勒從車斗上解下的第一隻公牛。當牠沒入風雪中後，安德魯牽著的三匹馬便要跟著衝，速度之快讓他大吃一驚，而在他還來不及用身體的力量拉住韁繩之前，一匹馬的腹部已撞向查里．賀治，使他整個人倒在地上。安德魯本能地跑向查里．賀治，但三匹馬同時又動起來，扯著安德魯搖搖晃晃地往前走，使他失去平衡，甚至雙腳離地，最後整個人重重地跌趴在雪裡。不過他還是盡力抓住韁繩，平躺在雪地上，傻傻地咧嘴笑看已經冷得發紫的雙手。雪花在他身邊飛舞，而他注意到馬蹄在他頭部兩側起起落落，也毫不意外地漸漸明白他正被幾匹馬在雪地上拖行。

他企圖用身體的重量控制韁繩，並屈膝讓雙腿縮到身體下方；然後他更用力拉緊韁繩，身體後仰，並在反覆收放韁繩的同時讓膝蓋回到身體的前方。一匹馬的後腿掠過他的肩膀，使他幾乎失去平衡，穩住後他順勢把身體提起，拚命一躍後，雙腿便站到地面，又跌跌撞撞地被馬匹牽著跑了好幾碼遠。他把腳跟戳進雪裡，並反覆拉扯韁繩，他仍感到自己被馬匹牽著走，但是速度已經減緩。他再把腳跟戳進雪的底部，碰觸到草皮或泥土，馬匹的速度漸慢，最後停了下來。他站著不斷喘氣，儘管雙腿不斷顫抖，雙臂也無力，他傻傻地微笑，轉身往身後看去。

他眼前一片雪白。他看不見車斗，或是公牛，或是附近的任何人。他仔細聽著，想聽到任何可以導引他的聲音，但是只有風的呼嘯聲，越來越強。他跪在地上往後看他剛才在雪地上被拖行時挖開的一條小徑——窄窄的、淺淺的粗糙凹坑。他拉著馬沿著小徑走，彎身用另一隻手輕觸雪花，但走不到幾碼遠，小徑已漸漸被填滿，消失在陣陣猛烈的風雪中。他盡量猜測，沿著他被拖行的方向往回走，希望先前是循直線被拖離車斗，但他無法肯定。他不時高喊，但聲音彷彿被強風刮走。他搖搖晃晃地在雪中快走，麻木感從四肢爬向他的軀幹。他不斷朝四周張望，腳步企圖變穩變慢，以保留體力，但是雙腿不自主地半走半跑，步履不均地前進。他手中牽著的三匹馬雖然馴服地跟在他的身後，但對他來說已是難以承受的負擔，必須要以意志力不讓韁繩脫手，同時盲目地在雪中前進。最後他跪下來啜泣，並在雪地上匍匐前進，手中仍緊握著韁繩。

他聽到遠處傳來喊聲；他停下來抬頭，聲音再從右方傳來，靠近了一些。他站起來往聲音的方向跑去，短促的啜泣變成焦急的笑聲。片刻間，車斗模糊的形狀在紛紛白雪中冒出，車斗旁邊有三人蜷縮著身體。三人中一人往前走向他，那是米勒。他高聲說了一些安德魯聽不懂的話，伸手要取過他手中的韁繩。米勒取韁繩時，安德魯的手仍僵硬地懸在胸前，他看著自己的手，想要把手指鬆開，可是他無法讓手指活動。米勒立即抓住他的手，扳開緊緊抓住韁繩的手指。韁繩脫手後，安德魯便開始搓揉手指，手掌不停開合，直到麻痺感消除。

米勒靠近安德魯，在他耳邊大喊，「你還好吧？」

安德魯點頭。

「我們走吧，」米勒大喊。兩人彎身抵擋著強風，奮力走向車斗，與查里·賀治和史耐達會合。米勒把史耐達和安德魯拉近，頭碰頭地大聲說，「我和查里共騎，你們要盡量跟緊我。」

他們在車斗旁各自騎上馬，米勒把查里．賀治拉上馬坐在後方；他雙手緊緊抱著米勒的腹部，整個臉部埋在背上，雙眼緊閉，口中仍重複著他們聽不懂的話。米勒率先離開車斗，安德魯和史耐達跟在後面。不一會，紛飛的白雪像一堵牆，隔絕了車斗，再也看不見蹤影。

不久，他們便離開了堆滿水牛屍體的地方。米勒策馬疾馳，其他兩人緊追在後。馬匹的姿勢有點笨拙，他們在馬鞍上顛簸得很厲害，必須雙手緊抓住鞍角。偶爾他們經過的地方積雪已達馬匹的膝蓋，馬匹便只能艱難地慢步前進。

漩渦般滾動的白雪使安德魯的方向感麻木了。稍早前灰綠色的松林覆蓋著兩邊山坡，大致上還引領著他們掌握山谷入口的方向，現在綠林早已沒入白雪裡。他只看到幾匹馬，及蜷縮在馬匹上的身影，此外沒有任何痕跡可以辨認他的位置。他所見之處是同一樣的白色，在一陣暈眩中他覺得那片白色在他身邊旋轉，逐漸縮小，直至它在狂怒的旋轉中縮成一個點。

但米勒仍策馬前進，不斷往那嚴寒中仍閃著汗水的馬腹踢去。三匹馬緊密靠著，在奔馳中安德魯仍看見米勒低著頭側著臉，閉著雙眼抵擋刺骨的寒風，這使他心中產生一種莫名的恐懼。米勒緊緊拉著轠繩，導引馬匹朝向他看不見的方向前進，其他人盲目地跟著他，相信他的盲目。

忽然間，一面黑色的牆在暴風雪中冒出，那是兩旁山坡上的松樹，因狂風而沒有被大雪覆蓋。營地上篝火旁邊那形狀詭異、長得像煙囪的巨石隱約出現，在白雪中顯出土灰色。米勒減慢速度，慢步領著同伴到達查里·賀治所搭的畜欄。他們背著風勢下馬，再把馬領進畜欄最遠處的角落拴好。他們沒有取下馬鞍，只把馬鐙上翻，勾在鞍角上，使強風不至於使馬鐙碰撞到馬的腹部。米勒示意大家跟著他走；他們幾乎九十度彎腰迎著風離開畜欄走到他們囤放牛皮的地方。疊放的牛皮上方已有積雪，有些整疊被吹到地上，有些正被強風吹得搖搖欲墜。有兩三片牛皮躺在地上，被雪蓋住，只露出邊角；安德魯知道那是還沒穿好皮繩的牛皮，約有半疊高，現在大部分已被強風吹走。他們好一陣子動也不動地站在一疊牛皮旁邊，蜷縮在一起。

安德魯傾身靠著一疊牛皮，感到十分困頓。天氣仍然寒冷，他的四肢無力，眼瞼已下垂。他模糊地想起有人告訴他，或者是他從書本裡得知，有關凍死的經驗。一陣驚慌帶來的戰慄使他站直了身子，離開了身旁的牛皮，劇烈地揮動雙臂，拍打身體兩側，直至他感到血液流通加快，他開始沿著小圈子奔跑，把膝蓋提得高高的。

米勒趨前阻止安德魯，雙手按著他的肩膀，湊近他的頭部大聲說，「停下來。你想凍死的話，就動來動去吧；很快就會死了。」

安德魯雙目無神地看著他。

「你動到出汗後，」他繼續說，「停下來一下子就會結成冰。聽我的你就會沒事。」他轉身對史耐達說，「弗雷德，把一些牛皮鬆開。」

史耐達在他的帆布外套的口袋中找到一把隨身小折刀，鋸斷結了冰的皮繩。被壓緊的牛皮在鬆綁後彈了起來，當下有五、六片乘著風勢被捲到空中，散落在不同方向，有些掛在高處的松枝上，有些隨著雪地滑走，消失在山谷裡。

「捉住三、四片，」米勒大喊，身子便倒臥在一小疊滑到地上的牛皮上，安德魯和史耐達迅速地模仿米勒的方法，查里·賀治則還是沒有動靜，屈膝蜷伏著。米勒用腹部壓著牛皮，爬向其他幾片牛皮散落的地方。他找到穿過最底的一片原來牛腿位置的皮繩，把皮繩抽出來，再割成等長的好幾段。史耐達和安德魯爬到米勒身邊看他的動作。

米勒仍把牛皮壓在身體下方，刀子在牛皮上原是牛腿的地方挖開小洞，然後把兩片牛皮的皮毛對著皮毛疊起來，再把牛腿部分用皮繩固定住，形成一個上下左右都有開口的袋子。另外兩片牛皮皮毛都向外，以交叉的方向一片放在袋子的下方，一片放在上方，再把最外兩片牛皮的腿部用皮繩固定。完成後，躺在雪地上的是一個粗糙但是可以有效禦寒的皮囊，頭尾兩端開放，而兩邊則大致上是密封的，可保護他們不受狂風暴雪的侵害。米勒把皮囊拉到一疊疊被風吹倒的牛皮附近，找到一疊周邊已積滿雪的牛皮，把皮囊的一端塞進雪裡，然後幫忙查里・賀治從另一端爬進皮囊裡，再回到安德魯和史耐達身邊。

「這能讓你不被凍僵，」他在風中大聲說，「在皮囊裡彼此靠近，不要把身體弄濕。你不會覺得溫暖，但不會死。」米勒一邊說一邊完成了另外半個皮囊。安德魯跪下來要抓住牛皮的邊緣拿給米勒，但是他的手指已經麻木得無法進行精確的動作。指頭彷彿只懸在手掌的末端，虛弱地、無規律地在冰凍的牛皮上動著，沒有力氣、沒有感覺。他翻腕彎起雙手，然後把手插進牛皮底下的雪中，再支持自己搖搖晃晃地站起來。他站起來後把牛皮壓向下半身，並走向米勒。但是一陣強風迎面吹來，牛皮重重壓迫著他，身體也幾乎被吹離地面。他再次跌倒在地上，但是他已靠近米勒，因此順勢把牛皮推過去。

史耐達沒有動，趴在一小疊牛皮上，閃著一絲光芒的雙眼看著米勒和安德魯，冰雪使得他糾結的頭髮和鬍子更顯僵硬，也發出亮光。

待米勒交叉疊好牛皮，正在用皮繩縫好最後一個角落時，他向史耐達大喊，「來吧，把它拉到我和查里的皮囊旁邊。」

霎時之間，史耐達結滿冰霜的臉上藍得發紫的嘴唇向後翻，露出了牙齒，看似在笑。他緩緩地搖頭。

「來吧！」米勒再喊一聲，「再躺在那裡會把你凍死。」

狂風怒吼中傳來史耐達強烈的回應，「不要。」

安德魯和米勒拉著皮囊，走到史耐達的身旁。米勒說：

「你瘋了嗎，弗雷德？來吧，跟小威躲到裡面去。你會被凍僵的。」

史耐達再露出了牙齒，來回看著面前兩人。

「你們這些王八蛋去死吧。」他閉上嘴巴，下顎前後動著，想在嘴裡弄點口水，一些鬍鬚上的冰霜鬆動後被風吹走。他吐了一小口口水在面前的雪地上，「到現在爲止，我都聽你的；我本來不想來的，也跟你來了，我知道我身後有水源，也轉身離開，我知道我不必待在這裡，也和你一起留了下來。好，從現在開始，我與你沒有任何瓜葛，你們幾個王八蛋。我討厭你的樣子，討厭你的味道。從現在開始，我自己照顧自己，我只在乎這些。」他向米勒伸出一隻手，因憤怒而顫抖的手指彎向手心，「給我一些皮繩，別煩我，我會自己處理。」

米勒憤怒的臉扭曲得比史耐達更嚴重，一拳捶到雪裡，深達地面。

「你瘋了！」他大喊，「用用腦吧，你會凍僵的，你從來沒有遇過這麼大的暴風雪。」

「我知道怎麼做，」史耐達說，「這場暴風雪一開始我就在想了。皮繩給我，別煩我。」

兩人瞪著對方好一陣子，雪花雖小，但密集而尖銳，像刮風沙一般在兩人之間狂舞。最後，米勒搖頭，把剩下的皮繩交給他，用較爲平靜的語氣說，「做你該做的，弗雷德。跟我沒有關係。」他稍微轉身向安德魯，向背後被吹落地上一捆一捆的牛皮甩頭示意，「來，我們走。」二人便拉著皮囊穿過雪地，離開史耐達。安德魯回頭看了史耐達一眼。他開始縫著牛皮，一個人曝露在暴風雪中獨自地、憤怒地工作，沒看他們一眼。

鼓鼓的皮囊裡躺著查里·賀治。米勒和安德魯把皮囊放在查里·賀治旁邊，把一端塞到一疊牛皮底下，再打開另一端，米勒對安德魯大喊：

「進去躺下。盡可能保持安靜。越動來動去，越容易凍僵。能睡的話就睡一下。這場暴風雪有可能要持續一陣子。」

安德魯腿部先進入皮囊，到頭部快全部進入之前，他轉頭看著米勒。

米勒說，「沒事的，照我的話去做就是。」安德魯便把頭部藏到皮囊裡，把袋口的牛皮合起來，再用腳在雪堆中跺幾下，讓袋口更密合。安德魯在黑暗中眨著眼；鼻子滿是水牛的腥臭味。他把麻木的雙手夾在兩腿之間，等待手變暖和。他的手已經麻木了一段時間，他懷疑手已經凍僵了；直到雙手慢慢升溫後開始感到刺痛，到後來的劇痛，他才嘆了口氣，心情放鬆了一點。

外面的風從皮囊的小開口吹進來，後來雪也吹進來了。皮囊兩側的牛皮在強烈的陣風吹來時，會被吹翻過來推著他的身體，風變弱時牛皮便會躺平。他感覺到身邊皮囊的動靜，而且在風聲中聽到查里·賀治因害怕而哭泣的聲音。在他的臉變溫暖後，牛皮上粗糙的毛髮使他發癢，他感到有東西在牛皮上爬動，便用手把牠撥走。但是這個動作讓皮囊的側面敞開，雪又被吹了進來。他再次躺著不動，雖然他知道臉上有一隻來自牛皮上的寄生蟲——虱子、跳蚤或蜱蟲。他等待著被叮咬，在被叮咬時他強迫自己不要動。

過了一段時間，壓在他身上的堅硬的牛皮越來越重。風勢似乎轉弱了，耳邊沒有再聽到咆哮聲或呼嘯聲。他掀開皮囊的入口，同時感受著壓在身上的重量；在黑暗中他只看到一絲光源，伸手碰觸，才知道是結結實實的雪堆。

壓在積雪的下面，他的身體安躺在好幾天前仍包覆著水牛血肉之驅的牛皮之間。他緩慢流動的血液漸漸產生溫熱，傳送到他身體每吋肌膚，再傳送到牛皮的閉合空間裡。就這樣，他的身體把溫暖一點一點地聚合，而他也在這溫暖中放鬆。

尖銳而絮絮叨叨的風聲麻痺了他的聽覺，他進入睡眠狀態。

暴風雪連續肆虐了三天兩夜，四人被困在這高山的山谷裡；除了大小便，或是伸手在積雪中戳洞好讓新鮮空氣進入黑暗的皮囊之外，他們都躺著動也不動。有一次安德魯必須要從皮囊中出來小解，因爲他已經憋太久而使腹股溝及大腿開始抽痛。他衰弱地推開皮囊出口的積雪，爬到外面酷寒的世界，不停地眨著眼。他進入了完全的黑暗中，感到雪花刺在額頭和臉上，吸進肺部的冷空氣如刀割，讓他感到畏縮，但他什麼都看不見。他不敢亂動，就在原地低頭在黑暗中小解。隨後他在雪中摸索著，扭動身體鑽進仍留著些許餘溫的皮囊裡。

他大部分時間都在睡覺；沒睡覺的時候，他會靜靜地側躺著，雙膝縮到胸前，讓身軀可以取暖。醒著的時候，他的精神是渙散而不穩定的，慵懶得像他的血液。他的思想是紊亂而模糊的，隱隱約約地進出他的意識。他依稀想起波士頓舒適的老家，但那是多麼地不眞實，而且遙遠；在那記憶中只是留存在他的心中的一點點隱約的感官經驗——晚上羽絨床鋪的觸感、溫馨客廳微微散發的舒適感、睡眠中隱隱聽見樓下傳來催眠般的窸窣絮語。

他想起了法蘭辛。他的意識無法召喚出她的形象，也沒有嘗試這樣做；他把她想像成是肉體、是柔軟、是溫暖。他把她想像爲自己的一部分，但這部分又無法讓另一部分感到溫暖；他不知爲何有這個想法，也不覺得自己該思索爲何有此想法。由於某種未知的原因，他曾經把那一部分驅離。他感到自己正墜入溫暖中；但在接觸到溫暖之前，是冰冷。他再度睡著。

Chapter

VII

第三天的早上，安德魯虛弱地在重壓的冰雪下蠕動身體，要從頭部附近一堆厚厚的積雪中鑽出來。儘管他已經稍微習慣了寒冷——這種寒冷即便他在沉睡時仍一直侵擾著他勉強保持住的微弱體溫——但當身體碰觸到堅硬的雪塊時，還是感到畏懼，他閉上了雙眼，頸部縮到兩肩裡。

他從積雪裡出來，眼睛還是閉著；張開時，一道白色強光刹那間令雙眼感到灼痛。他手上沾了融雪，便連忙拍掉，並搓揉雙手直到不再感到疼痛。他一點一點地打開眼簾，讓眼睛習慣日光，到他能夠四下觀望時，他看見一個他從未看過的世界。

在無雲的晴空下，一望無際的白色冷冷地在太陽下反射出光芒。營地四周蓋著厚厚的積雪，凍結了一切，向整片廣大的山谷延伸，或像波浪，或像連綿的山丘。曾經清楚勾勒出山谷蜿蜒曲線的陡峭山坡，現在線條已軟化及改變。原來松樹從山坡蔓延到谷底，現在松樹上積了雪，形成一道柔和的曲線，只露出松樹黑色的樹梢，與白雪成強烈的對比。漫山的白雪讓他再無法找到一片完整的綠色，他現在看到的每一棵樹，都是被它周邊的白雪明顯勾勒出來的。他在同一個位置站了很久，一臉狐疑地環顧四周，一動也不動，不願意衝破那千篇一律的白雪。他蹲下來，先用手指戳進雪堆的外層，再把手捏成拳頭鑽進去，挖了一把雪花，在小洞旁邊讓雪花從指間細細地滑下，形成一小堆。幾天幾夜缺乏食物及長時間躺在黑暗中使他身體虛弱，並感到暈眩，他搖搖晃晃地在及腰的積雪中走了幾步；他轉了好幾個身，看著他已經因漸漸熟悉而不太注意的周遭環境，現在忽然間讓他感到陌生，陌生到他難以相信自己曾經看過。清澈而絕對的寧靜從山谷裡悠悠升起，越過山嶺，到達天際；他感到自己的呼吸聲變得響亮，得要止住呼吸來感受這寧靜的品質。他聽得見褲腳上雪花的滑動以及雪花跌落腳邊較爲堅硬的雪地上的聲音、聽得見遠處樹枝受積雪重壓而折斷所產生的微弱回聲、聽得見營地之外畜欄裡馬匹清晰的鼻息聲，霎時之間他以爲馬匹就在幾呎以外。他轉身向著畜欄的方向，口中呵著白白的霧氣，看見積雪以外馬匹在動。

他深吸了一口氣，然後盡他的力量大聲呼喊；喊完之後，他仍張著嘴巴，聽著自己的聲音漸漸轉弱中仍發出低沉的回響，在經過一段長時間後，才漸漸沒入寧靜之中，被距離消散，被積雪吸收。他轉身看著四周土丘般的積雪，想起自己曾經躺在其中一堆之下，而米勒和查里·賀治當下仍躺在那裡。他看見一片死寂，剎那間籠罩在一股恐懼之中。接著他看見一個雪丘震動後崩裂，裂縫向著他擴大。米勒冒出頭來，他的黝黑粗糙與白雪的平滑成了對比，粗獷的雙臂彷彿在游泳般把積雪撥開，並站了起來，雙眼不停眨著。過了一陣子，他瞇著眼看安德魯，用嘶啞的聲音猶豫地說，「你還好吧，年輕人？」

「很好，」安德魯說，「你和查里呢？」

米勒點頭，掃視一遍整個營地，「不知史耐達怎樣，很有可能凍死了。」

「我們鑽進牛皮皮囊前，最後一次看他是在那裡，」安德魯指向那塊長得像煙囪的巨石附近，那是他們之前紮營的地方。他們朝巨石走去，腳步顯得遲疑，在積雪及腰的地方會小心前進，而在積雪不到膝蓋的地方，腳步則較爲從容。他們沿著巨石繞了一圈，小心翼翼地把靴子探進雪裡。

「沒找到他，」米勒說，「可能要到春天雪融化後才找得到。」

但他還沒說完，安德魯看見巨石旁的積雪崩裂開來。

「在這裡，」他大喊。

米勒和安德魯之間的雪堆裡冒出一團粗糙的水牛皮，糾結的皮毛上面黏附著的白色冰塊一一脫落，露出牛皮上的土棕色。瞬間安德魯驚慌地往後退，失去理智地以爲一隻後腿直立起來的水牛在攻擊他們。但下一瞬間，被牛皮包裹得像木乃伊的史耐達甩開了牛皮，站在他們之間，雙眼緊閉，顯出一臉痛苦的神情，雙眉緊蹙，嘴巴也歪向一邊。

「天呀，好亮，」史耐達的聲音模糊低啞，「什麼都看不見。」

「你還好嗎？」安德魯問。

史耐達微微張開一線眼睛，認出了安德魯，並點點頭。「我想我的指頭凍傷了，腳也快結冰了；但我會沒事的。好不好得了我自己很清楚。」

三人盡力用手、用腳，或是用史耐達曾經包裹身體的牛皮，把煙囪石附近的一大片積雪清掉，露出凍土，然後他們在積雪的松樹枝上折下乾燥的嫩枝，放在焦黑且冰封的火爐上。米勒在儲物箱裡找到打火匣、揉成一團的廢紙，和幾顆子彈；他把廢紙放在乾燥的樹枝下面，取下彈殼上的彈頭，把火藥倒在廢紙上，然後在火藥上蓋上更多廢紙。他用打火匣擊發了火花，使火藥熊熊燃燒，並點著了廢紙。一個小火很快便生了起來，用石頭堆疊而成的火爐內，積雪漸漸融化。

「我們不能讓火熄滅，」米勒說，「風勢太大，加上潮濕的木材很難起火。」

火勢轉強後，三人便在積雪底下找尋原木，堆疊在火上，儘管仍沒有乾。他們彎身靠近篝火，極近的距離讓他們潮濕的衣服冒出水蒸氣；史耐達坐在牛皮上，把靴子放在火邊，幾乎插了進去，使空氣中混合著皮革與木頭的焦味。

米勒身體回暖後，越過營地彎彎曲曲循著剛走來的路，到達散落一疊疊牛皮之間查里．賀治躺臥的地方。安德魯看著米勒走開，頭也不轉地注視著米勒的行蹤。篝火的熱力已燙到他的皮膚，但是他仍有一股衝動要更靠近，要懸在篝火上面，要讓火進入他的身體。他咬著嘴唇忍受著皮膚的痛，卻不退縮。他待在篝火前，直到雙手變得紅通通，臉部也泛紅而抽痛，他才後退，但立即又感到寒冷。

米勒帶著查里．賀治穿過積雪來到篝火邊。查里．賀治走在前面，低著頭踉蹌地踩著曲折的小徑，不時會絆倒，整個人跪在地上。有一次，在小徑的轉角處，他踏進了雪堆裡，要米勒抓住他，輕輕幫他轉身才再回到原路。他們回到篝火邊後，查里．賀治站著不動，仍是低著頭，看不見他的臉。

「他還不知道自己在哪裡，」米勒說，「過一陣子就沒事了。」

篝火讓查里．賀治的身體漸暖，他也開始活動。他茫然地看看安德魯、看看史耐達，再回頭看米勒；然後他凝視著篝火，越靠越近；他把缺了手掌的前臂伸到火邊，很長一段時間沒有動。最後他坐在篝火前，雙手抱膝貼近胸前，下巴擱在膝蓋上。他平靜地凝視著火光，不時眨眨眼，慢慢地、茫然地。

米勒走向畜欄檢視馬匹，回來時牽著自己的馬，並告訴篝火邊的幾個人，他們的馬匹在經歷這種天氣之後情況還算良好。他再往儲物箱裡找，找到半包穀物，那是給馬匹因吃草而營養不足時補充用的。他取出少量慢慢餵食馬匹，並告訴史耐達稍後要給馬匹餵食。他讓自己的馬匹在附近自由活動，直到肌肉放鬆並在進食後恢復體力。他把馬鞍上的積雪刮掉，拉緊肚帶後，便騎上馬。

「我要騎到山口那裡看看情況有多壞，」他說完便慢慢騎走。他的馬低著頭，優雅地從剛剛在積雪裡所戳的小洞裡把前蹄抬起來，然後更優雅地再用兩隻前蹄戳破積雪的表層，彷彿用自身的重量插進雪裡。

幾分鐘後，便再也聽不見米勒的聲音了。史耐達面對著火焰說，「他去了也沒有用，他知道情況有多壞。」

安德魯嚥了一口口水，「多壞？」

「我們要在這裡待一陣子，」史耐達皮笑肉不笑地說，「要待一段時間。」

查里．賀治的頭抬起來，猛地搖著，彷彿要讓自己的頭腦更清楚。他看著史耐達，眼睛不停地眨，「不，」他刺耳地大叫，「不。」

史耐達看著查里．賀治，咧嘴而笑，「你醒了嗎，老頭？睡得還好嗎？」

「不，」查里．賀治說，「車斗在哪裡？我們要準備了，我們必須要離開這裡。」

查里．賀治搖搖晃晃地站起來，失去控制般四處張望，「在哪裡，」他從篝火後退一步，「我們不能浪費太多時間，我們不能……」

史耐達站起來用手按著查里．賀治的手臂，粗聲地安撫他，「不要激動，沒事的，米勒很快就回來，他會做決定。」

查里．賀治迅速地坐回到地上，就跟站起來時一樣快。他面向篝火點頭，並喃喃自語，「米勒。他會帶我們離開。等著，他會帶我們走。」

一塊粗大的原木在退冰後變得濕潤，掉進碳火裡，發出嘶嘶聲和爆裂聲，冒出灰藍色的濃煙。附近積雪漸漸融化，水分滲進土裡，使土壤變得濕漉漉的；三人蹲在那光禿禿的一小片狹窄空地上，一句話都不說，等著米勒回來。篝火的熱度，加上兩天沒有進食，讓大家都覺得麻木與虛弱，不想要活動或是尋找食物。安德魯不時伸手到身旁漸漸變小的雪堆中，慵懶地抓一把雪，塞到嘴巴裡，讓冰雪在舌頭上融化，細細地流進喉嚨裡。雖然他的視線沒有離開過篝火，但是山谷裡的積雪白皚皚一片，吸收了燦爛的陽光後顯得更白，儘管他沒有直接面對，眼睛卻已感到難過，頭部也隱隱作痛。

米勒離開了兩個小時。回來時他沒有看任何人，直接騎著馬越過營地往畜欄的方向走。他放下正在發抖和喘氣的馬匹，步履艱難地穿過積雪回到篝火旁邊。他被火藥燻黑的雙手在剛才外出時冷得變成藍黑色；他伸手靠近篝火取暖，也轉了好幾個身讓身體回暖。

經過一分鐘的沉默後，史耐達嚴肅地說，「怎樣？情況如何？」

「我們被雪困住了，」米勒說，「到達山口之前半哩處就無法前進了。我折回的地方，有部分積雪高到十二呎深；越往前走可能越糟糕。」

一直蹲著的史耐達往大腿重拍一下，站了起來，踢向一塊已燒成炭而跌落地上噺噺作響的原木。

「我就知道，」史耐達顯得神情呆滯，「我對上帝發誓，你不告訴我我也知道。」他來回地看著米勒和安德魯，「我告訴過你們這些王八蛋我們早該離開這裡，而你不聽我的。現在你看你把自己搞成這樣。你現在有什麼打算？」

「等啊，」米勒說，「準備好下一場暴風雪，然後再等啊。」

「本人不會，」史耐達說，「我本人要單獨離開。」

米勒點頭，「如果你找得到路的話，弗雷德，隨便你。」

安德魯站起來對米勒說，「我們進來的山口是唯一出去的地方嗎？」

「除非你要翻過山頭吧，」米勒說，「這樣可以賭賭運氣。」

史耐達伸直雙臂，「那……這有什麼不好？」

「沒什麼不好，」米勒說，「如果你愚蠢得要這樣做。即使你有本事變出一雙雪鞋，你也不能攜帶任何東西。第一場初雪你就會敗下來了，而且在高山上的冬天你不可能找得到吃的。」

「有膽色的人就可以，」史耐達說。

「即使你愚蠢得要這樣做，你有可能遇上另一場暴風雪。你有試過站在山邊等暴風雪結束嗎？你撐不了一個小時。」

「那總是一個機會，」史耐達說，「可以試試。」

「即使你愚蠢得要碰碰運氣，但你對這裡的環境一無所知，你可能要走一、兩個星期才找得到人替你引路。從這裡到丹佛之間根本談不上有什麼相連；丹佛離這裡很遠。」

「你熟悉環境啊，」史耐達說，「可以教我們怎麼走。」

「而且除此之外，」米勒說，「我們必須要把牛皮留在這裡。」

史耐達沉默了片刻，然後點點頭，再踢向那塊濕漉漉的焦黑原木。「就是了，」他斬釘截鐵地說，「我應該知道，你就是捨不得他媽的牛皮。」

「不只牛皮，」米勒說，「我們什麼都不能帶。馬匹會被野放，牛也會與剩下的水牛混雜，我們會血本無歸。」

「就是了，」史耐達提高嗓音再說一遍，「這就是原因了。好吧，那些牛皮對我沒什麼意義，有必要的話我會一個人走，你只要指出一條路線，給我幾個地標，我會碰碰運氣。」

「不行，」米勒說。

「什麼？」

「我需要你留下，」米勒說，「三個——」他瞥了查里．賀治一眼。查里．賀治正在篝火前擺動著身體，嘴裡哼著一首不成調的歌。「兩個人無法控制滿載牛皮的車斗下山。我們需要你幫忙。」

史耐達盯著米勒頗長一段時間，「你他媽的，」他說，「你連一個機會都不給我。」

「我在給你機會，」米勒平靜地說，「這個機會就是跟我們留下來。即使我點出一條路線和幾個地標，你也不會成功的。你能活的機會就是跟我們在一起。」

史耐達又沉默了一陣子。最後他說，「好吧，我本來就不應該問的。我會一屁股坐在這裡過冬，一個月拿六十塊，你們這些王八蛋就去死吧。」他轉身背對著米勒和安德魯，憤怒地把雙手伸向篝火。

米勒看著查里．賀治一會，彷彿在跟他說話。然後突然轉向安德魯，「到我們放雜物的地方看看找不找得到那袋豆子，再找找查里的鍋子，我們要弄點吃的。」

安德魯點頭，按著米勒的指示去做。他在雪堆裡搜尋的時候，米勒離開了營地，數分鐘後回來時身後拉著幾片硬梆梆的牛皮。他重複來回了三趟，每次回來都帶得比前一趟多。累積到十二、三片後，他便在雪堆裡摸索著，直到找出了一支斧頭。他把斧頭擱在肩膀上，離開營地，踏著沉重的腳步往山上的大松林走去。松林裡的松樹都覆蓋著雪，靠近樹根的樹枝更被積雪壓得彎向地面，很多樹枝的末端還碰觸到地面的積雪，形成一道一道完全包覆在冰雪裡的曲線，古怪而奇特。米勒走在那些弓形的枝椏下，漸行漸遠，直至他走進像閃爍著水晶的墨綠色洞穴裡。

米勒不在的時候，安德魯抓了幾把豆子放到剛從雪堆裡找出來的鐵鍋子裡。豆子放好後，他徒手抓了幾塊冰塊放到鍋子裡，接著便把鍋子放在篝火邊，緊靠著煙囪石。他找不到鹽巴，卻找到了用油布包裹著的醃肋肉和一罐咖啡。他把豬皮放到鍋子後，又回到雪堆裡翻找，最後找到了咖啡壺。米勒從松林回來時，鍋裡的豆子已經在沸騰，咖啡壺裡已經冒出陣陣咖啡的香味。

米勒的兩肩扛著幾根松樹枝，粗壯的一端呈黃色，是從樹幹上砍下來的，漸漸往他身後變細，拖行在雪地上，松針掃出了一條明顯的小徑，在他跌跌撞撞從山坡上走下來時，小徑變得粗糙，而且沿路上覆蓋了不少松針。松枝的重量壓得他彎下身子，靠近篝火時已經是步履蹣跚，不得不放手讓樹枝滾向兩旁的積雪，擊起一陣雪粉，瀰漫了好幾分鐘。

在污垢和泥土之下，米勒的臉因寒冷和倦怠已呈現藍灰色。他站在原地，搖晃了好一會才腳步虛浮地走向篝火取暖。他維持站立的姿勢，不說一語，直到咖啡沸騰時溢出咖啡壺，滴在炭火上發出嘶嘶聲。

他用微弱而空洞的聲音對安德魯說，「找到杯子嗎？」

安德魯把咖啡壺移到火邊，壺把雖然滾燙，但他沒有退縮。他點點頭說，「找到兩個，其他的可能吹走了。」

他倒了兩杯咖啡。史耐達走近篝火，安德魯便把一杯遞給米勒，一杯遞給史耐達。咖啡又稀又淡，但是他們把滾燙的液體大口喝下，不說一句話。安德魯再抓了一小把咖啡丟進仍是熱氣騰騰的咖啡壺。

「省著點用，」米勒雙手捧著馬口鐵杯取暖，又因怕被燙到而在兩手之間傳來傳去，「我們的咖啡不夠撐太久，就讓它煮久一點。」

喝了第二杯咖啡後米勒似乎恢復了體力。第三杯時他呷了幾口便把杯子傳給查里．賀治。他一直靜靜坐在篝火前，沒看他們一眼。史耐達喝完第二杯後，便退到他們的圈子邊緣，離查里．賀治遠遠的，陰沉地凝視著炭火。耀眼的白光穿過樹木射進來，不但使炭火顯得微弱而灰白，也使他們的棲身地更覺陰暗。

「我們要在這裡搭一間披屋，」米勒說。

安德魯嘴巴微張，熱咖啡仍使他嘴裡刺痛，含含糊糊地說，「搭在外面不是比較好嗎？在太陽底下。」

米勒搖頭，「在白天，有可能；晚上就不行。如果再來一個暴風雪，在空曠地方搭的披屋撐不了一分鐘。我們在這裡搭。」

安德魯點頭，然後他頭向後仰，讓微溫的杯緣蓋到鼻樑上，喝下最後一口咖啡。豆子在沸騰的鍋子裡變軟，散發出微香。雖然他不覺得飢餓，但那股香味卻讓他胃部不由自主地產生痙攣，痛得他彎下身子。

米勒說，「要開始工作了，豆子還要等兩、三個小時才能吃，我們要在天黑前做好。」

「米勒先生，」安德魯說。本來要站起來的米勒停下來看著他，半蹲著。

「什麼，年輕人？」

「我們要在這裡多久？」

米勒站了起來，彎身拍掉膝蓋上黑色的泥炭和松針，同時仰起頭，濃眉下的雙眼直視安德魯。

「我不會騙你，年輕人，」他的頭側向剛剛湊過來的史耐達，「也不會騙弗雷德。我們要待到我們進來的山口積雪融化。」

「要多久才能融化？」安德魯問。

「連續三到四個禮拜的溫暖好天氣就可以了，」米勒說，「但是還不到三、四個禮拜這個冬天就要到了。我們要在這裡待到春天，年輕人。你最好要有心理準備。」

「待到春天？」安德魯說。

「至少六個月，至多八個月。所以我們最好全力以赴，做好長期等待的準備。」

安德魯試圖瞭解六個月有多長，但是他的腦子抗拒這個數字。他們在這裡多久了？一個月？一個半月？不管多久，這段時間充滿新奇、勞動和困倦，似乎不能用時間的長短來度量、思考，或與任何事物做比較。六個月。他說出這幾個字，彷彿大聲朗讀會使它更有意義。「六個月。」

「或者七個月、或者八個月，」米勒說，「想太多沒有好處，在咖啡的功效消失前快點工作吧。」

安德魯、米勒和史耐達三人利用那天剩下的時間把披屋建好。第一步是先把細小的樹枝削下，堆成一堆放在火邊。在米勒和安德魯削樹枝時，史耐達挑了一片小牛皮，切成粗細不一的長條。堅硬得像石頭的牛皮使他的刀子很快就變鈍了，他必須要把刀子磨好幾次才能削掉一片牛皮的毛髮。他切了大量的皮條後，又到雪堆裡找出查里．賀治的巨型鍋子，並把皮條彎成圓形，放到鍋子裡。他再從篝火裡挖了大量灰燼加到鍋子裡，然後把米勒和安德魯叫到他身邊，要求他們尿在鍋子裡。

「什麼？」安德魯問。

「尿在裡面啊，」史耐達張嘴笑著，「你知道怎麼尿吧？」

安德魯看著米勒。米勒說，「他沒錯，印地安人就是這樣做的，可以使牛皮變軟。」

「女人的尿最好，」史耐達說，「我們只好將就將就了。」

三人嚴肅認眞地尿在鐵鍋裡，史耐達負責檢查鍋子裡灰燼和水分的高度，遺憾地搖搖頭，便抓了幾把雪到鍋子裡，好讓皮條被完全蓋過。他把鍋子放到篝火上，便加入安德魯和米勒的工作。

他們把削去小樹枝後的粗大原木切成一段一段，把二長二短共四段放在篝火前，呈長方形。爲使木樁站穩，他們在濕潤的泥土往下挖了二呎深，清除掉樹根或石塊後，再把木樁固定，稍長的兩根面對著篝火。他們在木樁之間的地上挖出一條凹槽，讓較細的樹枝也固定地排列好後，再用皮繩一根一根地綁在一起，這樣便形成一個堅固的盒子一般的形狀，尾端約一呎高，前端約達一個人肩膀的高度。接下來他們要用尿液和炭灰浸泡過的皮繩把樹枝紮好，但皮繩仍堅硬得幾乎無法操作。時間已到下午三時左右，三人已筋疲力盡，便停了下來，食用煮了很久仍然堅硬的豆子。四人使用他們在雪堆裡所能找到的餐具，直接往鍋子裡取用豆子。沒有加鹽巴的豆子沒滋沒味的，也難以消化，但是他們還是吃下去了，一口都沒有剩。當米勒、史耐達和安德魯回到他們的棚架時，之前紮好的皮繩已經變硬並收縮，像鐵箍一般把一排木條固定在一起。他們用剩下的時間，用已經軟化的皮繩紮好所有的木條。他們在棚架的邊緣挖了一條淺溝，填滿用剩的皮繩，再蓋上潮濕的泥土及灰土，以防止空氣或水分的入侵。

入黑前披屋的架構已經完成，十分紮實堅固，背面、兩側、地上和傾斜的上蓋都鋪了牛皮，並用皮繩牢牢固定，因此至少後面和側面都可以說是防風防雨的。披屋空曠的正前方垂掛著幾片牛皮，當強風來時可以用木釘固定在地上。隨後他們再從雪堆裡挖出各自的鋪蓋，平均分配毛毯，並放在篝火前烤乾。在最後一抹陽光消失前，冰封的山谷反射出湛藍和亮橘紅，安德魯看著那花了一整天用原木和牛皮完成的庇護所。他心想：這是我未來六到八個月的家。他很好奇住在裡面的感覺會是如何。他怕無聊；但是這個預期將會落空。

他們的日子充滿工作。他們把軟化的牛皮割成兩呎長條，刮走上面的毛髮，然後正中央切開幾道四吋長的裂縫。他們要把它當面具一樣蓋著眼睛，以減少耀眼的白光。從細小的松枝中他們挑出適當長度的，浸泡之後彎成橢圓形，再用皮條在上面交叉織出網狀的樣式，可以作爲簡陋的雪鞋，避免在行走的時候完全陷入雪地當中。他們用軟化的牛皮做出外表拙劣的靴子，像襪子般長達小腿的高度，用皮繩固定住，以防止腳部凍傷。他們把幾片牛皮鞣製，補充在暴風雪中被吹走的毛毯，或甚至用鞣製後的皮革做成寬鬆的長袍，充當大衣。他們除了砍木儲備燃料外，還把巨大的原木從雪地拉到營地，直到放滿整個營地爲止，數目之多可以讓原木在結冰的樹皮上滑動，減低運送的辛勞。他們讓篝火不分日夜地燒著，輪流冒著寒冷在深夜起來把原木塞進厚厚的灰燼底下。有一次，強風吹了半個晚上，安德魯看著六、七根原木被燒光，仍無法產生火焰，只靠強風吹著餘燼維持高溫。

暴風雪後的第四天，史耐達和安德魯仍提著斧頭準備走進森林裡伐木，以補充儲備，儘管煙囪石附近的存量已經不斷增加；米勒宣布他要騎馬進山谷裡獵一隻牛；他們現在所存的肉量不多，而且天氣看來會不錯。米勒騎上畜欄裡唯一的一匹馬——其他兩匹已經野放，與公牛在山谷裡找尋可能找到的食物——緩緩地離開了營地。他差不多六個小時後回來，疲憊地從馬鞍上滑下來。他沉重的腳步踏著雪到篝火邊正在等待的三人面前。

「沒有牛，」他說，「一定是暴風雪時逃走的，在山口被冰封之前。」

「我們沒剩下多少肉了，」史耐達說，「麵粉被毀了，只剩一袋豆子。」

「這裡沒有很高，找獵物不難，」米勒說，「我明天再出去一趟，可能會獵到一隻鹿；情況最壞的話，我們還有魚；湖水已經結冰，但沒有厚到不能敲破。」

「有看到我們的牲口嗎？」

米勒點頭，「公牛撐過暴風雪了，還有足夠的地方找食物，牠們撐得下去。

兩匹馬看來比較可憐，但是幸運的話會撐得下去。」

「幸運的話！」史耐達說。

米勒往後靠，伸直了身體，笑著對史耐達說。

「弗雷德，我肯定你身上沒有一根骨頭是快樂的。欸，現在不錯啊；一切都安排好了。我記得有一個冬天在懷俄明的山上，一個人。那時過了林木線，又下不來。那裡高到已經沒有獵物；整個冬天我只靠我的馬和一隻山羊過活。唯一可以遮蔽的是我那匹馬的皮。這裡的生活算是富裕了，沒有什麼好抱怨的。」

「有！」史耐達說，「你知道的。」

但是隨著日子一日一日地過去，史耐達的埋怨越來越變得只是隨口說說，到最後可說是絕口不提。儘管他晚上還是與其他人睡在披屋裡，但其他時間他變得越來越孤獨，要別人直接向他說話，他才開口，說的話也是盡量簡短，不痛不癢。往往在米勒外出狩獵時，史耐達會離開營地，到傍晚才兩手空空地回來。在明顯蓄意在團體中置身事外的同時，他染上了跟自己說話的習慣；有一次安德魯遇到他，聽到他在輕聲細語，溫柔得彷彿是在跟一個女人說話。安德魯感到尷尬，且有點恐慌，想要靜靜退走，卻被史耐達發現，他轉身正對著他。剎那間兩人面對面，但是史耐達似乎什麼都沒看到，雙眼空蕩蕩的，呆滯無神。過了一陣子，兩人便各自轉身離開。安德魯感到疑惑與擔心，便向米勒提及史耐達的新習慣。

「沒什麼好擔心的，」米勒說，「一個人孤獨的時候會這樣，我也有過。你要把話說出來，像我們四個人被困在這裡，常跟自己說話不是很好。」

因此，大部分的時間當米勒外出狩獵而史耐達自顧自地到處逛時，安德魯和查里．賀治會留在營裡，他們會天南地北地想到什麼就說什麼。

自從查里．賀治在暴風雪後因驚嚇過度而呆滯後，已漸漸能瞭解自己的處境，甚至接受這個轉變。米勒在暴風雪帶來的碎石堆裡設法找回兩加侖完好的威士忌；他每天少量的發給查里．賀治。他會把威士忌混在重複使用的咖啡豆煮出來略帶苦味的淡咖啡裡。連日的咖啡與威士忌使查里．賀治的身體回暖，情緒也得以放鬆，並開始在營地上走動，雖然範圍總是離不開披屋和篝火附近，而高溫或不斷的踩踏已使積雪融化。但是有一天，他突然僵直地站在篝火前，使杯子裡少量的咖啡加威士忌潑灑出來。他瘋狂地四處張望，把杯子甩落地上，用手拍打胸膛，再把手塞進外套裡。然後他跑向雪堆，在他放置雜物的一棵大樹旁跪了下來，往雪裡挖，並把雪瘋狂地往外撥。安德魯走到他身後問他什麼事，查里．賀治只是不斷發出低啞的叫聲，「聖經！聖經！」接著更瘋狂地往雪裡挖。

他挖了幾乎一個小時，每幾分鐘便跑回篝火暖手及他的手腕，像一隻受驚嚇的野獸哀鳴著。知道他在找聖經後，安德魯便加入幫忙尋找，雖然他也不知道該從哪裡入手。最後安德魯已經麻木的手指在撥開一塊雪塊時，觸碰到一堆軟軟的東西。那是查里．賀治的聖經，翻開躺在冰上，已經全濕透了。他呼叫查里．賀治，把聖經拿起來，像捧一個精美的盤子一樣捧在手中，不讓濕透的頁面脫落。查里．賀治用顫抖的手接過聖經，那天的下午以後以及第二天的早上，他都坐在篝火前一頁一頁地把它烤乾。往後的日子裡，一到空閒的時間，他便會邊小口喝著咖啡加威士忌，邊翻閱那本模糊而沾了泥污的聖經。有一次，米勒不在，安德魯因無所事事，加上整個營地靜止無聲，精神開始緊繃，且漸生怒氣，便要求查里．賀治讀聖經給他聽。查里．賀治憤怒地看著他，沒有回應；他的眼神回到他的聖經上，或無聊地翻動著，或用食指費力地一行一行地比著，蹙著眉毛，顯得十分專注。

米勒孤立於同伴之外，但他是最愜意的。他白天離開營地找尋食物，總是在黃昏之前回來，有時在等待他的人們後面出現，有時在前面出現，但總是忽然出現，彷彿是從地底下蹦出來的一樣。他會安靜地走向他們，疲憊不堪的臉上長滿黑鬍子，往往還結了冰塊，然後在篝火旁放下他的獵物。有一次他殺了一隻熊，在原地就把牠肢解了。他出現在營地時，把熊的後腿及臀部掛在肩膀上；他因負重而步履蹣跚，剎那間，安德魯覺得米勒自己就像一隻形狀怪異的巨獸，小小的頭部被壓得低低的，夾在巨大的兩肩之間。

當其他人因穩定不變地食用野生動物而變得身體虛弱時，米勒的體力和耐久力反而提升了。狩獵了一整天後，他還會清洗和處理他的獵物，並準備晚餐，承擔了查里．賀治已經沒能力再進行的工作。有時候，在晴朗的夜晚，他會帶著斧頭到樹林裡，而待在營地裡溫暖的篝火旁的人，會聽見砍伐松樹的冷酷金屬聲。

他不常跟人說話；但是他的安靜，並不是源自那種專注或不顧一切的拚勁——那是他獵捕和屠殺水牛時安德魯所目睹的。在晚間，米勒會蜷縮在篝火前，火光會射到披屋上並反射回來，給背部帶來溫暖；他凝視著火光，而火光在他黝黑而沉著的臉上閃爍，他薄薄的嘴唇上總是掛著一抹可能是意味著滿足的微笑。但是讓他感到滿足的不是與其他人在一起，或是同伴們的沉默；他看著火光，及火光後面被蒼白的積雪照亮的黑暗——那是零星分散的微光，是積雪吸收了月亮或星星的光芒而反射出的微光。在早上出發狩獵前，他會爲自己和其他人準備早餐，不帶一絲喜悅或惱怒，彷彿這項工作只是出發前的序曲。他離開營地時，整個人似乎在往大地傾瀉；他踏著松枝和牛皮製成的雪鞋，毫不費勁地滑行在雪地上，融入黑暗的松林。

安德魯觀察身邊的人，同時等待著時間過去。有時候在晚上，他與同伴擠在溫暖的牛皮披屋裡，聽著風聲；在風勢忽然增強的時候，披屋的角落會產生呼嘯聲；這時候同伴的沉重呼吸聲、彼此間的身體接觸，以及在密閉空間裡聚集的體臭味，都幾乎變得不眞實。這時候，他感到一部分的他進入了外面的黑暗，在風中雪中、在平淡無奇的天空下，漫無目的地旋轉。有時候他會在幾乎快睡著時想起法蘭辛，就如同他獨自一人在皮囊裡躲避暴風雪時想起了她一樣；但是現在他更清晰地想著她；他幾乎能夠在緊閉的雙眼中召喚出她的形象。他漸漸地容許自己喚起那天晚上兩人在一起的記憶；最後他能夠回憶這件事而不會感到羞愧與難堪。他看到自己抗拒了溫暖而潔白的肉體，他不知道他爲何這樣做，彷彿是一個陌生人在反省這個行爲。

他開始接受他周遭的沉默，並爲這個景況尋找意義。他一個一個地觀察同時身處這種沉默中的幾個人。他看見查里．賀治小口啜飲他溫熱、滲了水的威士忌淡咖啡，仍擋不住不斷進逼的寒意，即使他已經蜷縮著身體在篝火前面；他看見他發紅且不斷分泌黏液的雙眼凝視著聖經裡破爛的頁面，彷彿拚了命不讓眼睛眺望那遠方冰封的荒野，那個讓他感到渺小的景象。他看見弗雷德．史耐達遠離同伴，自我封閉起來，彷彿孤單而且鬱鬱寡歡的外表是唯一能防禦外面無所不在的蒼白與寒冷的。史耐達會無情地踩過雪堆，盡可能勉力地伸展腳步的寬度和力度；他長期戴著自製的牛皮眼罩，透過上面幾道裂縫看著雪；看在安德魯眼裡，史耐達彷彿把雪看成活的、看成要抵抗的對象，彷彿他在等待時機，等著要隨時奮力一擊。他重新開始隨身攜帶他的小型手槍，那是安德魯在屠夫渡口鎮時就看過的；有時候當他在自言自語時，他的手會慢慢移到腰帶，輕撫著槍托。至於米勒，當安德魯思考他認爲米勒應該展現何種形象時，他總是會感到猶豫。相對於皚皚白雪，米勒粗野、黝黑、毛髮蓬鬆。他像遠方的一株杉樹，與身邊的地景不同，卻又是無可或缺的一部分。在早上，他看著米勒進入黑暗的森林；他總是感到米勒不是離開他的視野，而是融入了地景，成爲那地景內在的一部分，再也看不見。

他無法看自己。他彷彿是一個陌生人，他想像自己是幾個月前還在屠夫渡口鎮時的他，在河邊向西眺望他現在身處的地方。那時候他在想什麼？是什麼心靈狀態？是什麼感覺？他覺得他現在是一個模糊的軀殼，沒有做任何事、沒有身分。有一次，營地外天氣晴朗無雲，他自己、查里．賀治和史耐達圍坐在篝火前，卻完全籠罩在漆黑的暗影裡。他有一種按捺不住的衝動、一種必須性，要逃離身邊兩個龐然大物。他沒向兩人交代，便穿起他不常穿的雪鞋，拖著沉重的腳步走進山谷裡。他走了一段長時間，眼睛注視著緜緜地在雪上拖行的兩腳。雖然雙腳已經麻木，脖子上卻被毫無遮蔽的陽光曬得發燙。當長時間的拖行的姿勢讓他雙腿酸痛後，他便停了下來。他抬頭看見四周都是耀目的白皚皚一片，那光芒就像炙熱的針頭刺向他。面前遼闊的空間使他倒抽了口冷空氣；他再把頭稍微提高，看見遠方的松樹變成了搖曳的黑點，提起整片山坡，連接到蔚藍的天空；但當他注視著明暗分明的山稜線刻畫在藍天時，整片山坡在他眼前閃爍，天際線也模糊不清；忽然間他眼前的一切——上、下、他的四周——都變成白色。他不斷眨眼睛，最後用雙手捂著眼；但即使是閉著眼，他還是只看到白色。他含含糊糊地喊了一聲，感到身體在一片白色中失去重量；剎那間他不知道是站在雪上，還是已經被埋在雪裡。他先舉手伸向空中，然後屈膝，把手向下探，碰觸到柔軟的雪地表層。他的手伸進雪裡，抓了一把，再把雪敷在眼睛上；此時他才發現他離開營地時沒有戴著眼罩，而陽光透過延綿不斷的雪地反射出來，灼傷了眼睛，使他無法看見。他跪在雪地上一段時間，用手中的雪花搓揉闔起的雙眼。最後，他穿過細細的指縫，辨認出他認爲是營地附近的樹木和岩石的黑影。他閉上眼睛吃力地往那個方向走去；失去視覺後，他偶爾會因失去平衡而摔倒在雪裡；當他摔倒時，會冒險透過指縫修正他的方向。終於回到營地後，他的雙眼已經灼熱得無法看見東西，即使是短短的一瞥也不行。史耐達趨前扶他，把他帶到披屋裡。在那裡，他躺在黑暗中差不多三天之久才復原。此後，他必定戴上眼罩才看雪，再也沒有到冰封的山谷裡去。

一星期一星期地——到最後是一個月一個月地——過去，幾個人忍受著天氣的變化。有些日子陽光充足，酷熱得像夏天，空氣沉滯得沒有一點風吹落樹梢上一片雪花；有些日子灰色的冷風在山谷裡呼嘯，如漏斗一般穿過狹長的山谷吹來。雪開始下。在平靜的日子裡，空氣會變成實體，從灰白色的天空輕柔地降下；有時候是被不同的風猛烈地吹來，使披屋堆滿積雪，結果從外面看，他們彷彿是住在冰洞裡。晚上是極度的、殘酷的冷；無論他們的身體湊得多近、無論他們身上蓋了多少片牛皮，也無法獲得舒適的睡眠。日子沒有差異地重複著，一週重複著一週，安德魯對時間的流逝沒有感覺，沒有任何跡象可以讓他估量春雪融化的時間。他不時會算算史耐達在披屋裡的松枝上計算日子的刻痕；他無聊地、機械地數著，但那數字對他毫無意義。只有當史耐達定期向他要薪水的時候，他才會注意到一個月已經過去。那時候，他會從放現金的腰帶取出鈔票，認眞地計算史耐達所說的金額，心裡想著他到底把錢藏在哪裡。儘管如此，他還是無法意識到時光的消逝；那只是史耐達要求他履行的職責，無關乎那已經凝止的時間，反而提醒了他滯留在山谷中的原因。

Chapter

VIII

三月底四月初，天氣穩定了下來。日復一日，安德魯看著山谷裡的雪慢慢地融化，這使他感到痛苦難受。雪堆得最薄的地方最早融化，曾經平坦的山谷裡現在各處是褪色的草坪，或是沾了泥土的雪堆，活像一塊拼布。一週復一週，融化的雪使水分滲進土裡，加上日漸穩定的溫度讓春草湧現，去年被壓在積雪下的綠草已變得灰黃，現在被一層青綠覆蓋著。

冰雪融化後土壤再現生機，獵物也變多了；麋鹿走進山谷啃吃嫩草，並變得越來越大膽，會跑到離營地僅幾百碼外的地方覓食；牠們聽到聲音時會抬頭，豎起錐形的小耳朵，緊張地蹲下身體，準備逃走；如果聲音沒有繼續，牠們便優雅地彎下黃褐色的脖子繼續吃草；山鶴鶉在樹梢唧啾，有時候停在麋鹿身邊一起覓食，身體上灰的、白的、黃褐色的斑點與土地的顏色融成一片。由於獵物豐富，而且就在身邊，米勒不再進入森林裡；他一臉傲慢地用肘關節夾著安德魯的狐鼠步槍，離開營地不遠處時，故作隨意地把槍托甩到肩膀上，要多少就打多少獵物。他們的伙食滿是不同的野味、鶴鶉和麋鹿。他們清洗及處理後，吃不完的獵物就放著任其腐壞。史耐達每天長途跋涉穿過正在融化的積雪到山口去，視察沿途積雪融化的速度。米勒不說話，靜靜觀察太陽，並用目測的方式盤算著山谷裡一塊一塊泥地，泥地漸漸擴大，開始延伸到兩邊山腳。查里·賀治專注在他破舊的聖經上；但他不時會彷彿大吃一驚般抬頭凝視著變遷的土地。他們已經比較少關心點燃了整個冬天的篝火，讓它熄滅了好幾次，必須要用米勒隨身放在口袋的打火匣重新點燃。

儘管山谷裡的積雪已幾乎消失，山腳附近從平地連接樹木和山坡的地帶仍有厚厚的積雪。米勒把整個冬天唯一圍在畜欄裡的馬帶出來吃草。那匹馬因缺乏穀類及草料，已經骨瘦如柴，就在營地周邊禿裸的地上吃著新長出來的草。當牠恢復部分體力後，米勒給牠裝上馬鞍，騎到山谷裡。幾個小時後他回來時，牽著其他兩匹在冬天時野放了的馬。長時間的自由已使牠們展露野性；當米勒和史耐達要綑綁牠們的前腿以防牠們擅自離開營地時，牠們的身體直立，猛烈甩動頭部，使馬鬃在空中飛舞，雙眼向上翻，連眼白也清晰可見。吃了幾天的嫩草後，牠們的皮毛漸漸產生光澤，野性也開始消失。最後這些漢子都能夠給馬裝上馬鞍，但由於牠們整個冬天都營養不良，肚帶仍是鬆垮垮的。

「再多幾天壞天氣的話，」米勒無精打采地說，「我們就沒馬可騎了，要走路回去屠夫渡口鎮。」

馬匹裝上馬鞍，已經馴服後，米勒、安德魯和史耐達便騎馬到山谷裡去，在車斗旁邊停下來。車斗在空曠的平原上度過嚴冬後，上面幾片木板已捲曲了，部分金屬配件的表面也產生鏽蝕。

「沒問題，」米勒說，「有些地方需要加點潤滑油，但是可以幫我們完成任務。」他從馬背上彎下身，用食指觸摸輪子上的金屬圈，看看指尖上鮮紅的鐵鏽，然後隨即在沾滿泥污而變得堅硬的褲管上擦掉。

他們從車斗的所在地開始，繼續尋找在暴風雪襲擊時放走的公牛。

牠們仍活著。牠們不像馬匹般瘦骨如柴，卻是更為狂野。當他們靠近時，公牛會因感到驚慌而步履笨拙地四散而逃。他們花了四天才把八隻公牛包圍起來，帶回營地，他們先把前腿綑綁起來，才放牠們吃草。當牠們的肚子填滿了生長快速的青草後，也去除了一點野性。不到一個星期，他們便可以給公牛套上木軛，再拴到車斗上，讓牠們無目標地在山谷裡走幾個小時作為訓練。在漸漸溫熱的空氣裡，水牛的屍體發出陣陣惡臭，但屍體周圍卻長著茂密的綠草。

天氣變暖，安德魯體內的寒意漸消，肌肉也因爲處理牲口而獲得伸展。漸綠的大地使他的視野更清晰；一個冬天下來，習慣了周遭的聲音被積雪吸走，他的聽覺變得敏銳，聽得出從山谷裡傳來的千百種聲音——吹過堅硬松枝的瑟瑟風聲、雙腳在青草上滑過的聲音、馬鞍的皮革在馬背上摩擦產生的嘎吱聲、從遠處傳來，又漸漸消逝在廣漠的空間裡的人聲。

自從牲口漸漸養肥，而且再次習慣了被人操控後，史耐達便花更多時間來回營地與冰封的山口——那是唯一讓他們可以離開這個高山山谷，下山到平原去的出路。有好幾次，他興高采烈地回來，跑到每一個人耳邊，嘶啞而急促地低聲說：「融化得很快，」他會說，「在外層底下都是空空的或糊糊的。那麼再過幾天，我們就過得去了。」

有時候他會悶悶不樂地回來。

「他媽的底層還是很冷。如果有一、兩晚暖一點，就會鬆掉。」

這時候，米勒會面露一絲冷冷的、卻不代表不友善的嘲笑，沒有搭話。

有一天史耐達視察回來時，比平常更爲興奮。

「嘿！可以通過了，」他說話的速度快得讓所有的內容黏在一起，「整個人過去，到另一邊。」

「騎著馬？」米勒躺在牛皮上，沒有爬起來。

「用走的，」史耐達說，「不超過四、五十碼的厚雪，再過去就乾乾淨淨了。」

「多厚？」米勒問。

「不厚，」史耐達說，「而且軟得像玉米糊。」

「多厚？」米勒問。

史耐達把手舉高，手掌向下，停在頭頂上幾吋高，「比人高一點點，很容易通過。」

「你說你是用走的？」

「很輕鬆的，」史耐達說，「到另一邊。」

「你他媽的瘋了，」米勒平靜地說，「你有沒有想過如果你被埋在裡面會怎樣？」

「弗雷德．史耐達，不會，」他說著，一拳槌在自己的胸膛上，「弗雷德．史耐達知道如何保護自己，他不會冒險。」

米勒咧嘴而笑，「弗雷德，你太想過好日子了，爲達目的連命都不要。」

史耐達不耐煩地揮著拳頭，「不要管了，我們要開始收拾了嗎？」

米勒更舒坦地伸展在牛皮上，「不急，」他懶洋洋地說，「如果積雪像你說的那麼厚——而我知道一定比你說的要厚——我們還有好幾天要等。」

「但我們現在就過得了啊！」史耐達說。

「是呀，」米勒說，「還冒著被埋在裡面的危險。把公牛埋在幾噸重的濕雪裡，可還沒說到我們呢，接著你說我們會在哪裡？」

「你要不要去看看？」史耐達哀號。

「不用，」米勒說，「就像我說的，如果就像你說的那麼厚，我們還需要幾天，我們只要再等一下下。」

所以他們只好等待。查里．賀治在整個冬天的長夢中慢慢走出來，每天花一個小時訓練公牛拉車，讓牠們至少在沒有載重的情況下，恢復前一個秋天的純熟度。在查里．賀治的教導下，安德魯煙燻了大量約一呎長的鱒魚和巨型肉條，讓他們在下山時或穿越大草原時能維持足夠的食物。米勒又開始夾著兩枝來福槍——他自己的和安德魯的狐鼠步槍——到山上去，那裡仍積滿厚厚的濕雪。留在營地的幾個人常常聽到來自兩支不同槍枝的槍響；有時候米勒會把獵物帶回營地，不過更多時候會把牠們棄置在獵殺的地方。在營地裡，他的眼睛不斷來回梭巡在狹長的山谷和陡峭的山坡之間。不管他的視線是在要離開山谷或是山坡，臉上都似乎帶著幾分不情願。

自從米勒拒絕離開山谷後，史耐達的悶悶不樂便轉變成一種沉默的憤怒，但米勒已然成爲憤怒的目標而不自知。史耐達與米勒每天唯一的對話內容，幾乎就是堅持要他一起到山口看看剩下的積雪。每次史耐達提出要求，米勒都會答應，不帶任何善意或惡意。他面無表情地和史耐達出發，面無表情地回來，心裡平靜得沒有一絲的波瀾，史耐達則氣得滿臉通紅。對史耐達口中不斷的模糊堅持，他只是回答：

「還不行。」

安德魯雖然沒有說出口，但是最後那幾天對他來說是最難熬的。一次又一次地面對著即將離開的前景，他發現自己雙手捏成拳頭，手掌滿是汗水；但是他說不出這種巴不得趕快離開的想法從何而來。他能理解史耐達的不耐煩，他知道史耐達的簡單慾望只是想把肚子灌滿文明的食物、讓身體躺在柔軟而乾淨的睡床、把體內囤積的肉慾注入任何一個閒著的女人體內。然而安德魯的慾望，儘管在某種程度上也包含了這些，卻還有更強烈，也更模糊的成分。他想要回到哪裡？他要從哪裡出發？然而那些慾望，儘管模糊，在他內心還是強烈而痛苦。有好幾次，他循著米勒和史耐達的足跡走到山口，站在那個兩峰之間被厚厚積雪封閉的山谷入口。在積雪的上方，山峰上棕紅色嶙峋巨石切入湛藍的天空。他朝著史耐達在積雪中挖出僅能容身的壕溝看去，但是那壕溝曲折蜿蜒得無法透視遠方的廣闊平原。

面對米勒的平靜，大家感到無能爲力，繼續等待。即使松林裡堅硬的積雪也開始融化，產生涓涓的小溪流過他們的營地了，大家還在等待。他們等到四月中。

一天晚上，在篝火前，米勒忽然間說：

「今晚好好睡一覺，我們明天把車斗裝載好就出發。」

他說完後，是一段冗長的沉默。然後史耐達站了起來，身子往上躍，高聲大叫一聲。他一掌拍在米勒的背上，轉了幾個身，只笑不語，又再一掌拍在米勒的背上。

「我的媽呀，是時候了！我的媽呀，米勒！你眞不壞，不是嗎？」他走了幾圈，自顧自地笑著，口中說的話沒有人聽得懂。

在米勒做出宣布帶來的一陣歡欣鼓舞後，安德魯心中產生莫名的哀傷，感到某種懷鄉病即將出現。他看著小小的篝火在黑暗中旺盛地燒，然後再凝視著篝火之外的一片漆黑。在那漆黑中就是他瞭若指掌的山谷；他看不見，但知道它就在那裡；那裡躺著正在腐爛的水牛遺體，他們曾經以時間、汗水和體力來交換牠們身上的皮毛。一疊疊的牛皮也躺在那漆黑中，他看不見；但是明天早上他們會把牛皮載到車斗上，離開這裡，而他覺得自己不會再回到這裡來，雖然他必須要再回來取走這次拿不走的牛皮。他依稀感到他會留下一些東西，一些對他來說可能十分寶貴的東西，如果他能知道那是什麼。那天晚上，篝火熄滅後，他一個人在披屋外面，躺在黑暗中，讓春天的寒意透過衣服滲進肌膚；他最後睡著了，在半夜裡他醒來好幾次，對著暗無星光的黑夜眨眼。

第一道晨光初現，史耐達便把大家叫醒。爲了慶祝這最後的一天，他們決定把囤積了好多天的咖啡豆一次用光。查里．賀治煮出又濃又黑的咖啡；喝了很久一用再用的咖啡豆煮成的淡咖啡後，那清新苦澀的香氣使他們頭腦清醒，也帶來新的力量。他們把公牛拴到車斗上，再拖到他們堆放牛皮的地方。

安德魯、史耐達和米勒把最大疊的牛皮放在車斗的底部，查里．賀治整理營地附近的環境，並把煙燻的魚和肉，及其他雜物放到營地旁邊整個冬天以來一直被帆布覆蓋著的木板條箱裡。長期食用魚和肉類使他們的身體變得虛弱，三人搬動牛皮時顯得十分吃力。六疊牛皮，兩兩一排，剛好塡滿車斗；在這之上，他們要再放六疊，這樣牛皮的高度從車斗側板以上起算，已經達到一個人的身高。雖然他們已經氣喘如牛，頭暈眼花，米勒還繼續催促他們在十二疊之外再放六疊，結果最後牛皮的高度離查里．賀治的駕駛座有十到十二呎之高。

「太多了，」史耐達放好最後一疊牛皮後喘著氣說。他大聲喘氣，沾滿污垢的臉比他淺色的頭髮與鬍子更蒼白。他離開車斗一段距離，看著那高矗的負載，「下不了山的，一遇到地面不平就會翻倒。」

米勒沒有回應史耐達。他正在從查里·賀治處理好並放在車斗旁邊的雜物堆裡翻尋，找出一些繩子。他把片段的繩子結在一起，然後在車斗側板上的加固板上綁上繩子。

史耐達說，「把牛皮綁起來會更糟。這個車斗不是用來載那麼重的東西的。一根輪軸斷了，你就完了。」

米勒把繩子跨過牛皮甩到另一端。「我們會讓車斗保持平穩，」他說，「如果小心的話，輪軸會撐得住。」他頓了一頓，「我要我們回到屠夫渡口鎮時帶著滿車斗的牛皮，讓他們見識見識。」

他們把牛皮盡可能地綁緊在車斗上。他們用力拉緊繩子，把牛皮壓平，結果讓幾面側板被擠得向外凸出。一切完成後，他們退後看著車斗，然後再看著剩下的牛皮。安德魯估計約有四十疊。

「要多載兩次，」米勒說，「今年春天稍晚再回來載，我們這次載的差不多有一千五百片，這裡還有超過三千片。全部差不多四千六、七百片，如價錢高，會有超過一萬八千元的收入。」他平淡地一笑，「你會分到超過七千元。一個冬天不用做事，還不錯吧，是不是？」

「好了啦，」史耐達說，「錢到手才開始算吧。趕快收拾離開吧。」

「你應該堅持用拆帳的，弗雷德，」米勒說，「你本來可以賺很多，看……」

「好了，」史耐達說，「我不會埋怨。是我選擇了這樣，況且你也還沒有把牛皮運回去呀。」

「看吧，」米勒說，「如果你照當初說的拿六分之一，你會……」

「好了，」安德魯說。他被自己的聲音嚇到，心中對米勒產生一絲怒氣。「我說過我會照顧史耐達，我會分給他的，超過他的薪水。」

米勒打量著安德魯，微微點頭，彷彿瞭解了某件事情，「好的，小威，錢是你的。」

史耐達的臉紅通通的，憤怒地看著安德魯，「不，我謝謝你，我要求六十元一個月，而且都有拿到。弗雷德．史耐達自己照顧自己；他不向任何人要東西。」

「好，」安德魯說著，傻傻地咧嘴而笑，「回到屠夫渡口鎮我請你喝一杯。」

「我謝謝你，」史耐達嚴肅地說，「感激不盡。」

他們把雜物和煙燻食物藏在駕駛座下方，再四周看看有沒有遺留東西。穿過樹木看去，讓他們渡過嚴冬的披屋看起來極爲細小，不足以達成它作爲庇護所的任務。安德魯知道，當他們在暮春或初夏回來搬運牛皮時，披屋還會在；但是在往後的季節裡，它會被猛烈的陽光曬乾，會被凜冽的冰雪裂解，它會開始分崩離析，坍塌成小塊或碎片，直到最後會不復存在，只剩四根殘餘木樁，穩穩固定在土裡，以證明它們熬過漫長的冬天。他很好奇在這間披屋被氣候風化腐蝕、融入地上厚厚的松針土裡之前，會不會有人看見它。

他們把帶不走的牛皮放在原地，懶得推到樹林裡藏起來。查里．賀治把僅剩的士的寧灑在牛皮上，以免牛皮成爲害獸的巢穴。米勒、安德魯和史耐達給馬匹裝上馬鞍，用軟化的牛皮捲起毛毯及其他小物品，用皮帶固定在馬鞍後方。查里．賀治爬上駕駛座，得到米勒示意後，他身體往側面靠，露出車斗外，在身後展開他的長鞭，往公牛的側面甩出鞭子。前端分叉的皮鞭爆響，查里．賀治隨即發出尖聲吼叫：「快呀！」受驚嚇的公牛用力拉著身後的負重，使牛蹄深陷土裡，木製的頸軛除了緊壓著肩膀的肌肉，在拉扯的動作下，也產生低沉的嘎吱聲。剛潤滑過的輪子開始轉動，車斗緩緩移動，在公牛適應了負重後，速度漸漸加快。車斗的重量使輪圈沉入軟土裡，壓出兩條平行的車轍，露出軟土底下深色的土壤，在他們走遠了之後，還是看得清楚。

在山口附近，積雪約有半呎高，因已變濕軟，公牛能輕易通過，但車斗已經下陷至輪軸的位置。山口的最高點正是位於兩峰之間，彷似荒廢了的閘門容讓他們進出山谷。他們停了下來。史耐達和米勒檢查車斗的煞車功能，以防止車斗在下山時衝得太快。此時安德魯回望那即將要消失在他眼前的山谷。從他的位置看去，新生的嫩草就像籠罩在地面上一層薄薄的綠色霧靄，反射出晨光。安德魯無法相信這同一個山谷曾是他目睹數千水牛奔逃，及被瘋狂地拔掉牛皮的那個山谷；他無法相信那片草地曾經沾滿血污；他無法相信這同一片土地曾被暴風雪瘋狂蹂躪；他無法相信才幾個星期前，這片土地在一片刺眼的白色覆蓋下曾經是那麼的荒涼和平淡無奇。即使是在他現在的位置，如果他睜大雙眼，仍可看到山谷裡遍地水牛發黑的遺骸。他轉過身，策馬越過山口，離開仍停在山峰上的同伴及牛車。過了一會，他聽到身後傳來低沉的馬蹄聲和車斗移動的嘎吱聲。他們開始了漫長的下坡之路。

離開山口幾碼之遠後，三人下馬，把韁繩綁在一起，讓馬匹下山時跟在他們身後。那條被水牛踩踏出來的小徑，也是去年秋天他們的來路，土質鬆軟，不過比不上山谷裡那麼泥濘濕滑。鬆軟的土壤往往讓車輪滑出小徑外，特別是在路況崎嶇或山坡的坡度太大的地方。米勒從查里·賀治的雜物箱裡找出三條繩子把牛皮再綁緊。當牛車下山時，三人或走在車斗旁，或直接爬到牛皮上，使牛皮保持平衡。他們穩穩地拉著繩子，讓車斗傾斜的角度太大時不至於讓牛皮翻出車外。有時候小徑的彎度太大，搖搖欲墜的牛皮牽動著繩子，幾乎把他們拉離地面；他們在光滑的草皮上滑行，用腳後跟壓進泥土裡控制速度，雙手與繩子摩擦得發燙。

下山的速度比上山的速度緩慢。比起身後堆疊的牛皮，查里·賀治的身形顯得渺小。他身體坐直，隨著車斗傾斜的角度而傾斜身體，皮鞭與煞車器交互使用，以調節牛車的速度。他們常常停下來，因爲牲口與人在漫長的冬天過後，不休息就無法走遠路。

中午以前他們來到半山腰一處高地。他們給馬匹脫下馬銜，解下牛肩上的木軛，讓牲口啃食小石縫間長出的嫩草。查里．賀治在一塊平坦的石上把煙燻的鹿肉切成等分，傳到每個人手中。安德魯疲憊地接過肉塊，含在嘴裡，但久久沒有嚼動。安德魯的體力已近乎枯竭，腹部抽痛，感到作嘔，眼前一片昏花，便順勢平躺在草地上。過了一陣子，他勉強撕下一片硬得像皮革的鹿肉。他的牙齦因長期食用野味而發炎，酸痛難耐，便讓肉塊在舌頭上軟化後才咀嚼。他強迫自己呑下幾乎整片肉塊後，儘管雙腿仍感無力，還是站了起來環顧四周。山坡上是一片明暗和色調的彼此爭妍鬥麗，五色繽紛。深綠的松枝往頂端漸變青綠，開始長出嫩枝；野莓叢裡鮮紅色和白色的嫩芽正開花；銀白色樹身的山楊樹上閃爍著淺綠的新葉；山坡上淺綠的嫩草把陽光反射到松樹下的隱蔽處，也使深綠的樹幹產生微光，彷佛光源來自樹心。他覺得如果他要聽，他會聽到生長的聲音。一陣微風在樹枝間發出颯颯聲、松針彼此摩擦發出沙沙聲、草叢裡傳來無數昆蟲跳躍竄動或進行人們看不見的工作時發出的窸窸窣窣聲、森林深處某隻動物走動時踩斷了一根樹枝而發出的咔嚓聲。安德魯深深吸著芬芳的空氣，裡面夾著被壓碎的松針發出的味道，以及從樹蔭下的泥土散發出的麝香似的腐壞味。

在中午前他們繼續下山的緩慢路程；安德魯轉身仰望他們走過的山坡。山路迂迴彎曲，他再也不確定該往哪看才找得到他們原來的地方。他往上看，望向他認爲是山巔的所在地，但他看不見；小徑兩側長滿了樹，擋住了他的視線，讓他無法看到他們的出發地，也無法估計他們走了多遠。他回過身來。山路曲折蜿蜒向下，看不見終點。他走在史耐達和米勒之間，開始另一段痛苦的下山之路。

陽光直射在他的身上，蒸散出他和身邊二人的體臭。他感到噁心，左右移動頭部，想要聞到清新的空氣。他忽然想起自從幾個月前，那全身沾滿鮮血的第一個下午之後，他便沒有洗過澡，連衣服也沒洗過，或脫下來過。他忽然覺得身上的襯衫和褲子又硬又重地掛在身上，一想到這裡他就感到渾身不舒服，覺得皮膚碰觸到衣服時會收縮。他不由得打了一個冷顫，彷彿被寒風吹到，隨即只用嘴巴呼吸。他們往更陡峭的山路往下走，越來越接近平地，安德魯內心對身上的污穢更爲自覺。最後，他莫名其妙地陷入極度的焦慮之中。當他們停下來休息時，安德魯坐得遠遠地，僵直著身子，讓自己不會感到衣服底下身體的移動。

下午三點多，他們耳邊聽到模糊的響聲，像風吹過隧道的聲音。安德魯停下來細聽；在他右邊的史耐達緊盯著前方晃動的車斗，撞上安德魯。史耐達咕噥著咒罵了一句，眼睛仍是盯著車斗，而安德魯繼續往前走，在史耐達和米勒之間保持等距。響聲漸漸地變大，持續不斷的聲響及其強烈程度使安德魯改變最初的想法，不再以爲是從平地吹向山坡的陣風。

米勒轉頭向安德魯和史耐達露齒而笑，「聽到了嗎？已經不遠了。」

這時安德魯便知道他聽到的聲音必定是河水，因春天融雪使河水高漲。

想到山路將要結束及清涼的河水使他們加快腳步，體力也充沛起來。

查里·賀治甩動皮鞭，放鬆煞車。車斗在崎嶇的山路上搖晃，驚險萬分；靠近他們三人的輪子一度離地好幾吋。查里·賀治大喊，猛拉煞車，三人使勁拚命拉著繩子，車斗抖動片刻後才四輪著地，車斗上重量不平均的牛皮使車斗繼續左右搖晃。之後，他們放慢速度，但是因爲預期著即將可以休息，大家更抖擻精神，到達河邊之前都沒有停下來過。

山路的終點是一塊長滿青苔的平坦巨石，斜倚在河堤邊。他們鬆開手上的繩子，癱在石上休息。沁涼的巨石被河水激起的水花噴濕，奔流的河水發出巨響，他們說話時必須要大聲吼叫。

「每年這個時間河水都會暴漲，」史耐達大叫。

米勒點頭。安德魯瞇眼看著水花噴灑。

河水漲滿河岸，幾處因河床的積石而產生漩渦，幾處零零散散的地方激起白頭浪花。流水的速度及其流經高山時產生的衝擊，只能從河面上的浪花、零散的樹皮和綠葉看得出來。在去年初秋當他們首次渡河時，河水只是涓涓地流過河床的岩石；但現在河水漲滿，而且在他們休息的巨石與河岸之間原有的泥地也被淹沒了。安德魯往河的上下游看，就視野所及，兩岸最狹窄的地方至少也有一百碼。

查里．賀治給公牛解下木軛，讓牠們跟站在岸邊的馬匹混在一起。牲口用鼻子小心地碰觸水面，當水花噴進牠們的眼睛和鼻孔時，便立刻猛力抬頭。

史耐達在巨石上半爬半滑動地越過安德魯和米勒，跪在河邊用雙手捧起河水，滑進嘴裡，呼嚕呼嚕地喝下。安德魯坐到史耐達身邊，等他喝完水後，便把雙腳滑進水裡。湍急的水流讓安德魯措手不及，下半身轉了半圈，雙腳才能在冰冷的水中站穩，膝蓋以下激起漩渦及漣漪。河水冰冷刺骨，但是他沒有退縮，雙手在身後扶著巨石，慢慢地把身體沉入河水裡；冰冷的河水對體溫產生強大的衝擊，讓他呼吸困難。最後，他的雙腳碰觸到河床的石塊，便往不斷衝向他身體的河水靠過去，利用水勢獲得平衡，鬆手脫離河堤。他在水中發現一塊突起的岩石，便抓住突出的地方，借力讓身體潛進水裡。他先是蹲著，肩部以上露出水面，憋著氣抵擋寒冷；但是片刻後他已不再覺得寒冷，只覺得河水在他身上流過，沖走一個冬天以來累積的污穢，感覺是愉悅的、撫慰心靈的，幾乎是溫暖的。他手中仍緊抓著突起的岩石，讓身體隨著水流而動，直到整個人俯臥在河水上，漂浮在河面的浪花裡。他幾乎處在一種無重力狀態中，握住水底的石頭，浮在水面好一陣子，頭側向一邊，閉上雙眼。

在河水的巨響中有別的聲音傳來，安德魯張開眼睛。史耐達蹲在他側面的石頭上，露齒而笑。他雙手窩成杯狀，放進水裡後，又突然提起，把水潑到安德魯臉上。安德魯被水嗆到後便站了起來，連忙還手，把水潑向史耐達。霎時之間，二人大笑著往對方身上潑水，像小孩子在玩耍。最後，安德魯搖頭甩掉河水，氣喘吁吁地坐到史耐達身邊。輕風吹來使他感到涼意，但還有陽光可以保持體溫。他知道稍晚他身上的衣服會變硬，但不會再黏在身上而引起不快，他感到已近乎清潔。

「天呀，」史耐達平躺在傾斜的巨石上，「離開山裡太好了。」他轉向米勒，「還要多久才能回到屠夫渡口鎮？」

「最多一、兩個禮拜，」米勒說，「會比來的時候快。」

「我不會留在那裡，」史耐達說，「只會大吃一頓蔬菜、喝些酒清清肚子、找找那個德國女孩。然後我會直接到聖路易去。」

「豪華的生活呀，」米勒說，「聖路易。我不知道你要那麼豪華，弗雷德。」

「我也不知道，」史耐達說，「剛剛才想到的。嘿，我花了一個冬天，才學會品味生活。」

米勒從石頭上站起來，伸出雙臂，「最好還是天黑以前想辦法過河吧。」

米勒到河堤邊把正在吃草的馬匹集合起來，安德魯和史耐達則幫查里．賀治給公牛套上木軛，再拴回車斗上。一切妥當後，米勒已把馬匹帶回。他騎到馬上，發現一處看似可以過河的地方，其他三人並排在河堤邊，靜靜看著米勒引導馬匹進入湍急的河水。

馬匹不願意踏進水裡，只走了幾步，踩在小渦流下的碎石層上，便停了下來，腿部一提高，便停在水面上微微發抖。米勒輕拍馬匹，用手指梳攏馬鬃，並靠近牠的耳朵說話安撫。馬匹往前走；水深達馬蹄上方肢關節的地方，再往前走，水面不斷提升，從脛骨到達膝蓋。米勒帶領馬匹循之字形的路線走，每當馬匹稍微滑倒時，米勒便讓牠停下，輕拍肩部，並跟牠輕聲說話。到了河的中央，水位已浸過他套在馬鐙的足部及馬匹的腹部，水流穿過牠的肩膀和大腿。米勒仍循著之字形的路線慢慢地走到淺水的地方，幾分鐘後便到達對岸。他揮了揮手，便又策馬循著原來之字形的路線過河。

回到岸邊後，他下馬走到其他人身旁，靴子裡的水咯吱咯吱地響著，被擠到鞋跟後面，在石頭上留下深色的水漬。

「很好過，」米勒說，「幾乎從頭到尾都是平的。中間有點深，公牛沒問題的；車斗夠重，壓得住。」

「好吧，」史耐達說，「走吧。」

「等一下，」米勒說，「弗雷德，我要你走在領頭的公牛旁邊，引導牠們過河。我走在前面，你只要跟在後面。」

史耐達瞇起眼睛看著米勒一會，然後搖頭。

「不行，」他說，「我想最好不要，我一向不喜歡牛，牠們也不太喜歡我。如果是騾子就可以，牛就不行。」

「這沒什麼，」米勒說，「你走在牠們下游方向一點點，牠們就會往前直走過河。」

史耐達再搖頭，「除此之外，」他說，「我不覺得這是我的工作。」

米勒點頭同意，「是的，嚴格來說不是，但是查里沒有馬。」

「他可以騎你的，」史耐達說，「你跟小威共乘就得了。」

「他媽的，」米勒說，「不必小題大作了，我自己來指揮牛車。」

「不行，」查里·賀治說。三人驚訝地轉頭看他。查里清清喉嚨，「不行，」他再說一遍，「那是我的工作，我不需要馬。」他用完好的手指向右邊的領頭公牛，「我就騎牠過河，不管怎樣，這是最好的方法。」

米勒打量了他一會，「你可以嗎，查里？」他問。

「沒問題，」查里·賀治說。他伸手進襯衫裡掏出破舊污損的聖經。「上帝會安排，祂引領我的腳步，走對的路。」他縮起肚皮把聖經塞回襯衫，並固定在腰帶裡。

米勒再看了他一會，然後決斷地點了頭，「好，你緊跟在我後面，聽到了嗎？」他再轉向安德魯，「小威，你現在騎過去，就像我一樣，不過要直接過去。遇到大石頭或者大洞時，就把馬停下來，大聲叫，我們就知道在哪裡。車斗轉一下就不會晃得很厲害。」

「好，」安德魯說，「我在對岸等你們。」

「要小心，」米勒說，「慢慢來。讓馬自己調整速度。河水的速度很快。」

「我會沒事的，」安德魯說，「你和查里照顧好牛皮就好。」

安德魯躍上馬。他正要過河時，看見查里．賀治正要騎到公牛上。公牛一聲呻吟，對突然的負重產生抗拒。查里．賀治輕拍牠的肩膀。史耐達和米勒看著安德魯踏進淺水區。

當河水從馬蹄上部肢關節的地方達到膝蓋時，他感到馬匹在胯下顫抖。安德魯注視著米勒在對岸河堤的濕土上留下的足印，策馬對準位置。他感到胯下馬匹猶豫的腳步，便開始在馬鞍上放輕鬆，不採取主動，並放鬆韁繩。到了河的中央，河水已淹過小腿，冷得刺骨，河水的衝力使他的腿部不斷壓向馬腹。當馬匹一步一步向前，他開始覺得自己漂浮在河水上隨著湍流移動，感到一陣陣噁心反胃。水聲隆隆地響，強烈卻空洞；他看到對岸的景物在傾斜和搖動，又看著水面。儘管河水是茶綠色，卻清澈透明。在他身邊流過時產生變化複雜的視覺效果，時而像粗繩，時而像平面的多邊形，使他眼花撩亂，便再抬頭注視對岸的定點目標。

他到達了淺水區，途中並沒有遇上對車斗產生威脅的石頭或洞穴。馬匹攀上平地後，安德魯下馬向對岸的同伴揮手。

河面雖然不算寬闊，但是湍急的河水卻令他們的體格相形見絀。米勒僵硬地舉臂回應後隨即把手垂了下來，策馬前進。走了約十五到二十呎後，他便轉頭示意查里．賀治動身。查里．賀治騎在領頭的公牛背上，左手高舉著趕牛棒。他輕敲公牛的肩膀後，八隻牛便笨重地踏進水裡，車輪從河堤進入稍低的河道時，車斗上的牛皮開始搖晃。

史耐達在岸上騎在馬背上，站在車斗的上游位置，全神貫注地看著車斗走進水流湍急的深水區。過了片刻，他便策馬跟在車斗後方的上游位置，離車斗約十碼遠。

當水位到達領頭公牛的腹部時，最後方靠近車斗的公牛還浸在膝蓋以下的河水裡，安德魯知道這次渡河沒有安全的問題了；在最後方的公牛進入深水區，踏穩腳步時，領頭的公牛已經快到岸邊，可以使力拉動車斗；當車斗底部接觸河水，兩側受到最大衝力的影響時，所有的公牛都已在淺水區，可以穩穩地拉動車斗。安德魯臉上掛著微笑，以排遣他心中的恐懼，直到這笑容消失的那一刻。他看著米勒走在領頭公牛前面一段距離，策馬快步走到岸上。米勒下馬，簡短地向安德魯點頭，便開始用手勢引導查里．賀治向他走近。

領頭公牛到達離河堤邊十呎以內的淺水區後，查里．賀治從領頭公牛背上滑到膝蓋高的水裡，走在公牛身邊，同時回頭看著已經接近水位最高處的車斗。他把公牛的速度減慢，不時在領頭公牛耳邊說話安撫。

米勒說，「放輕鬆，慢慢地。」

安德魯看著車斗進入河中央的深處，他再稍微轉向，看見仍然位在車斗上游的史耐達，不過他已經趕上車斗。馬腹附近的河水捲起小漩渦，史耐達專注地看著馬匹正前方的河水。安德魯順著河水往上游看去，河堤邊一排濃密的樹木有幾處極爲靠近河堤，樹幹攔腰被濺起的水花澆濕，顏色因而變深。忽然間他的目光集中在河中央，他盡量伸直身子凝視著引起他注意的目標，霎時間他全身癱軟。

一根原木，分叉的末端向著下游，粗約一人的身軀，長約兩人的身高，像一根火柴般在河水裡載浮載沉，左右擺動著向前衝。安德魯跑到堤邊大喊，手指向上游：

「史耐達，小心！小心！」

史耐達抬頭，手掌放在耳後朝向隆隆水聲中傳來的微弱聲音。安德魯再次大喊，這次史耐達身體稍微靠前，希望聽得更清楚。

分叉的漂流木擊中了馬匹的腹部，轟的一聲在隆隆的水聲中也能清楚聽見。一時間馬匹仍想努力地站穩，但是當水流強行把木頭拉走時，馬匹驚慌而痛苦地尖叫一聲，身體側倒向車斗的方向，史耐達也同時掉到水裡。馬匹繼續翻動身體，把史耐達壓在下面，而馬匹當下露出腹部的一個大洞，四周的河水都被染紅了。史耐達掙扎著從馬匹的前後腿之間站起來，面對著河堤上的同伴。他們還可以清楚看見他的臉；他微微感到困惑地皺著眉頭，嘴唇扭曲，惱怒與輕蔑中隱約帶著一絲痛苦。他伸出左手，看似要把馬推開，但是馬匹再度翻身，一隻後腿的馬蹄重重地踢在史耐達的頭上。史耐達僵直地站著，身體抖動，彷彿在寒風中，表情不變，然後血液如泉般流到他的臉上，彷彿戴上了紅色的面具；他僵直的身體慢慢倒在馬匹身旁的河水裡。

馬匹和漂流木幾乎同時撞向車斗的側面。車斗斜向一邊；堆高的牛皮開始搖晃，牽動著車斗越來越傾斜；仍在水中衰弱地掙扎的馬匹，被河水推進車斗的底部，整個車斗發出一陣低沉的悶響，翻覆在水裡。

車斗翻覆的時候，公牛也被車斗的重量拉回河水裡，查里．賀治連忙閃離公牛。一時間，車斗徐徐地漂浮在河中央，被附近公牛的體重穩住，不過那些公牛已開始不斷甩動身體要掙脫肩膀上的木軛。不久車斗已經沉到河床，緩緩地轉動，連公牛也被拉著轉。直到公牛已經無法在河中央站穩後，車斗以更快的速度漂離，在下游的巨石上撞得支離破碎，綑綁牛皮的繩子也斷裂了，牛皮被彈到四面八方的水裡，很快便消失得無影無蹤。站在河堤上的三人看著公牛在水中瘋狂地掙扎，看著破碎的車斗在水中翻滾漂動；不到一分鐘後，他們什麼也看不見了，但他們還是站在那裡好幾分鐘，看著車斗消失在下游的地方。

安德魯跪在地上，雙手撫著地面，不停地搖頭，活像一隻受傷的動物，「天呀！」他深沉地喊著，「天呀，天呀！」

「整個冬天的收穫，」米勒說，聲音平淡陰沉，「只花了兩分鐘。」

安德魯猛然抬頭，同時站了起來，「史耐達，」他說，「史耐達，我們要——」

米勒按著他的肩膀，「不要激動，年輕人，擔心也沒用。」

安德魯仍顯得不安，聲音嘶啞地說，「可是我們要——」

「不要激動，」米勒說，「我們幫不了他，他倒在水裡的時候就死了。要找他是太天眞了，你有看到那些牛多快地被沖走的呀！」

安德魯茫然地搖著頭，身體無力，雙腿蹣跚地走離開米勒，「史耐達，」他輕聲說，「史耐達，史耐達。」

「他褻瀆神明，」查里．賀治尖聲說。安德魯拖著腳步走到他面前，眼神模糊地直瞪著他的臉。

查里．賀治茫然地看著河裡，眼睛快速地眨著，臉部肌肉不自主地抽搐，彷彿快要裂解。「他褻瀆神明，」他再說一遍，並不斷地點頭。他閉上雙眼，手緊抓著腹部，因爲他的聖經仍被皮帶固定住。他聲調高昂，卻平淡單調地說，「他與妓女同床，他通姦，他褻瀆神明，他以上帝之名發僞誓。」他張開眼睛轉頭向著安德魯，仍是一臉茫然，「是上帝的意旨。是上帝的意旨。」

安德魯後退，搖著頭，而查里．賀治卻在點頭。

「來吧，」米勒說，「離開這裡吧，我們無能爲力。」

米勒幫查里．賀治騎上馬，坐在馬鞍後方，然後自己翻身上馬，向後方的安德魯說，「來吧，小威，越快離開這裡越好。」

安德魯點頭，拖著腳步走到馬前。他上馬前再回頭看了河一眼，被對岸的一個東西吸引了目光。那是史耐達的黑帽，濕透了，而且不成形狀，卡在河堤上的兩塊石頭之間，泡在水裡。

「史耐達的帽子，」安德魯說，「我們不該把它留在那裡。」

「來吧，」米勒說，「天很快要黑了。」

安德魯上馬，騎在米勒和查里．賀治後面，慢步離去。

Part

III

Chapter

I

五月底一個灰暗多雲的下午，三人沿著斯莫基希爾小徑往東走。北風吹來沁涼的微雨，斜斜地落在他們身上，使他們不僅縮成一團，還必須要低頭側身躲過雨水。十天以來，他們沿著直線穿越了大草原，承載他們的兩匹馬已疲憊不堪，低垂著頭，腹部兩側瘦骨嶙峋，費力地踩著平坦的地勢，不停地喘氣。

下午三點左右，太陽從深藍灰色的雲層間照射下來，風也停了。馬蹄下的泥土冒出熱氣，讓昏昏沉沉坐在馬鞍上的三人感到窒息。他們往右邊看，仍能清楚看見沿著斯莫基希爾河堤生長的矮樹和灌木叢。他們已經離開了斯莫基希爾小徑好幾哩遠，直接穿越平原往屠夫渡口鎮前進。

「還有幾哩路，」米勒說，「入黑前就會到了。」

查里．賀治坐在米勒的馬鞍後方，馬匹瘦削的臀部讓他感到不適，不斷挪動著身體；他左手勾住米勒的皮帶，缺了手掌的右臂無力地垂著。他轉頭看著並排而行的安德魯；但是他眼裡一片茫然。他的雙唇安靜地抖動著，不時焦慮地快速點頭，彷彿在回應別人無法聽見的問題。

一個多小時後，一道隆起的河堤出現在眼前——他們即將橫跨屠夫渡口鎮外的小河。米勒輕踢馬腹，馬匹急步向前，不久又慢了下來，恢復原來的步伐。安德魯在馬鞍上挺直身子，還是看不見河堤後面的小鎮。他們發現此地久未下雨，馬蹄拖行在泥路上揚起了塵土，附著在他們汗濕的衣服上，也與臉上的汗水結成一道道痕跡。

他們沿著橫跨小河的路斜斜地踏上隆起的河堤，安德魯稍稍瞥見小鎮，繼續從窄小的沖溝走下河床。慢慢流動的河水比去年秋天稍多，卻充滿泥濘，呈黃褐色。他們讓馬匹停在河床喝泥水後，再往前走。

他們經過左手邊的一片棉白楊，樹身變得瘦削，幾乎沒有新葉；安德魯再次瞪大了雙眼往東看向往屠夫渡口鎮。黃昏的陽光中，沒有被遮蔽的建築物呈淡紅色，他們與小鎮間有一匹馬獨自在吃草；牠雖然在幾百碼外，但聽到他們靠近便抬起頭，急步逃離。

「我們到這裡一下，」米勒甩頭示意身旁那條平常讓篷車進出的小徑，「我們有事要跟麥唐納談。」

「什麼事？」安德魯說，「我們有什麼事要跟他談？」

「牛皮呀，年輕人，牛皮，」米勒顯得不耐煩，「我們還有超過三千片牛皮在那裡等著我們去拿。」

「是啊，」安德魯說，「我一下子忘了。」

他轉進小路與米勒並排走在被篷車來回碾壓出來的平行車轍上。小路上佈滿了一簇一簇的新嫩小草，漸漸與附近的草坪連成一片。

「看來麥唐納冬天的生意不錯，」米勒，「看看那些牛皮。」

安德魯抬頭一看。一束束牛皮堆疊在麥唐納用作辦公室的小棚屋四周，因此他們走近時，只能看到小部分扭曲變形的棚頂，有些牛皮從棚屋外的空地散落到鹽井的柵欄旁，夾雜在牛皮間的是十多部車斗。有些車斗的木材經過曝曬已經爆裂扭曲，半個輪子陷在土裡，新長出的雜草已經與車斗齊高。其他的車斗則是翻轉了過來，輪圈在夕陽下顯出鮮明的鏽斑。

安德魯轉向米勒想要說話，但是米勒的臉部表情又使他停了下來。在濃黑而捲曲的鬍子底下，米勒困惑地張開了嘴巴，瞇起了一雙大眼打量著整個場景。

「不太對勁，」他說著便躍下馬來，留下查里．賀治全身無力地坐在馬臀上。

安德魯也躍下馬，跟在米勒身後穿越一疊疊牛皮走向麥唐納的棚屋裡。棚屋的門半開著，鉸鍊也已生鏽。米勒把門推開後與安德魯進入棚屋。屋內滿地紙張，攤開的帳簿躺在一堆堆凌亂的雜物上，辦公桌後的椅子也倒在地上。安德魯彎腰從地上撿起一張紙，上面的字跡經風雨沖刷已然模糊不清，但是鞋印仍清晰可見。他一張一張地撿起；總總跡象顯示著棚屋已經荒廢。

「看來麥唐納先生已經有一段時間不在這裡了，」安德魯說。

米勒嚴肅地環顧棚屋內部一會，突然脫口而出，「走吧。」他轉身沉重地踩著地上零散的紙張離開棚屋。安德魯緊隨在後，他們分別上馬，離開棚屋前往屠夫渡口鎮。

分割鎮上簡陋小屋或建築物的唯一街道幾乎是一片荒蕪。他們右手邊的鐵匠鋪傳來緩慢而微弱的金屬敲打聲，室內投射出的光影中有一個模糊的身影在活動。左手邊稍微從街道縮進去一點的是一座偌大的工寮，是給很多短暫停留的獵人居住的地方。工寮靠近屋簷的高窗上，棉布窗簾已經鬆脫，垂在窗外，在溫熱的微風中懶洋洋地搖曳著。安德魯轉過頭來。陰暗馬房內有兩隻馬在打瞌睡，直立著面對沒有食物的飼料槽。他們經過傑克遜酒館時，兩個坐在門口旁邊長凳的男子慢慢地站起來走到木板人行道的邊上，注視著馬匹上的他們。米勒仔細看了看兩人，向安德魯搖頭。

「看來所有人不是在做夢，就是死了，」他說，「我甚至不認得這兩個人。」

他們把馬停在屠夫旅館前，把韁繩纏繞在旅館前幾碼外拴馬的木樁上。他們進旅館前，把馬匹的肚帶鬆開，解下馬鞍後方的鋪蓋。查里．賀治一直僵坐在馬臀上。米勒輕拍他的膝蓋，他才呆滯地轉頭看米勒。

「下來吧，查里，」米勒說，「我們到了。」

查里．賀治動也不動；米勒抓住他的手臂，輕輕地幾乎半拖半拉把他牽下馬來。查里．賀治走在兩人之間，搖搖晃晃進入旅館。

旅館的大廳空蕩蕩的；牆邊立放著兩張直背椅，其中一張的背部已經裂開；地面上、四面牆上，以及天花板上沾了一層薄薄的塵垢。他們走向櫃檯時，木板地上留下了清晰的鞋印。

櫃檯四周黯淡的光裡，一個身穿粗糙工作服的老人在打瞌睡。他坐在櫃檯後方一張直背椅上，椅子往後靠向後方空無一物的桌子。米勒用力拍響櫃檯的桌面，老人刺耳的呼吸聲嘎然而止，閉起了嘴巴，椅子往前靠；一時間他向著前方怒目而視；然後連續地眨著眼。老人搖晃著身子走到櫃檯前，打個哈欠，擦撓下巴上的灰色鬍鬚渣。

「需要我幫忙嗎？」他含糊地說了一句，又再打了個哈欠。

「我們要兩個房間，」米勒平淡地說，並把鋪蓋用力往櫃檯上丟，一團塵土安靜地向四周爆散，瀰漫在昏暗的空間裡。

「兩個房間？」老人雙眼開始注視著他們，「你們要兩個房間？」

「多少錢？」米勒問。安德魯把他的鋪蓋丟到米勒的鋪蓋旁邊。

「多少錢？」老人再擦撓下巴，一聲沉重的呼吸聲傳到安德魯耳際。老人注視著二人，雙手在櫃檯下方摸索著，最後拿出了一本合起來的帳簿，「我不知道欸，一塊錢一間可以嗎？」

米勒點頭，把已經被老人打開的帳簿推到安德魯面前。米勒說，「我們需要澡盆和熱水，還要肥皀和剃刀，這要多少錢？」

老人撓撓下巴，「唔，嗯，你們以前付多少呢？」

「我去年付兩毛五，」安德魯說。

「這算合理，」老人說。「一間收兩毛五的話，我想我可以幫你們煮點熱水。」

「這個鎮發生了什麼事？」米勒大聲說，手掌再拍在櫃檯上，「人都死了嗎？」

老人聳聳肩，神情緊張，「我不知道呢，先生，我自己也才來了幾天。我本來要去丹佛，但錢花光了。有一個人說，你好好照顧這裡，賺到的都算你的。我就知道這麼多。」

「那麼你大概沒有聽過一個叫麥唐納的人了，傑．迪．麥唐納。」

「沒有，就像我說的，我才來這——」

「好了，」米勒說，「我們的房間在哪？」

老人遞給他們兩把鑰匙，「就在樓梯頂，」他說，「房間號碼在鑰匙上。」

「把馬牽到馬房去，」米勒說，「牠們需要好好照顧一下。」

「把馬牽到馬房去，」老人重複說了一遍，「好的，先生。」
米勒與安德魯提起各自的鋪蓋走向樓梯間。階梯也是鋪著一層完整的灰塵。
「看來很久沒有人來過，」安德魯說。
「有問題，」米勒說著，三人彼此碰碰撞撞地一起走上樓梯，「感覺不太對勁。」
他們的房間並列於樓梯口附近，安德魯的鑰匙上寫著十七。米勒和查里．賀治進房間之前，安德魯說，「如果我比你們先梳洗完，我會到外面去，我想到處看看。」
米勒點頭，便推著查里．賀治進房間。
安德魯轉動鑰匙把門推開，迎面而來的是一陣長久空置的房間所產生的霉味。他讓房門半開著，往前走向窗前。木質窗框上的軟棉布已積了一層厚厚的塵埃。他把木框拆了下來，放在擋雨的木製百葉窗旁邊。溫暖的微風緩緩地吹進房間。
他把床墊攤開在繃得緊緊的麻繩床上，直接坐了下來。他想把鞋子脫掉，雙手摸索著解開多個月前換上的牛皮條；鞋底已磨損變薄，而鞋面的皮革也完全龜裂。他手持著一隻鞋，凝視了好一陣子；他好奇地扯了一下皮鞋，發現皮革像厚紙一般被撕開。他迅速地把衣服脫下，堆放在床邊，也解下了身上存放現金的腰帶放在床墊上，腰帶已污漬斑斑滿是皺摺。他從床上起來，全身赤裸的站在房間的中央。透過窗外射進來的琥珀色亮光，他低下頭看自己的肌膚——土黃色帶著淺灰，彷似魚肚白。他用食指在光滑的腹部上搓了一下，便出現一條條細細的泥污，而泥污底下還有另一層泥污。他感到不寒而慄，走到窗戶旁的臉盆架，取下滿是塵垢的浴巾，攤開並圍著下半身。他走回去床邊坐了下來，等待老人把澡盆和熱水提到房間來。

老人不久便氣喘吁吁地提著兩個澡盆上來，一個放在米勒和查里．賀治的房間，另一個放在安德魯的房間。

老人把澡盆推到房中央時，好奇地看著一直坐在床緣的安德魯。

「天呀，」他說，「你們幾個身體好臭喔。多久沒洗過澡了？」

安德魯想了一會說，「自從去年八月。」

「你們到哪去了？」

「科羅拉多。」

「喔。去發財？」

「去打獵。」

「獵什麼？」

安德魯對老人的追問感到意外，有點不耐煩地看著他，「水牛。」

「水牛，」老人茫然地點頭，「我想我是有聽人說過那裡曾經有過水牛。」

安德魯不再講話。過了一會，老人嘆了一聲，便退回門外，「水要幾分鐘後才會熱，你需要什麼就告訴我。」

安德魯指著床邊地上的衣服，「麻煩你拿走，再買一些新的給我。」

老人一手撿起衣服，拿得離自己遠遠地。安德魯從腰帶中拿出一張鈔票，塞到他另一隻手中。

「這些要怎麼處理？」老人微微動了一下提著衣服的手。

「燒掉，」安德魯說。

「燒掉，」老人重複一遍，「你要特別款式的衣服嗎？」

「要乾淨的，」安德魯說。

老人咯咯地笑了起來，走出房間。安德魯坐在床緣，直到老人提著兩桶水回來。他看著老人把水倒進澡盆裡，從口袋取出一把剃刀、一把剪刀，和一大塊黃色砂皀。

「剃刀是買的，」他說，「但剪刀是我的，等一下我會把衣服帶上來。」

「謝謝，」安德魯說，「請你再多煮一點開水。」

老人點頭，「我已猜到這不夠讓你洗乾淨，正在繼續煮了。」

待老人離開了一會，他便拿著肥皀，踏進溫熱的澡盆，並坐了下來。他往上身潑水，猛力用砂皀擦拭全身。他看到身上的泥垢脫落，一條條細細的黏附在粗糙的砂皀上，感到一陣狂喜。他身上滿佈著昆蟲叮咬的傷口，仍未癒合，在砂皀的刺激下產生刺痛，但是他還是用指尖像釘齒耙一般用力抓，留下縱橫交錯的紅色抓痕。用砂皀洗過頭髮和鬍子後，黑色的污水涓涓地流進澡盆裡；他身體的惡臭在洗刷的過程中從溫水中冒出來，使他不得不憋住呼吸。

當老人再提著清水進來時，安德魯與老人合力把澡盆拖到窗口，他赤裸身體上的灰色髒水滴到木地板上。他們把髒水潑到樓下人行道上時，地上乾涸的塵土立刻便把髒水吸乾。

「哎呀，」老人說，「味道很重啊。」他已經把安德魯的新衣服帶來，在清理髒水前就放在床上了，「希望衣服合身，款式是跟你要丟掉的衣服最接近的了。」

「可以了，」安德魯說。

這次他洗得更為從容，還在身上打起肥皂泡，並看著泡沫流向水面。最後他離開澡盆，把身體擦乾，驚嘆於自己身上白皙的皮膚，並加以拍打，使膚色轉為粉紅。之後他走向洗臉盆，老人已經幫他放好刮鬍刀和剪刀。他抬頭看著洗臉盆上方那面彎曲的鏡子。

雖然從山區開始橫越大平原的路途上，他每次經過水池或溪流停下來喝水時，都會在水中模糊昏暗地看到自己的倒影，雖然他已習慣臉上和頭上厚重而蓬亂的鬍子與頭髮，也習慣了那種觸感，可他仍然沒有準備好接受鏡中的影像。他下半張臉上的鬍子仍未全乾，捲得像一條條淡褐色的細繩，讓他覺得是在透過一個不具有任何身分特徵的面具看自己；他臉龐的上半部是了無血色的深褐色，色調比鬍子和頭髮更深邃。他的頭髮已超過耳際，接近肩膀。他長時間凝視著自己，頭部從一端轉向另一端；他緩緩地拿起剪刀，開始剪掉鬍子。

剪刀不太靈光，他提在手上一綹一綹的鬍鬚在剪刀刀口上滑動，使他不時需調整剪刀的角度，使它靠向臉頰，半剪帶削地把又細又硬的鬍鬚剪下。到鬍鬚只剩下粗短硬毛時，他擦上洗澡用的砂皀，然後用刮鬍刀一刀一刀地往臉上刮，結束後他再用清水把肥皀洗掉，然後在鏡子中再看看自己的樣子。原來長滿鬍子的地方，現在色如死灰，對比額頭和臉頰的褐色更有點嚇人。他動了動臉部的肌肉，咧嘴露齒，並用拇指和食指捏一捏下巴，覺得麻木得像一塊死肉。他整張臉變小了，鏡子裡的他穿過蓬亂的頭髮雙目無神地瞪著自己。他再拿起剪刀，削掉臉部附近一綹綹糾纏得像繩子的頭髮。

幾分鐘後，他後退幾步看看他的成果。頭髮剪得參差不齊，有點難看，不過整張臉已經不再有童稚氣。他把桌面上一簇簇的毛髮撥成一堆，攏在兩手中，推到窗外去。毛髮被吹散，慢慢地漂浮在空中，在黃昏的夕陽中，反射出閃閃金光，最後落在人行道或泥地上，消失無蹤。

老人替他買的衣服既粗糙又不合身，然而那種帶點粗野的整潔感使他體內產生了生命力，使他再次體會到多個月以來未曾有過的精緻的感覺。他穿上皺巴巴的黑色棉質長褲，把褲管捲起，露出了堅硬的新皮鞋，打開了藍色厚襯衫領子的鈕釦，便離開他的房間。他在米勒和查里．賀治的房門前停下腳步，聽到房間內潑水的聲音，便往前走下樓梯，穿越大廳，站到旅館外寬闊的人行道上。黃昏的空氣溫熱而沉滯。

人行道上的木板條經過冬天後已扭曲變形，大部分木板的兩端翹了起來，所以穿著新鞋子的安德魯必須要小心翼翼地走。他沿著街道左右眺望。旅館的左邊，也就是小鎮的東面，有一大片方形無植被的土地在夕陽下特別亮眼。安德魯想了一下，才記起那原來是「祖龍理髮店」所在的軍用帳篷。他轉身往另一個方向慢慢向前走，經過旅館，再經過一間閒置而且開始坍塌的半穴屋，他沒有停下腳步，直接走到馬房才停下來。他在昏暗的馬房裡，看見載他們回到屠夫渡口鎮的兩匹馬，正在悠閒地嚼食飼料槽裡的穀物。他本想要進去馬房，卻停了下來，緩緩轉身走回旅館去。他靠著旅館的門框，看著面前所見的景物，等待米勒和查里．賀治下來。

太陽已經下山，日落的餘暉映照著籠罩小鎮的灰靄，使建築物的輪廓變得柔和。米勒和查里．賀治從旅館走出來，與人行道上的安德魯會合。米勒臉上的黑鬍子已經刮乾淨，白皙的頭部在他寬厚的肩膀上仍顯得巨大；除了他破舊而骯髒的衣服外，他完全跟多個月前安德魯首次在傑克遜酒館裡看到他時一模一樣，這令安德魯感到訝異。但查里．賀治的外表則產生了最大的改變。他的鬍鬚已被剪刀剪得不可能再短了，顯然米勒不敢冒險使用刮鬍刀；在他的鬍鬚渣底下的一張臉已經失去了那狡詰聰慧的神情，而變得憔悴、茫然和退縮；他的兩頰深陷，雙眼空洞疲憊，嘴角鬆弛下垂，嘴唇不時在抖動著，卻聽不到有發出聲音。查里．賀治呆滯地站在米勒身邊，手臂垂在兩側，缺掌的手腕突出在袖子外。

「來吧，」米勒說，「我們要找到麥唐納。」

安德魯點頭。三人離開人行道進入塵土飛揚的街上；他們斜斜地走向傑克遜酒館。米勒在前，安德魯在後，三人走進樓面低矮的窄長酒吧。裡面空無一人。被煤油燻黑的屋樑上垂著六盞煤油燈，只點亮了一盞。黯淡的燈光之外只有從正門射進來的光，使整個室內陷入陰暗中。厚木板並排而成的吧檯上有半瓶威士忌，酒瓶旁邊有一個空酒杯。

米勒大踏步走到吧檯前，重拍在桌面上，使空酒杯受到震盪而輕微搖動。「嘿！」米勒連聲大喊，「嘿！酒保！」沒有人回應。

米勒聳聳肩，拿起酒瓶，便把空酒杯幾乎加滿。「來，」他向查里．賀治說，並把酒杯推到他身邊，「免費的。」

站在安德魯身旁的查里．賀治看了一會，沒有馬上趨前拿酒杯，雙眼只在米勒和酒杯之間來回巡視。然後他幾乎是往前衝向吧檯，雙腿的速度僅可讓他保持平衡，他拿起酒杯卻沒拿穩，讓酒潑濺在他的手和手腕上。他猴急地把酒杯湊到唇邊，抬起頭咕嚕咕嚕地把威士忌喝下。

「慢慢喝，」米勒抓住他殘缺的手臂猛搖，「你已經很久沒喝了。」但查里．賀治像趕蒼蠅一樣把米勒的手甩開。

他把空酒杯放回吧檯上，雙眼水汪汪的，呼吸急促，好像跑了一段長路。他的臉也同時繃緊，臉色發白；他突然憋住呼吸，幾乎是無動於衷地趴到吧檯上，向吧檯後方的地上乾嘔。

「喝太快了，」米勒說，「我就說了。」他再倒了一點到酒杯裡，約一吋高，「再喝一點。」

查里·賀治一口喝下去，過了一會，向米勒點了一下頭。米勒再倒了一點酒。酒瓶已差不多空了，米勒再讓查里·賀治多喝一些後，便把剩餘的酒全倒進自己的酒杯裡，然後把酒瓶扔到吧檯後方。

「我看看到底有沒有人在另一個房間，」他說。

再一次，米勒領著他們進入酒吧旁邊的大房間。房間裡的光源全是從天花板附近窄長的高窗滲進來的暮色。房裡只有兩桌客人，一桌在房間的一端，桌邊坐著兩個女人，在他們進來時便抬起頭。安德魯趨前一步，透過昏暗的光線盯著她們看，兩個女人則面無表情地盯著安德魯；安德魯便把頭轉開。另外一桌有兩個男人，只瞥了他們一眼便繼續低聲地談話。兩人之中有一人穿了白襯衫和圍裙，身材矮小，一張油亮渾圓的臉上掛著兩撇大鬍子。米勒踏著沉重的腳步走到他的桌前。

「你是酒保嗎？」他問身材矮小的人。

「是的，」他說。

「我要找麥唐納，」米勒說，「他在哪？」

「從未聽過這個名字，」酒保說完，頭便轉向他的同伴。

「他是這一帶買賣牛皮的商人，」米勒說，「原來住在鎮外，靠近河邊。叫傑・迪・麥唐納。」

米勒在講話時酒保沒有轉頭看他。米勒用手按著他的肩膀，稍微用力擠壓，讓他轉身面對自己。

「我說的話你要聽好，」米勒平靜地說。

「是的，先生，」酒保在米勒的掌控下一動也不動，米勒把手鬆開。

「那你有聽到我說的話嗎？」

「有的，先生，」酒保說。他舔了一下嘴唇，伸手搓揉著剛剛被擠壓的肩膀，「我有聽到你的話，但是我沒聽說過他，我來這裡才一個月，或者多一點，我不認識任何人叫麥唐納，或者是買賣牛皮的。」

「好，」米勒說著，身子往後退，「你到酒吧給我拿一瓶威士忌和一些吃的來，我的朋友——」他指向查里·賀治——「吐在你的酒吧後面，你最好清理清理。」

「好的，先生，」酒保說，「不過我只能給你弄點煎臘肉，一點熱豆子，這樣可以嗎？」

米勒點頭，走向幾呎外的一張桌子，安德魯和查里·賀治跟在他後面。

「他媽的麥唐納，」米勒說，「他不管我們了，現在除非我們先從山裡把牛皮載來，不然我們可能一毛錢都拿不到。」

安德魯說，「麥唐納先生可能文書工作做煩了，休息一段時間。他那裡有太多牛皮了，不會離開不管的。」

「我不知道，」米勒說，「我從來不相信他。」

「不用擔心，」安德魯說，同時焦躁不安地四面張望。一個女人與她的同伴交頭接耳一陣子後，便站了起來。她臉上露出微笑，漫步穿過房間走向他們。她臉部黝黑瘦削，烏黑的頭髮雖然稀疏，但梳成一縷縷的看來比較蓬鬆。

「親愛的，」她輕聲地說，眼睛看著三人，舌尖向後微縮，碰觸牙齒，「可以幫你們做什麼嗎？你們有什麼需要？」

米勒向後靠到椅背，冷冷地看著她，眨了兩下眼睛，對她說，「坐吧，酒保拿酒來後妳可以喝一杯。」

那女人嘆了一聲，坐在安德魯和米勒之間。她臃腫眼瞼下的小黑眼珠熟練而迅速地打量了三人一下，讓臉上露出一抹微笑。

「看來三位很久沒到鎮上來了，是獵人嗎？」

「是呀，」米勒說，「這裡怎麼了，整個鎮死了？」

酒保拿著一瓶威士忌和三個酒杯回來。

「親愛的，」女人對酒保說，「我的杯子在另一個桌上，這幾位先生要我跟他們喝一杯，幫我把杯子拿來，好嗎？」

酒保咕噥著把她的杯子拿過來。

「你們要我的朋友也過來嗎？」女人說，拇指朝向她的桌子，她的朋友慵懶地坐在那裡，「我們可以開個小派對呀。」

「不要，」米勒說，「這樣就好。告訴我，這個鎮發生什麼事？」

「幾個月前就開始變得死氣沉沉了，」女人說，「一個獵人都沒有，但是等一等，到秋天，就會旺起來。」

米勒說，「獵不到東西？」

她大笑起來，「天呀，不要問我，我對打獵一無所知。」她眨了眨眼，「我不太跟他們聊天的，那不是我的工作。」

「妳在這裡很久了嗎？」米勒問。

「一年多，」她說，哀愁地點頭，「這小鎮對我不錯，我不希望看到它沒落。」

安德魯清清喉嚨，「那些女的——大部分還在嗎？」

她不笑的時候，臉上的皮膚變得鬆垮。她點頭，「有一些吧，不過很多已經離開了。我沒有。這小鎮對我很好；我要多留一陣子。」她深深地喝了一口杯中的威士忌。

「妳在這裡已經一年的話，」米勒說，「一定有聽過麥唐納吧。那個牛皮商，他還在這裡嗎？」

女人咳了一聲，點了點頭，「上次聽到他的時候，他還在。」

「他住在哪裡？」米勒問。

「他有一陣子住在旅館，」她說，「上次聽到他的時候，是住在那家老舊的工寮裡，就在這後面。」

米勒把他幾乎沒喝過的威士忌推到查里．賀治面前。「喝了它，」他說，「我們要走了。」

「喔，怎麼了，」女人說，「我以爲我們要開派對呢。」

「這瓶沒喝完的酒妳留下來，」米勒說，「妳和妳的朋友可以開個派對，我們有事情要辦。」

「喔，留下來嘛，寶貝，」女人說，並把手放在米勒的手臂上。米勒看著她的手一會，便漫不經心地把她的手撥開，就像是把昆蟲趕走一般。

「好吧，」她笑容僵硬地說，「謝謝你的酒，」她用骨感的手握著瓶頸，站了起來。

「等一等，」她正要離開時安德魯跟她說，「去年這裡有一個女孩——名字是法蘭辛，不知道她還在不在。」

「法蘭辛？在呀，她還在。但不會太久了，這幾天她在收拾，你要我上去找她嗎？」

「不用，」安德魯說，「不用，謝謝，我遲些再找她。」他向後靠到椅背，沒有看米勒。

「天吶，」米勒說，「史耐達沒說錯，你心裡一直想著那個小妓女。我幾乎忘了她了。好呀，你愛怎樣就怎樣，不過現在我們有更重要的事要辦。」

「你不等食物來嗎？」安德魯說。

「你要的話可以晚一點吃，」米勒說，「現在，我們要找這個麥唐納把事情解決。」

他們把正在對著空酒杯沉思的查里．賀治喚醒，離開酒館，進入暮色中，漸暗的街道沒有一絲燈光的照明。三人步履蹣跚地在人行道沿街走去，過了傑克遜酒館後往右轉，經過酒館外通往二樓的樓梯。當他們經過樓梯時，安德魯抬頭看向樓梯頂端，及那顏色較深的木板門；他繼續沿著建築物往前走，頭仍往上看著。到了建築物的末端，他看見來自一扇窗戶的微弱燈光，但看不出房間裡有任何動靜。之後他們走到一處空曠地帶的草叢裡，他既要往前看，又要幫查里．賀治引路，走得腳步踉蹌。

離傑克遜酒館後方兩百碼遠，越過空地後的左方，一棟單層平房隱約出現在黑暗中，那便是工寮。

「裡面有人，」米勒說，「我看到燈光了。」

半開的大門透出昏暗的光，米勒走在他們前面幾步，把門踹開，三人擠了進去。工寮是一個方形大通鋪，橫樑低矮，零零散散地放了二、三十張床，有些被翻轉過來，其他的都是隨意地放著，沒有一張備有床墊，也沒有一張被佔用。房間最末端的一個角落發出黯淡的煤油燈光，投射出一個人在床緣伏案工作的暗影。那人聽到人聲，便抬起了頭。

「麥唐納！」米勒大聲喊。

那人從床緣站起來，背著光源。「是誰呀，」他用含糊而疑惑的語氣問。

三人穿過床鋪往他走去，「是我們，麥唐納先生，」安德魯說。

「是誰？」麥唐納低下頭，利用背後的光源往外直視，「誰在說話？」

煤油燈掛在牆角上方的橫樑上，燈光黯淡。三人走進光源照亮的範圍裡，麥唐納湊近他們，逐一端詳他們的臉，眨著一雙凸出的藍眼睛。

「天呀！」他說，「米勒、威廉．安德魯。我的天呀！我還以爲你們死了。」

他轉向安德魯，瘦削的雙手緊緊抓住他的手臂，「威廉．安德魯。」他雙手顫抖，最後全身也開始顫抖起來。

「來，」安德魯說，「請坐，麥唐納先生，我無意要嚇你。」

「天呀！」麥唐納再說一遍，坐到床緣上；他直視著三人，不斷地搖頭。過了一會，他坐直身子，「不是還有一個嗎？負責剝皮那個呢？」

「史耐達，」米勒說，「他死了。」

麥唐納點頭，「發生什麼事了？」

「淹死了，」米勒說，「回程時過河的時候。」

麥唐納失神地再點頭，「有找到你們的水牛吧。」

「有找到，」米勒說，「就像我告訴你的，我們找到了。」

「大收穫，」麥唐納說。

「是的，」米勒說。

「帶回了多少張牛皮了？」

米勒深沉地吸了一口氣，坐到麥唐納對面一張床的床緣上，面對著麥唐納，「一張都沒有，」他說，「被河水沖走了，跟史耐達一起。」

麥唐納點頭，「連車斗也沒了，我猜。」

「全部，」米勒說。

麥唐納轉向安德魯，「全沒了。」

安德魯說，「是的，但是沒關係。」

「沒關係，」麥唐納說，「我猜是沒關係了。」

「麥唐納先生，」安德魯說，「這裡發生什麼事了呢？你爲什麼待在這裡？我們回來時路過你的辦公室。發生什麼事了？」

「發生什麼事？」麥唐納看著安德魯，眨了眨眼，並乾笑了一聲，「說來話長呀。是的，先生，說來話長呀。」他轉向米勒，「所以你沒有東西能展示你的成果，你被風雪困住了，我想。而你沒有任何東西能用來展示你一個冬天的苦差事。」

「我們還有三千張牛皮，冬季最頂級的，藏在山裡等著。我們有東西能給你看的，」米勒嚴肅地看著麥唐納。

麥唐納又乾笑一聲，「留著等你老的時候作伴吧，」他說，「會很合適的。」

「我們有三千張欸，」米勒說，「超過一萬塊錢，我們運回來的花費還不算在內呢。」

麥唐納大笑，且因嗆著了而引起一陣咳嗽，「天呀，嘿，你沒長眼嗎？你有沒有看看環境？你有沒有跟鎮裡的人聊過？」

「我們有過協議，」米勒說，「我和你之間的協議，頂級牛皮四塊錢一張，不是嗎？」

「是呀，」麥唐納說，「完全正確。沒有人會否認。」

「我要你履行諾言，」米勒說。

「你要我履行諾言，」麥唐納說，「我的天，但願你有本事。」他站起來俯視面前三人，轉了一圈，又再面對著他們，並用十根瘦削的手指梳攏他漸漸稀疏的頭髮，然後他攤開雙手，「你無法要我履行諾言，你沒看到嗎？因為我一無所有了。去年我付了三、四萬張牛皮的錢，我所有的錢都在那裡，你要嗎？一毛錢一張賣給你。你可以賺一點錢——明年，或者後年。」

米勒對著他低下頭，慢慢地左右晃動。

「你撒謊，」他說，「我可以拿去愛爾華斯。」

「去吧，」麥唐納大喊，「去愛爾華斯呀。他們會笑你。你能不能面對現實？價格已經跌破盤了；皮革生意已經完蛋了，回不去了。」他低下頭湊向米勒，「你也完蛋了，米勒，你這一行也是。」

「你撒謊，」米勒大聲說，身體同時往後退，「我們有君子協議，一諾千金。我們拚了老命為了那些牛皮，而你現在卻不履行諾言。」

麥唐納往後退，兩眼平視著他，冷淡地說，「我不知道如何履行諾言，乾的毛巾是擰不出水來的。」他點點頭，「好笑的是，你剛好晚了七個月。如果你按照既定的時間回來，早就拿到錢了。那時候我是有錢的，你本來可以幫忙讓我破產。」

「你在騙我，」米勒說，語氣更爲平靜，「你是在耍花招。爲什麼，才去年，頂級牛皮，頂級——」

「那是去年，」麥唐納說。

「好吧，一年能發生什麼事？才一年？」

「你還記得河狸嗎？」麥唐納問，「你設過陷阱抓河狸，不是嗎？當人不再戴獺皮帽，你的河狸皮就賣不出去了。好吧，過去好像人手一件牛皮大衣，但是現在已經沒有人要了。他們當初爲什麼要買牛皮大衣，我不知道；那股臭味還老是去不掉呢。」

「但是才一年呀，」米勒說。

麥唐納聳聳肩，「時勢在變。如果我有回去東岸，我就會看得出來……如果你能等四到五年，他們可能會爲牛皮找到其他用途。那時候你的頂級牛皮價錢就會和夏季的便宜貨差不多，有可能三、四毛錢一張。」

米勒搖頭，彷彿被人打了一個巴掌而感到暈眩。「你那塊地呢？」他問，「你可以賣掉一部分付給我們。」

「你沒在聽，是不是？」麥唐納的手又開始顫抖，「你要地？你可以拿去呀。」他轉往身後一個盒子裡翻尋，取出一張紙，放在桌上，用一根短得不能再短的筆在上面草草地寫著，「來，我轉讓給你，你全部拿去。但你最好準備成為一位旱地農夫，因爲你得待在這裡；要不然你也只能捨棄它，就像我把它送給你一樣。」

「鐵路呀，」米勒說，「你說過鐵路建好，那塊地就像黃金了。」

「喔，是的，」麥唐納說，「鐵路快通了，他們在鋪鐵軌了，在我們這裡五十哩外。」麥唐納又大笑一聲，「你要聽更好笑的事嗎？獵人現在都把水牛肉賣給鐵路公司了，牛皮剝下來就丟在原地，隨它在太陽底下爛掉。想想你殺掉的牛，你本該有可能賺到半毛錢一磅，那些你留給蒼蠅和大灰狼的牛肉。」

隨之而來的是一陣沉默。

「我殺掉了大灰狼，」查里·賀治說，「我用士的寧把牠們毒死了。」

米勒感到全身麻木，看了看麥唐納，然後看看安德魯，再看麥唐納。

「那你現在一無所有了，」米勒說。

「什麼都沒有了，」麥唐納說，「我覺得這會讓你感到滿意。」

「他媽的，很滿意，」米勒說，「只不過你除了毀了自己，也毀了我們。你在這裡享福，我們在外面拚命，你還答應會付我們錢。然後你毀了自己，又把我們拖下水。但是他媽的，我們幾乎各不相欠，幾乎。」

「我毀了你？」麥唐納大笑，「你毀了自己，和你的同行。你們活的每一天，你們做的每一件事！沒有人可以告訴你們該做什麼事。沒有。你們自以爲是，自作主張，用你們殺掉的東西把土地弄得臭氣沖天。你們讓市場上充斥著牛皮，把市場破壞掉，然後又到我這裡來鬼叫，說我毀了你，」麥唐納的聲音充滿憤怒，「如果你有聽——如果你的同類有聽！你們不比你們殺的牛聰明。」

「你回去呀，」米勒說，「離開這塊土地，這裡不需要你。」

麥唐納垂頭喪氣，呼吸顯得沉重，困頓地站在煤油燈下，臉部沒入暗影中。

米勒從床緣站起來，拉著查里．賀治離去，走了幾步後回頭說：

「我跟你沒完沒了，」他對麥唐納說，「我會回來找你的。」

「好呀，」麥唐納已顯得厭煩，「如果你認爲這樣做有用。」

安德魯清清喉嚨，對米勒說，「我想留下來跟麥唐納先生談一下。」

米勒冷淡地看著安德魯好一陣子，他黑色的頭髮融入了背後的黑暗中，突顯出他那張蒼白沉鬱的大臉。

「隨便你，」他說，「對我來說都一樣，我們的交易結束了。」他說完便穿越黑暗，走到門外。

米勒和查里．賀治離去後，他們沉寂了好幾分鐘。麥唐納把手伸向煤油燈，把燈芯拉高，使附近的空間較爲明亮，兩人的輪廓也更爲清晰。安德魯把原來自己坐著的床鋪拉向麥唐納的床邊。

「嗯，」麥唐納說，「有找到水牛了。」

「是的，先生。」

「而且搞得血本無歸，就像我跟你說的。」

安德魯沉默不語。
「那是你想要的，是不是？」麥唐納問。
「可能是，剛開始的時候，」安德魯說，「部分吧，至少。」
「年輕人啊，」麥唐納說，「總是想從零開始。我了解。你從來沒想過有人會了解你想要做的事情吧，對不對？」
「從來沒想過，」安德魯說，「可能是因爲我自己也不知道我想要做什麼。」
「你現在知道了嗎？」
安德魯動了動身體，顯得不安。
「年輕人啊，」麥唐納用輕蔑的口吻說，「總是覺得有東西要追尋。」
「是的，先生。」安德魯說。
「嗯，其實什麼都沒有，」麥唐納說，「你一生下來，就哺育在謊言中；斷奶後，就在學校裡學習更天花亂墜的謊言。你一生活在謊言裡，然後或許到你臨終前，你才會發現一無所有，只有你自己，和你曾做過的一切；可是你並沒有做妥，因爲謊言總告訴你還有其他的追求。然後那時你知道你可以擁有整個世界，因爲你是唯一知道箇中秘密的人；只是那個時候已經太遲了，你已經太老了！」

「不是的，」安德魯說。一陣莫名的恐慌霎時滲進他們身邊的黑暗裡，讓他的聲音綳緊，「不是這樣的。」

「那你還學不會，」麥唐納說，「你還沒學會……你看，你花了差不多一年的生命和汗水，因爲你相信一個傻瓜所做的夢。你得到什麼？什麼都沒有。你殺了三、四千隻水牛，把牠們的皮疊得整齊，那些水牛就躺在你遺棄牠們的地方腐爛，而老鼠會把牛皮當作鼠穴。你拿什麼給人看？一年的生命失去了、一部破碎的車斗讓河貍用來築水壩、手上的老繭和心裡對一個死人的回憶。」

「不是的，」安德魯說，「那不是全部，那不是我得到的全部。」

「不然是什麼？你得到什麼？」

安德魯沒有說話。

「你答不出來。你看看米勒。他比任何一個活著的人更熟悉他的地盤，而且對他認爲眞實的事情深信不疑。這對他有什麼好處？對一手拿聖經一手拿威士忌的查里·賀治有什麼好處？除了得到那些牛皮以外，你的冬天有過得比較好嗎？

還有史耐達。史耐達又怎樣了？那是他的名字嗎？」

「那是他的名字，」安德魯說。

「這就是他留下來的一切了，」麥唐納說，「他的名字。他甚至沒有跟他的名字一起回來。」麥唐納自顧自地點頭，沒有看安德魯，「是的，我知道，我也是一無所有。因爲我忘了我早已學會的東西，我又被謊言所騙。我也有夢想，因爲我的夢想與你和米勒的不同，所以我以爲那不只是夢想。但是我覺悟了，而你沒有，差異就在這裡。」

「你以後要做什麼，麥唐納先生？」安德魯問，他的聲音變得溫和。

「做什麼？」麥唐納坐直身子，「哼，去做米勒說我該做的事啊；我要離開這片土地。我要回去聖路易，或許回到波士頓，或甚至到紐約。只要你還在這塊土地上，你就無法跟它打交道；它太大了，又空曠，它讓謊言向你滲透。在你能操控它之前你必須趕快脫身。而且不要再有夢想；當我有能力的時候，我取走我能取走的東西，我不管其他的。」

「我祝你好運，」安德魯說，「很遺憾情況變成這樣。」

「你呢？」麥唐納問，「你有什麼計劃？」
「我還不知道，」安德魯說，「還不知道。」
「你不需要計劃，」麥唐納說，「跟我回去。我們可以合作；我們現在都認識這片土地了；我們離開以後，便可以靠它做點事。」
安德魯微笑，「麥唐納先生，你的說法好像此刻你相信我了。」
「不是，」麥唐納說，「完全不是。我只是討厭文書工作，而你可以幫我這個忙。」
安德魯從床緣站了起來。「我有空的話會告訴你的，」他說，「但謝謝你的好意。」他向麥唐納伸出手；麥唐納有氣無力地與安德魯握手，「我住在旅館，離去前要通知我。」
「好的，年輕人，」麥唐納抬頭看著他，眼瞼在他突出的眼球上緩緩地一開一合，「很高興你活著回來。」
安德魯快速地轉身離開，從漸暗的光影走進房間的幽暗裡，再沒入屋外無際的黑暗中。高懸在西面天際的一彎新月使他腳下沙沙作響的乾草反射出微弱的、幾乎被人忽略的白光。他慢慢走在凹凸不平的草叢，走向暗黑低矮的傑克遜酒館主建物。二樓的一個高窗上仍亮著一小點黃色的煤油燈光。

他走過一道陡峭的樓梯、踏上寬闊的人行道、轉身離開樓梯口往前走了幾步，才意識到他想走上那道樓梯。他在人行道上停了下來，轉身漫步回到樓梯口。他雙腿感到一陣無力，無力感蔓延到全身，使他的手臂只能垂在兩側。他佇立在原地好一會，才彷彿違逆了意志，一腳踏在階梯上。他沒有捉住左邊的欄杆或碰觸右邊的牆壁，慢慢地走上階梯。到了樓梯頂，他又停了下來。鎮上煙霧瀰漫，他深深吸著微溫的空氣，直到他把全身的虛脫感從肺部呼出。他在黑暗中摸索著把門閂提起，向內推開大門。他踏進門，在身後把門關上。一股熱氣把他團團圍住，壓向他的身體；他眨了眨眼睛，呼吸更爲沉重。他過了好一會才知道自己身處的漆黑是多麼濃密；他看不見任何東西，盲目地邁開腳步以保持平衡。

他摸到左手邊的牆壁，便用手沿著牆壁滑動，摸索著前進。他經過了兩間房門，才看到另一間房門的門檻透出一線黃光。他靠近站在那扇門前一陣子，仔細聽著。他聽見房中傳來一陣沙沙的聲音，旋即又回歸平靜。他再等了一會，然後退後兩步，捏起拳頭，敲了兩下門。他聽見衣服的摩娑及赤腳輕踩地面的聲音。房門打開數吋之寬，他眼前只有黃光，臉上感到它的溫熱。房門慢慢地打開，他看見法蘭辛，整個身影呈現在背後煤油燈的光芒裡。她一手撫著門邊，一手抓住連身睡袍的領口。他僵硬地站著不動，等她開口說話。

「是你嗎？」過了很久她才問，「是威廉．安德魯嗎？」

「是的，」他說，仍是僵硬地站著不動。

「我以為你死了，」她輕聲地說，「所有人都以為你死了。」她仍然站在門口不動，安德魯站在她面前，彆扭地移動身體的重心。「進來呀，」她說，「我不是故意要讓你站在外面。」

他走進房間裡，越過法蘭辛，站在地毯的邊上；他聽到房門在他身後關上的聲音，便轉過身來，不過他沒有直接看法蘭辛。

「我希望沒有打擾妳，」他說，「我知道有點晚了，不過我們幾個小時前才到，我想看妳。」

「你還好嗎？」法蘭辛靠近安德魯，在光線下看他，「發生什麼事了？」

「我沒事，」他說，「我們被雪困住，整個冬天留在山裡。」

「其他人呢？」法蘭辛問。

「都很好，」安德魯說，「除了史耐達。他回來途中死了，在過河的時候。」

近乎勉強地安德魯抬頭看她。她金黃色的長髮從前額向後拉平束緊，結了一條辮子，眼角上幾條細紋顯出她的倦意，雙唇微張露出門牙。

「史耐達，」她說，「是那個身材高大，跟我說德文的人。」

「是的，」安德魯說，「他就是史耐達。」

法蘭辛在溫熱的房中仍渾身打了個冷顫，「我不喜歡他，」她說，「但想到他死了還是覺得很可惜。」

「是的，」安德魯說。

她的手摸著沙發木框上的雕刻前進，走到沙發旁的桌子前，焦躁不安地把弄著桌上的小玩意，不斷重新安排位置，不時抬頭看看安德魯，投以簡短而茫然的微笑。安德魯仔細看著她的動作，不發一語，感到呼吸困難。

她從喉嚨發出一陣低沉的笑聲，往前走到房門前他站立的地方，觸摸他的衣袖。

「進來亮一點的地方，讓我更清楚地看看你，」她說著，輕柔地拉著他的衣袖。

安德魯讓自己被拉到沙發旁的桌子前。法蘭辛仔細地看他。

「你沒什麼變，」她說，「你臉上的膚色比以前深，你長大了。」她捉住他的前臂，翻了過來，露出掌心。「你的手，」她用手指輕輕撫摸其中一隻手心，帶著哀傷的口吻說，「變硬了，還記得嗎，以前多柔軟。」

安德魯咽了口口水，「妳說我回來時它們會變硬，妳記得嗎？」

「記得，」她說，「我記得。」

「好久以前了。」

「是的，」法蘭辛說，「整個冬天我都以爲你死了。」

「很抱歉，」他說，「法蘭辛——」他頓了下來，低頭看著她的臉。她淺藍透明的大眼，等待著任何他要說的話。他彎起手指握著她的手，「我一直想告訴妳——整個冬天，當我被困在雪地裡，我不斷想著。」

她沒有說話。

「那天晚上我這樣離開，」他繼續說，「我想讓妳知道——那不是因爲妳，而是我。我希望妳能了解。」

「我知道，」法蘭辛說，「你害臊，但是你不必，這沒有你想像的那麼重要，那是——」她聳聳肩，「有些男人戀愛時會這樣，開始的時候。」

「年輕人，」安德魯說，「妳當時說我很年輕。」

「是的，」法蘭辛說，「而你開始生氣了。年輕人戀愛時就會這樣……但當時你應該要回來，我不會怎樣的。」

「我知道，」安德魯說，「但我想我不該回來，然後我就離開太遠了。」

法蘭辛仔細地看著他，然後點頭，「你長大了，」她再說一遍，聲音帶了一絲哀傷。「我當時錯了：你改變了。你改變了，所以你才能回來。」

「是的，」他說，「我改變了那麼多，至少如此。」

她退後並轉身背對他，煤油燈光清晰地勾勒出她的背影。他們沉默了很長一段時間。

「嗯，」安德魯說，「我想再見妳一面，告訴妳——」他頓了下來，沒把話說完，便轉身向門口走去。

「不要走，」法蘭辛說，卻沒有轉身，「不要再離開了。」

「不會，」他停下腳步，「我不會再離開，很抱歉，我不是要妳求我，我想留下，我本應該——」

「沒關係。我希望你留下。當我想到你已經死了，我——」她說不下去，猛搖著頭，「你要跟我在一起一陣子，」她轉過身來，仍是猛搖著頭，橘紅色的燈光在她的髮絲上顫動，「你要跟我在一起一陣子，而你要了解，這跟和別人在一起不一樣。」

「我知道，」安德魯說，「不要再說了。」

他們互相對望了好一會，沒說一句話，沒有企圖靠近彼此。然後安德魯說，「對不起，我跟以前不一樣了，是嗎？」

「不一樣，」法蘭辛說，「但沒有關係，我很高興你回來。」

她轉身彎向煤油燈，轉動小齒輪把燈芯調降，再回過頭來越過肩膀看著安德魯，收起了笑容，觀察他的臉好一陣子，然後往玻璃燈筒用力吹熄火苗。黑暗瀰漫整個房間，他聽見法蘭辛的衣服沙沙地響，並瞥見她走向窗前的模糊身影。他聽見床鋪蓋被掀起，聽見身體在床單上滑動的聲音。他站著一會，便走向法蘭辛在黑暗中等待的地方，雙手摸索著襯衫的鈕釦。

Chapter

II

他在黑暗中輾轉反側，覺得身體下的床單已經被汗水濕透。他剛從熟睡中醒來，霎時之間不知身在何處。緩慢而有規律的呼吸聲從耳邊傳來；他伸出手，碰觸到肉體，停留在上面，隨著呼吸的律動而輕微移動。

五天五夜以來，威廉・安德魯一直留在法蘭辛狹小而封閉的房間裡，只有到存貨已嚴重不足的布萊德里雜貨店買食物、飲料或衣物時才會出門。自從第一個晚上他與法蘭辛在一起後，他已失去了時間感，情況就如同他在山裡遇到暴風雪時躲在牛皮睡袋裡一樣。在昏暗的房間裡，只有一扇總是拉上窗簾的窗戶，早上與下午已分不清楚；而只要煤油燈還是亮著，白天與黑夜已沒有分別。

他沉浸在這個封閉的、永遠是黎明或者是黃昏的半個世界裡。他很少跟法蘭辛說話；他只把她抱在懷中，聽著彼此沉重的呼吸聲和無言的呻吟聲，直至他最後以為他在那裡找到他唯一的存在感。在四面牆壁外，他能想像到的只是耀眼的強光及喧鬧，那是一種壓迫著他、威脅著他的虛無感。如果他看太久、太專注，那四面牆壁似乎會壓向他，而房中的物品——紅色的沙發、地毯、桌上的小玩意——彷彿隱隱地威脅著他在那半明半暗的處所裡找到的安逸感。在黑暗中他赤裸地躺在法蘭辛被動的身體旁，閉上眼睛，他似乎浮在自己的身體裡；甚至醒著的時候，他也處在一種與法蘭辛做愛後進入的熟睡狀態。

漸漸地，他視他與法蘭辛頻繁而激情的交合，彷彿是另一個人在進行。他彷似閉目地，從遠處觀察著自己，甚而至自己如何從另一軀體上獲取滿足的感覺，至於他給予此軀體的一個名字，已無關宏旨了。有時候，躺在法蘭辛的身旁時，他看見自己蒼白修長的身體，彷彿是屬於別人的；當他撫摸自己稀疏地長著柔軟捲毛的胸部，手指輕輕拂過胸部肌膚所產生的感覺，使他大爲驚異。往往在這些時刻裡，身旁的法蘭辛似乎與他沒有任何關係；她的存在只證實了他的內在需求，而那種需求卻在得到滿足後，才隱約被感覺到。有時候，當他重壓在她身上，迷失在激情的幽暗中，他才驚覺到某些內在的感官經驗，是他從來沒有體察到的；而當他張開眼睛，接觸到身下法蘭辛瞪著的一雙大眼中難以測度的眼神，他才又驚覺她躺在那裡。後來，他一直無法忘記她的眼神，而且很好奇在他們的激情時刻，她心裡想的是什麼、肉體感覺的是什麼。

到最後，這種好奇心把他的心思及他的注意力從他自我的深處轉移到法蘭辛的身上。他偷偷地看著她隨便地披著淺灰色的睡袍在昏暗的房間裡走動，或者是赤裸裸的在床上躺在他身邊。他沒有觸摸她，只是讓自己的眼睛遊走在她身上，看那鑲嵌在金黃色的頭髮裡那張渾圓而無憂的臉、看那被藍色血管精巧地點綴的豐滿乳房、看那微微鼓起的腹部漸漸沒入因室內光線而閃著微光的纖細陰毛、看那堅實的大腿逐漸縮小至腳尖。有時候注視久了，他便會平靜地睡著，然後又平靜地醒來，眼前仍是她，仍是那個不知道一直被注視的她；他又再次巡視她的臉、她的身體，彷彿以前從未看過一般。

差不多一個星期後，他內心產生一股焦躁不安的情緒。他不再滿足於懶洋洋地躺在溫熱的昏暗房間裡，越來越頻繁地離開房間到鎮裡唯一的街上閒逛。他很少與人說話，也從不在一個地方停留超過幾分鐘。他面對強烈的陽光眨眼，讓陽光滲透他的身體，這使他感到愜意。有一次他回到屠夫旅館拿回他的鋪蓋、支付他短暫逗留的費用，並告訴那位老人他不會再回來；有一次他往小鎮的西面走，到了那片棉白楊才停下來，遠遠看著麥唐納辦公的棚屋四周堆積如山的牛皮；他去了傑克遜酒館好幾次，喝了幾杯溫暖的啤酒。有一次在酒吧裡，他看見查里·

賀治獨自坐在最裡面的角落，桌上放了一瓶威士忌及半滿的酒杯。安德魯站在酒吧旁邊一會，喝著他的啤酒，儘管查里．賀治的眼神掠過他好幾次，查里．賀治對安德魯只是視而不見。

安德魯走到酒吧的末端，坐到他的旁邊，並向查里．賀治點頭打招呼。

查里．賀治一臉茫然看著他，不做回應。

「米勒呢？」安德魯問。

「米勒？」查里．賀治搖頭，「老地方啊，河邊的牛穴屋裡。」

「他心情還是很差嗎？」

「什麼？」查里．賀治問。

「牛皮啊，」安德魯說。他把空的啤酒杯放在桌面，隨意地轉動著。「這對他的打擊一定很大。我想我永遠無法了解那些牛皮對他有多大的意義。」

「牛皮？」查里．賀治茫然地說，眨著眼睛，「米勒很好啊，在牛穴屋那邊，在休息，等一下會直接過來。」

安德魯一開始說話，查里．賀治的一雙大眼便瞪著他，他清楚地看見那空洞的眼神，「查里，」他說，「你還好吧？」

查里．賀治一臉困惑，略顯不滿，但又立即消失，回到原來的茫然空洞，「很好呀，我很好，」他猛點著頭，「我看看，喔，你是威廉．安德魯，是吧？」

安德魯的目光離不開查里．賀治的雙眼，那雙眼睛似乎在注視安德魯的時候不斷擴大。

「米勒在找你，」查里．賀治的聲音尖銳卻呆板，「米勒說我們要去一個地方，去殺水牛。他知道在科羅拉多有個地方，我覺得他想跟你見面。」

「查里，」安德魯的聲音開始顫抖，緊握著酒杯不讓雙手發抖。「查里，你振作點。」

「我們要去狩獵，」查里．賀治還是以平淡的聲調說著，「你、我，還有米勒。米勒可以在愛爾華斯找他認識的剝皮工人。沒問題了。我不再害怕到山裡了。上帝必有安排。」他微笑點頭，然後向著安德魯繼續點頭，雖然他的雙眼已經向下看著他的威士忌。

「你不記得了嗎，查里？」安德魯聲音空洞，「你一點都想不起來了嗎？」

「想不起來？」查里．賀治問。

「在山裡——打水牛——史耐達——」

「那是他的名字，」查里．賀治說，「史耐達。那就是米勒要在愛爾華斯找的剝皮工。」

「你不記得了嗎？」安德魯聲音變得沙啞，「史耐達已經死了。」

查里．賀治搖頭微笑，看著安德魯；一滴口水聚在下唇，變大，然後滲入下巴的灰色鬍渣裡。「沒有人死，」他輕聲說，「上帝必有安排。」

安德魯再仔細地看了查里．賀治的雙眼一下子；呆滯的藍眼，像片片斷斷的藍天映照在污濁的水池裡；藍天的背後空無一物，沒有任何東西可以阻擋安德魯的目光一直往裡面投射。一股接近恐怖的感覺使安德魯劇烈地把頭甩開，全身退縮。他站起來，身體往後退。查里．賀治仍維持著空洞的眼神，對安德魯突如其來的行動視若無睹。安德魯轉身信步離開酒吧，即使是站在猛烈陽光下的人行道上，那恐怖的感覺仍揮之不去。他雙腿感到無力，兩手發抖，雖然是走得搖搖晃晃，還是三步兩腳地沿街直走，轉彎，爬上傑克遜酒館旁的樓梯，回到法蘭辛的房中。

進入昏暗的房中，他的眼睛睜得大大，呼吸仍感急促。法蘭辛躺在床上，用一隻手肘撐起半身，看著安德魯。她的姿勢讓寬鬆的睡袍敞開，一邊蒼白的乳房垂到前臂上，與灰色的睡袍成了對比。安德魯快步走到床緣，幾乎是粗暴地把她的睡袍掀走，雙手迅速地、迫不及待地在她身上移動。法蘭辛臉上露出一絲微笑，眼睛輕輕闔上，雙手伸向安德魯，摸索著解開他的衣服，並把他拉向自己的身體。

後來，當他躺在她身邊，心中的騷亂逐漸平復，便企圖覆述他與查里·賀治見面的情形，以及見面時內心產生的恐怖感。他企圖讓她了解，那種恐怖感並不是來自他認知到查里·賀治那種茫然而讓人難以擺脫的眼神是他們每一個人——米勒、查里·賀治、史耐達，甚至是他自己——一直以來都擁有的。他企圖告訴她，那是他們剛回到屠夫渡口鎮的晚上，在工寮裡閃爍的燈光下，麥唐納所說過的。那是史耐達被馬蹄踢破了頭顱後在河裡僵直立著的時候，他在史耐達的臉上看見過的。那是——

法蘭辛豐滿卻蒼白的雙唇露出一抹微笑；她點頭，且輕柔地撫慰他坦露的胸脯。

那是——他繼續用破碎的話語說清楚他內心無法說明的話——那是一種他內心中時時刻刻所感到的東西，出現在他越過大草原的漫長旅途中、在他展開大屠殺時水牛戰慄繼而崩潰在地時、在剝牛皮時產生的溫熱而使人窒息的惡臭裡、在暴風雪襲來時的白色景象中，以及暴風雪後一切都被吞噬的畫面裡。這些感覺有出現在每個人的心中嗎？他問。有潛伏在每個人的心中，等著突然冒出來，等著把人吞噬和撕裂，直到他只剩下空白——那種在查里·賀治對他所在的世界所投射的藍色的目光裡的空白？或者，它是否在外面等著，像荒野裡的大灰狼一般蹲伏在巨石後面，突然地、可怕地、非理性地撲向任何路過的人？又或者，是人們不經意地找到這股恐怖的力量，透過一種隱晦而自我作賤的願望使它成真？在那奔騰的河水裡，是分叉的原木找上了馬匹的腹部？是馬蹄找到史耐達的頭顱？還是反過來說，是史耐達經過那裡，恰恰正是要遇上那灰色的物體，而他也遇上了？這有何意義？他想要知道。他身在何處？

他翻過身來，旁邊的法蘭辛已經輕輕入睡，氣息柔柔地從她張開的雙唇呼出，雙手彎彎地擱在身體兩側。他安靜地離開床鋪，到房間的另一端，把煤油燈的燈芯調低，往燈筒裡吹氣，把火熄滅。黃昏最後一抹灰色的光線從窗戶上的棉布窗簾滲透進來；窗外天色漸暗。他回到床上，小心翼翼地躺回法蘭辛的身邊，側著身看她。

這有何意義？他再問自己。甚至是他對法蘭辛的慾望——他猶豫那是否該稱爲愛——這有何意義？他再想到史耐達；忽然間想像史耐達取代了他的位置，活著的，躺在法蘭辛的身邊。他沒有一絲的憤怒或不滿，只看到他躺在那裡，看到他伸手撫弄她的乳房。他微笑起來，因爲他知道史耐達會絕口不問，而他卻會不斷提問；亦絕不懷疑；亦絕不會讓查里．賀治的目光在他心中激發出種種疑惑、種種恐懼。他會以一種粗野和蠻亂的友善，在法蘭辛身上尋得快感，然後各走各的，不以任何方式再想起她。

就正如法蘭辛不會再想起他一般，安德魯忽然間想到，法蘭辛或許亦一樣不會再想起他——威廉．安德魯，這位正躺在她身邊的人。

在睡夢中，法蘭辛嘴裡輕聲說了一個他聽不懂的字；她微笑了一下，恢復正常呼吸，深沉地吸氣，輕微地移動了身體。

雖然他不想有這種想法，不過他也知道，像史耐達一樣，他終究會離開她，會走自己的路；雖然與史耐達不一樣，他會想她、記得她，但究竟如何，他仍無法預計。他會離開她，會不認得她；他會永遠不認得她。現在，房間已幾乎完全沒入黑暗中，他幾乎看不見她的臉。在黑暗中他的手沿著她的手臂下滑，直至觸摸到她的手，並躺在她身旁。他想到那些曾經嚐過她的性慾及她的軀體的人，就像他所嚐過的，而除此之外他對她一無所知；他對那些人並沒有不滿。在黑暗中他們沒有身分、沒有說話，也像他一樣平靜地躺著呼吸。過了很長一段時間，他睡著了，仍輕輕地握著法蘭辛的手。

他突然醒來，卻不知道是什麼原因使他醒來。他在黑暗中眨眼。棉質的窗簾上有黯淡的光在閃爍，停了，又再開始閃爍。一聲喊聲傳到房間裡來，因距離的關係而顯得低沉；街上響著馬蹄聲。安德魯輕輕走下床，站了一會，猛甩了一下頭。街上傳來一陣激動的喧嚷聲，靴子在人行道的木板上噠噠響起。他在黑暗中找到衣服，匆忙地穿上，耳朵聽著其他的聲音。他聽到法蘭辛規律而平靜的呼吸聲。他迅速地離開房間，輕輕地在背後關上房門，踮著腳沿著黑暗的走廊走到建築物外的樓梯頂上。

在西面小河的方向，屠夫渡口鎮幾棟矮房子的上方，火焰在黑暗中竄出。霎時之間，安德魯的手緊握著樓梯的扶手，難以置信。火光來自麥唐納的棚屋。火勢被西風吹得旺盛，照亮了對面的棉白楊樹林，使得淺灰色的樹幹和深綠的葉叢在四周的黑夜裡顯得極爲清晰。火光也把濃煙照明，滾滾地衝向天際，散開後隨著風勢往小鎮吹來，陣陣刺鼻的惡臭鑽進安德魯的鼻孔。他迅速奔下樓梯，跌跌撞撞地沿著人行道，跑到塵土飛揚的街道，前往火災現場。

即使在棉白楊樹林附近，還沒轉進到達棚屋的小路，安德魯已感到炙熱的溫度向他襲來，整條被車斗碾壓而成的禿土小路已被橘紅色的火光照得通明。安德魯停下腳步，呼吸因跑步而急促，但還沒擺脫濃濃的睡意。十幾二十人分散圍著著火的棚屋，略成一個半圓形，每個人的身影在熊熊烈焰中顯得平靜、渺小，卻又輪廓清晰。圍觀的人或獨自一人，或三三兩兩站著觀望，不發一語，也沒有動靜，只有火焰中傳來強烈的爆裂聲打破夜的沉寂，只有圍觀群眾背後的影子隨著火焰的律動而搖曳。滾滾濃煙被吹散後留下的煙霧籠罩著圍觀的人，令眼睛感到刺痛。安德魯揉著雙眼走近人群，高溫使他不得不把臉轉開，結果撞上了一群圍觀者，把其中一人擠到一邊。被他撞到的人並沒有理他，只是張著嘴巴，雙眼盯著面前巨大的火焰；火光映在臉上，橘紅色裡產生不同的明暗變化。

「發生什麼事了？」安德魯氣喘吁吁地問。

那個男人不說話，只盯著火光，頻頻搖頭。

安德魯環顧身邊的人，卻看不到他認識的，他再一個人一個人地看，在跳動的火光中，他們的臉彷彿是一張張扭曲的面具。

最後他遇上查里．賀治，可是他幾乎認不出安德魯。他怯於炙熱的火勢及其強光，但又採蹲伏的姿勢，彷彿隨時會躍起來；他嘴巴張大而歪斜，似是在驚呼，卻不知是因爲恐懼或狂喜；他的雙眼因濃煙的刺激而流著淚水，睜得大大的，眨也不眨一下。安德魯在查里．賀治的眼中看到火焰的縮影，彷彿在他目光的深處燃燒著。

安德魯緊緊抓住他的肩膀，用力搖晃。

「查里！發生了什麼事？怎麼燒起來的？」

查里．賀治從他的手中滑脫，迅速往後退了幾步。

「不要管我，」他沙啞地大叫，眼睛仍注視著面前的火光，「不要管我。」

「發生什麼事？」安德魯再問一次。

查里．賀治短暫地把頭從火光轉向他，看了他一眼，他的眼神在額頭的暗影中呆滯而空洞。「火啊，」他說，「火啊，火啊。」

安德魯再次搖動他的身體，但又停了下來，雙手撫著查里．賀治的肩膀。人群中傳來一陣咕噥的聲音，低沉而強烈，隨著火焰的嘶嘶聲和爆裂聲而提高；他同時也微微感到一股力量像波濤一般推著人群往前。

他隨著這股力量看去，一時間那強烈的火光使他眼前一片昏花——藍色、白色、橘黃色與黑色相間——使他必須要瞇著眼來抵抗那強光。附近地上零零散散堆著一捆一捆的牛皮，牛皮上方火勢最爲猛烈。在牛皮之間，安德魯看見一個激烈地移動著的黑影。那是米勒。他騎在馬背上，馬匹面對火焰驚恐地嘶鳴，前蹄騰空。但是整匹馬被米勒的力量純粹用力地穩控著，他緊拉韁繩，馬銜便陷進嘴角，開始滲血，不過他仍用力猛踢馬匹的腹部，使馬在地上一捆捆牛皮之間狂奔。一時之間，安德魯張口結舌，大感困惑，而米勒仍然不斷策馬向火焰靠近，然後迅速抽離，又再次靠近。

安德魯轉向查里．賀治問，「他在幹嘛？他會害死自己。他——」

查里．賀治茫然地張嘴露齒，「看，」他說，「看他。」

安德魯看了一眼，還是不明所以，不過他後來懂了。米勒每次強押著馬匹靠近堆疊在棚屋旁的牛皮時，是要把牛皮推進火焰裡，他用馬的胸腔來推動其他散落在各處一捆捆的牛皮。他無情地把馬刺壓向馬腹，一步一步推著牛皮往火裡去。

安德魯乾涸的喉嚨發出一聲叫聲，「瘋子！」他大喊，「他瘋了，這會害死他自己！」並想往前走。

「不要管他，」查里．賀治聲調高亢而清脆，也忽然變得尖銳，「不要管他，」他再說一次，「是他放的火，不要管他。」

安德魯停下腳步轉身向著查里．賀治，「你是說——是他放的火？」

查里·賀治點頭，「那是米勒放的火，你不要管他。」

剛才圍觀民眾被米勒的身影吸引而往前走之後，便沒有再動了。現在他們站著看米勒在冒煙的牛皮堆裡不顧一切地狂奔。安德魯感到沮喪洩氣，身體虛弱無助，像其他人一樣，只看著米勒失控奔馳。

米勒把最靠近棚屋的牛皮扔到火海裡後，便騎著馬稍微離開，並躍下馬，把韁繩拴在附近一輛廢棄車斗的轅上。他站在火光的外圍，昏暗中身影顯得模糊；他快步走向車斗旁的一捆牛皮，彎身要提起牛皮，在暗影裡他與牛皮已經難以區分。直到他馱著牛皮站直身子時，整個身影才清晰可見。一捆牛皮被他扛在肩上，他身體搖晃，但仍顫顫危危地往前跑，在車斗旁突然停下來，使牛皮從他的肩膀翻入車斗裡，車斗也因突如其來的衝擊而抖動起來。一次又一次地，米勒遊走在車斗附近，撿拾散落的牛皮。在重量壓力下，米勒彎身曲腿，蹣跚地把牛皮運到車斗上。

「我的天呀！」安德魯身後的一位鎮民說，「一捆牛皮一定有三、四百磅重。」

其他人沒有答腔。

到米勒把第四捆牛皮扔到車斗之後，他回到他的馬匹身邊，在鞍角上解下一條繩子，繫到車轅上。他手持繩子的另一端，騎到馬上，把繩子在鞍角上繞了幾圈固定住，然後高聲大喊，且用腳跟猛力踢向馬腹。馬匹勉力向前走，鞍角與車轅間的繩子開始繃緊，車轅離開地面。米勒再次大喊，用手掌用力拍擊馬的臀部，響起的聲音蓋過了火焰的嘶嘶聲和轟隆聲。車斗的輪子開始轉動，鏽蝕的輪軸發出嘎吱聲；米勒不停大喊及猛踢馬腹，車斗的速度加快，馬的呻吟聲變得沉重，馬蹄也在乾土上刻下一個個深深的蹄印。後來馬匹與車斗彷彿是從彈弓上發射一般，在空地上奔馳。米勒再大吼一聲，策馬直衝火勢洶洶的棚屋及堆疊如山的牛皮。正當人和馬快要衝進金黃的火海前，米勒突然急轉方向，同時迅速解開纏繞在鞍角的繩子。奔馳的車斗被釋放後，便高速衝進熊熊的烈火裡，激起大量的火花，瀰漫方圓百呎之廣。車斗和牛皮衝進火裡後好一陣子，火光轉暗，彷彿米勒一陣狂怒的進攻要把火滅了，但是當車斗著火後，火勢又變猛烈，所產生的熱力讓圍觀的人往後退。

安德魯聽到身後傳來奔跑聲和近乎刺耳的叫聲，尖銳而狂野。安德魯神情呆滯地轉身。麥唐納穿著黑色及膝大衣，敞開的衣襟完全沒有扣上釦子，雙臂在空中胡亂地揮舞，頭髮稀疏而凌亂，奔向一群群圍觀的鎮民，眼睛瘋狂地注視著正在著火的辦公室及悶燒的牛皮。如果不是安德魯把他抓緊並攔了下來，麥唐納會直接衝開人群闖入火場裡。

「天呀！」麥唐納說，「著火了！」他狠狠地環顧四周，巡視靜止不動的圍觀鎮民，「爲什麼大家不救火呀？」

「他們無能爲力，」安德魯說，「你站著休息一下吧，不然會受傷的。」然後，麥唐納便看見米勒再次把一車斗的牛皮甩到範圍不斷擴張的火裡。他疑惑地轉頭問安德魯。

「那是米勒，」他說，「他在做什麼？」但幾乎同時，他一臉錯愕，下巴幾乎要掉下來，眼睛在緊蹙的眉毛下睜得大大的，「不，」麥唐納的聲音嘶啞，不斷搖頭，像一隻受傷的野獸，「不，不。米勒，是他——」

安德魯點頭。

麥唐納的喉嚨又傳來另一聲吼叫，彷彿陷入極大痛苦。他掙脫了安德魯的雙手，穿越悶燒著的空間，走向米勒，高舉著已經捏成拳頭的雙手。坐在馬上的米勒轉身迎向麥唐納，被濃煙燻黑的臉上露出燦爛的笑容；等麥唐納走到他的面前，軟弱地準備要揮拳，米勒卻突然踢向馬腹，閃身躲開，讓麥唐納撲了個空。米勒在數碼外勒馬停住，麥唐納立即轉身追上。米勒大笑著策馬飛奔，麥唐納又一次揮拳落空。好幾次二人就像牽線木偶般在烈火旁的空地上忽動忽停地你追我逐，咬牙切齒的麥唐納幾近啜泣，鍥而不捨地追著米勒，卻總是白費氣力，米勒總是在他數呎之外，齜牙裂嘴地做鬼臉，臉上不帶一絲幽默。

麥唐納忽然停了下來，雙臂無力地垂在兩側，平靜地看著米勒，幾乎進入沉思，頭部搖晃著。他臉上佈滿煙灰，一條眉毛被飛揚的餘燼燒焦，全身癱軟地轉身走向安德魯和查里．賀治站著的地方。

安德魯說，「麥唐納先生，他不知道他在做什麼，看來是發瘋了。」

麥唐納點頭，「有點像。」

「不過，」安德魯繼續說，「你說牛皮已不值錢了。」

「不是這樣，」麥唐納語氣平靜，「不是說不值錢，那是我的東西。」

三人靜靜地站著，幾乎是漠不關心地看著米勒費勁地搬牛皮，再把車斗推到火中讓火燒得更旺。他們彼此沒有對看，也沒有說話。麥唐納幾乎不帶情感地看米勒拉著車斗撞向其他已經焚燒得只剩骨架的車斗裡。一捆接一捆、一車斗接一車斗的牛皮堆起的火勢，比原來的大了一倍。米勒花了差不多一個小時完成他的工作，到他把最後一個裝滿牛皮的車斗甩到火海裡後，便轉身緩緩地走向一直站在一起的三人。

他拉緊韁繩，馬突然停了下來，腹部兩側猛烈起伏，使米勒的雙腿自馬蹬以上也明顯地隨著馬腹動起來，馬的嘴角已經被齒間的馬銜撕裂，血液滴到地上的塵土裡。安德魯隱約地感到這匹馬已經精疲力盡了，可能活不過天亮。

米勒的臉已被煙燻黑，眉毛已差不多被燒光，頭髮也開始捲曲或被烤焦；額頭上一條長形的紅色傷口漸漸形成一個水泡。米勒騎在垂頭喪氣的馬上，神情肅穆地看著麥唐納，然後齜牙露齒地從喉嚨發出刺耳的笑聲。他的眼神從麥唐納轉到查里·賀治再轉到安德魯，然後再回頭看到麥唐納。笑聲漸漸停止，四人彼此對看，眼神緩緩移動著在搜尋著彼此的臉。他們沒有動，也沒有說話。

我們心中有話要對彼此說，安德魯隱約想到，但是我們不知道那是什麼；我們心中有些話必須要說。

他張開嘴巴，向米勒伸出手，並向他靠近，彷彿要說話。米勒居高臨下地看著安德魯，目光冷淡、恍惚、空洞而渙散。他在馬鞍上，放鬆身體，腳跟踢向馬腹；馬匹往前直衝。事出突然，安德魯停下腳步，手臂仍懸在半空，但卻被馬的胸部碰到左肩，使他整個人轉了一圈；他腳下突然一陣踉蹌，還好沒有摔倒在地上。當他回過神來，只看到米勒在馬鞍上弓著背，一步一步地沒入遠方的黑暗中。米勒走後，查里·賀治拖著腳步蹣跚地離開二人。二人消失在黑暗中，馬蹄聲也靜止下來後，過了好一陣子，安德魯仍駐足凝望他們離去的方向；後來他轉身面對麥唐納，在沉默中彼此對視。過了一會，麥唐納搖了搖頭，也漫步離去。

Chapter

III

黎明將近，一陣涼風在幾個鎮民背後輕輕拂過，他們仍注視著悶燒的餘燼。他們往那片圓形的焦土走近，棚屋已經燒得焦黑，小小的藍色火舌仍發出些許黃光，到處吮著灰黑色的灰燼；十多捆牛皮倒塌成一堆悶燒著，發出不均勻的暗暗紅光，濃煙滾滾奔向黑暗的夜空。不均勻的火焰微微照亮了整個火場，圍觀的鎮民疏疏落落地站在自己渺小的影子上，尤如互不相干的無名的人。著火的牛皮發出刺鼻的惡臭，當東風減弱後，便漸漸變濃。原本等著餘火熄滅的人一個一個安靜地回到屠夫渡口鎮上，安靜得似乎有點刻意。

最後只剩安德魯一人。他走向一捆燒焦了的牛皮，看似只是被燻黑，沒被燒透。他隨意地往牛皮踢了一下，整捆牛皮便崩裂開來，輕輕彈起一陣灰燼。他站在那片焦土中間，棚屋的一根被燒得通透的木樁發出一聲裂響，當下火苗再度竄出，彷彿要延續其憤怒。安德魯失神地凝視著復活的火苗再度枯竭。他想起了米勒，以及他策馬離開他縱火的現場前臉上忽然浮現的一片空白；他記得米勒被他身後憤怒的火焰勾勒出的清晰身影；他記得米勒那同一個頑強的身影，騎著即將氣絕的馬匹融入黑暗中。他記得查里·賀治，以及他茫然的眼中焚燒的火焰，彷佛那就是地獄；他記得查里．賀治轉身追隨米勒、轉身離開火場、離開圍觀的鎮民、離開小鎮，去尋找他所剩餘的世界時，那迅速而彆扭的體態。他也記得麥唐納，以及他揮舞雙臂想要攔下一隻不願靜止下來面對他的憤怒的神秘野獸——一隻背叛了自己的信仰，而麥唐納卻感到不以爲然的野獸；他記得麥唐納放棄阻止米勒時身體忽然萎靡不振，臉上露出幾近冷漠而疑惑的神情，注視著米勒，彷彿要找出米勒的憤怒所隱含的意義。

東方的地平線上第一道黯灰的晨光使天色矇朧。安德魯因長時間注視火場，四肢已感到僵硬，他轉身循著逐漸透亮的晨光走回屠夫渡口鎮上的房間。

法蘭辛仍在熟睡。夜裡她踢開了被子，現在全身赤裸的攤在床上，手腳張開，蒼白的膚色似是從黑暗中發出的光。安德魯靜靜地走到窗前，把窗簾拉開。窗外極目無際，也無色彩，但薄霧在晨光中染上一絲粉紅，使眼前所見漸漸變得厚重而眞實。他轉身走回床邊，俯視法蘭辛。

在晨光中她的頭髮晦澀無光澤，糾結在臉上；她嘴巴半開，發出沉重的呼吸聲；在自然光下，眼角的細紋隱約可見；睡眠中她的肌肉下垂，表面是一層油亮汗水。面前的她是他從未見過的；或者是說，如果他有看見過，也不會讓自己的眼睛停留在她身上。但是現在既然已經看見了她在睡眠中的無助，而且睡得如此天眞，一股友善而毫不保留的憐憫油然而生。他覺得好像從未看過她，從未看過她現在的身體的任何一部分；他記得數個月前來到她的房間的第一個晚上，他對她萌生的憐憫，憐憫她必須要學習忍受屈辱及粗暴。現在這憐憫對他來說已變成蔑視與吝嗇。

沒有，他沒有見過她。他再次走到窗前，東面天際澄淨的灰色光線漸漸轉強，使屠夫渡口鎭外的平原顯得空曠而明亮。在東岸，太陽已經升起，照亮了麻薩諸塞灣岸邊的嶙峋巨石，吸引了海鷗盤旋在充滿鹹味的天空中；照亮了波士頓空蕩蕩的街道、照亮了博伊爾斯頓街、聖詹姆斯大道、阿靈頓街、伯克利街和克拉倫登街上的教堂尖塔；照亮了父親房子高大的窗戶，照亮了沒有任何動靜的房間。

滿心的悔恨只是痛苦的徵兆；他想起了父親，他瘦削而嚴肅的身影像陌生人一般在他腦海中掠過，又消失在不可觸摸的灰色薄霧中。一陣劇烈的遺憾與憐憫使他閉上雙眼，他強烈意識到眼簾闔上的小小動作所帶來的黑暗。他知道他不會再回去。他不會與麥唐納一起回到老家，回到那個賦予他生命的地方，那個孕育他、形塑他的地方。他正開始了解那個地方形塑了他當下的景況，那個地方把他放逐到荒野裡，想要找尋一個更眞實的自我。不會，他不會再回去。

彷彿要在深淵的邊緣找到一個平衡點，他轉身再看看沉睡的法蘭辛。如今，他已幾乎記不起吸引他到這個房間及這個肉體的那股激情，那彷彿是一種微妙的磁力；他也無法記起另一股激情，那股迫使他橫越半個大陸，進入荒野，夢想著在那裡可以找到他那不可改變的自我的激情。現在，他幾乎可以不帶一絲悔恨，承認這些激情誘發了的虛無。

那是他在漆黑的工寮，站在煤油燈下閃爍的微弱火光裡，聽麥唐納所說的「一無所有」；那是他在查里．賀治眼中曾見，也對法蘭辛訴說過的，湛藍的空無；那是史耐達被馬蹄奪走他臉上的表情之前對小河的輕蔑目光；那是在山中暴風雪來臨前，米勒的臉上所展現的盲目的決心；那是查里．賀治在火焰快要熄滅前轉身追隨米勒時眼中空洞的光芒；那是麥唐納在牛皮被焚燒時與米勒彼此追逐間，掛在臉上的那股完全絕望的神情；那是他當下目睹法蘭辛昏睡的臉部向枕頭下垂的肌肉。

他再看法蘭辛一眼，想要伸手輕輕撫摸她年輕卻衰老的臉。但是他沒有這樣做，怕會驚醒她。他靜靜地走到房間的一角拿起他的鋪蓋。從鋪蓋上的錢帶裡他拿出兩張鈔票，塞到自己的口袋裡；剩下的便整疊整齊地放在沙發旁的小桌子上。不管法蘭辛去哪裡，她都需要這些錢；她需要錢買一張地毯，給窗戶弄一片窗簾。他再看她一眼；從房間的一端看過去，法蘭辛躺在大床上，身體顯得渺小。他靜靜地穿過房間到門口，沒有回頭。

東邊現出一道道紅光。在荒涼街上的一片沉寂中，安德魯橫越街道往馬房去牽他的馬匹。他把馬夫叫醒，把身上的一張鈔票給他。他在微弱的燈光下迅速地給馬裝好馬鞍，騎到馬上，並轉身想要揮別馬夫，但是馬夫已經睡著了。他騎著馬離開馬房，沿著街道走，馬蹄踏在厚厚的塵土上，發出黯啞的聲音。他左右張望，想看看屠夫渡口鎮剩下的一切。不久以後，這裡會空無一物；木造的房子會被夷平，爲的是要取走有價值的東西，半穴屋會被風化而崩壞，草原地帶會慢慢擴張而把道路掩蓋。即使是現在，在黎明的晨光中，小鎮看來就像一片廢墟；建築物的輪廓在晨光的勾勒下，也強化了原本的荒蕪貧瘠。

他經過麥唐納仍在悶燒著的棚屋，經過右手邊的棉白楊樹叢，跨過小河後把馬停住。他回頭。東面地平線上太陽露出一線光芒。他再回頭，看著眼前平坦的大草原，及自己長長的、平平的影子，只被新嫩的綠草破壞了規則的形狀。他手上的韁繩強韌而光滑；他清楚感覺到跨下那平滑如岩石的馬鞍，以及馬腹在腿間緩緩起伏。他深深吸著嫩草散發的芳香混合著馬匹汗水的霉味。他單手握著韁繩，腳跟輕輕碰觸馬腹，踏進廣闊的大草原。

除了大方向之外，他不知道要去哪裡；但是他知道今天稍晚一切會變得明確。他不疾不徐地往前走，身後感到太陽緩緩升起，溫熱了身邊的空氣。

人生渡口的叩問

——譯者後記

他經過麥唐納仍在悶燒著的棚屋，經過右手邊的棉白楊樹叢，跨過小河後把馬停住。他回頭。東面地平線上太陽露出一線光芒。他再回頭，看著眼前平坦的大草原，及自己長長的、平平的影子，只被新嫩的綠草破壞了規則的形狀。他手上的韁繩強韌而光滑；他清楚感覺到跨下那平滑如岩石的馬鞍，以及馬腹在腿間緩緩起伏。他深深吸著嫩草散發的芳香混合著馬匹汗水的霉味。他單手握著韁繩，腳跟輕輕碰觸馬腹，踏進廣闊的大草原。

除了大方向之外，他不知道要去哪裡；但是他知道今天稍晚一切會變得明確。他不疾不徐地往前走，身後感到太陽緩緩升起，溫熱了身邊的空氣。

這是《屠夫渡口》的最後兩段。不少讀者看到這裡，可能不敢相信自己的眼睛：安德魯向西行，回到荒野！讀者心中或許會問，他歷盡艱辛橫越大草原，穿過科羅拉多的丘陵帶，再進入落磯山裡一個隱密的山谷裡，眼見那機械式的屠殺、剝皮、棄屍、被嚴酷的氣候冰封在山谷裡、回程時目睹無情的河水不但把牛皮摧毀，也把他受傷的同伴吞噬、回到屠夫渡口鎮後得知水牛皮買賣已經式微，無須再走一趟到山谷裡把剩下的牛皮取回……，他再回到荒野的意義何在？再者，小說開頭的兩段由愛默生（Ralph Waldo Emerson）和梅爾維爾（Herman Melville）構成對立的題辭，不是證明了被愛默生美化了的「大自然」從未出現？而梅爾維爾筆下那位「江湖郎中」不就是愛默生無誤？作者把兩位在美國文學中頗具影響力的文豪放在對話的態勢，而且立場迥異，加上小說中主要劇情的安排，都讓讀者容易認爲愛默生的「自然」論述處於被批判的位置，並爲梅爾維爾的「反自然」論述背書。按這個讀法，我們更難以想像安德魯在小說結尾所做的決定。

不過，網路上的相關評論也是一致性地對小說的結尾不做討論，彷彿安德魯重回荒野是不辯自明的；即使是本小說〈引言〉的作者米雪兒．拉多蕾，也只強調此小說「描寫一位年輕人出發『找尋自我』，也描寫一個年輕國家強烈地堅持自我，到了不計成果的地步」而她的著眼點也只是主角嚮往愛默生式的「大自然」而進入西部一探究竟，及他的西部行象徵了「年輕」的美國向外擴張的野心。如果按這個邏輯，安德魯在小說結尾重回荒野，是否意味著他仍是對「美國夢」執迷不悟？

用了好幾百字來追究這部小說的結尾，其實是有意義的，也是一個適合的切入點，來說明小說作者的非凡之處。小說的結尾第一個引起讀者好奇的地方，就是小說的兩段題詞是否就如我前面所說的：愛默生的「大自然」觀被梅爾維爾否定？如果安德魯最後選擇重回荒野，是不是表明對安德魯來說，「大自然」即使是沒有像愛默生說的那麼神聖，卻還是有著某種吸引力？但是吸引他的是什麼樣的「大自然」？其次，透過思考這樣的一個結尾，也防止讀者像一般網路上的書評，過度簡化這部小說的主題，也迫使讀者重新回到小說的細節，重拾那些作者不斷鋪排、經營，看似矛盾但整體看來卻是合理的劇情發展。

小說的男主角安德魯與愛默生的超驗主義頗有淵源。小說的故事背景是一八七三年，安德魯是哈佛大學的三年級學生，是愛默生在哈佛大學演說的現場觀眾，深受其超驗主義（Transcendentalism）的自然觀影響，便身體力行，離開家鄉，追尋愛默生的文字敘述中所建構的「大自然」。超驗主義是一個出現在美國十九世紀前半期的文學、哲學及美學運動，它盛行於一八三〇至一八五〇年代，亦被譯為超越主義。此運動的中心思想主要圍繞在大自然（nature）的精神和美學層面，以及個人心靈與精神的重要性。美國超驗主義運動的代表性作家為愛默生（1803-1882）和梭羅（Henry David Thoreau, 1817-1862）。超驗主義運動者（Transcendentalists）強調對大自然的欣賞，並主張人類須常親近自然，因為自然大地蘊涵著神性（divinity），超驗主義宗師愛默生稱此神性為「超靈」（the Over-Soul）。在愛默生等超驗主義作家眼中，自然世界是美麗而完美的，同時亦是神性的反映與縮影。他們認為，「宏觀」（上帝的神性、宇宙自然）和「縮影」（個人的心靈與精神）直接連接且互為一體，而人們可以透過與自然為伍、接觸自然世界的美麗來接觸超靈，理解神性。簡言之，超驗主義運動者主張人類與大自然，以及人類與上帝之間有著相互連結且互爲一體的直接關係（direct relationship）。在《論自然》（Nature）這部超驗主義的代表作品中，愛默生曾道：「自古以來，我們的祖先都是以面對面的方式來直接觀看、注視大自然與上帝，而我們則是透過祖先及先人的眼睛來觀看自然和上帝。我們爲什麼不直接去享受我們和宇宙大自然的原始、直接關係呢（an original relation to the universe）？」（p.35）。

另一位超驗主義作家梭羅則是以身體力行的方式直接與大自然合爲一體（essential oneness with nature）。一八四五年，梭羅從麻州康克德（Concord, Massachusetts，梭羅的出生地及居住地）移居至華爾騰湖（Walden Pond）湖畔，藉由置身大自然這個實質而具體的環境（concrete physical world）來實踐其超驗觀（transcendental outlook）。在其代表作《湖濱散記》（Walden）的〈孤獨〉（Solitude）這個章節裡，梭羅表達了自己的超驗觀，他說道：「蘊藏於大自然（包括太陽、風、雨水、夏日與冬季）中的那份不可名狀的無邪與慈恩（beneficence）永遠爲人類提供了健康和鼓舞（cheer）！……難道我沒有自然大地的直覺和感知嗎？難道我不是由樹葉和植物的一部分所構成的嗎？」（p.310）。在此段文字中，梭羅呈現了他與自然大地的緊密連結（intimate connection），並強調人類與大自然乃互爲一體。事實上，大自然與人類互爲一體的這個概念乃是超驗主義的核心思想，此思想亦呼應了愛默生筆下的「超靈」概念。愛默生在〈超靈〉（The Over-Soul）一文裡討論了人類的個人心靈、大自然和上帝這三者在自然宇宙中的一體性與緊密聯結性，他說道：「我們身處的大自然……也就是超靈。在大自然這個超靈世界裡涵蓋了人類個體的存有以及世上的全部存有。……我們人類是自然世界的一小部分或是一個微小分子，但在此同時，人類個體的心靈乃是自然世界整體靈魂的展現……每一個微小部分和微小分子皆對等地相互連結成爲一個永恆的超靈」（the eternal One）（p.206-207）。在愛默生筆下，大自然（包括美國廣闊的大草原、山脈、沙漠與熱帶地區）是理想而完美的境地，因爲它蘊藏了神性（the divine spirit or mind，亦即「超靈」）。而此神性又存在於人類的個體心靈中。簡言之，大自然蘊涵了上帝的表徵，人類可藉由直接接近自然、了解自然來領悟神性與自我心靈，進而理解眞理。

愛默生所帶動的美國超驗主義運動爲十九世紀的美國文學注入新思想與新活力，事實上愛默生與梭羅的超驗主義作品在他們的時代已廣爲人知，頗受讀者與批評家青睞。大體而言，從十九世紀早期至今，愛默生在美國文學史中的地位始終屹立不搖。愛默生筆下的超驗論自然觀以及美國超驗主義的核心思想後來深深影響了惠特曼（Walt Whitman, 1819-1892）和狄瑾蓀（Emily Dickinson, 1830-1886）兩人的自然詩歌作品。但持平而論，愛默生的《論自然》和梭羅的《湖濱散記》等超驗主義作品爲整體美國文學所帶來的最大影響乃是——自然寫作（nature writing）這個文類長遠蓬勃的發展。自十九世紀中期以降，繆爾（John Muir, 1838-1914）、巴勒斯（John Burroughs, 1837-1921）、卡森（Rachel Carson, 1907-1964）、艾比（Edward Abbey, 1927-1989）、奧斯汀（Mary Austin, 1868-1934）、迪拉爾德（Annie Dillard, 1945-）、史奈德（Gary Snyder, 1930-）等自然作家（nature writer）紛紛崛起，他們追隨愛默生和梭羅這兩位宗師的腳步，書寫大自然。這些作家的自然寫作有的以散文形式創作，有的則以詩歌或小說形式書寫，爲十九世紀以降的美國文學形塑了一套欣賞自然與強調環境保護意識的生態文學傳統。

美國文學研究通常把愛默生的超驗主義放在十九世紀的浪漫主義運動來看。像歐陸的浪漫主義運動從工業革命所帶來的種種負面影響、都市生活壓倒性地改變了人的生活方式，漸漸與大自然脫節，遂有愛默生式的透過回歸自然，找回人性。然而美國浪漫主義中如梅爾維爾（1819-1891）、霍桑（Nathaniel Hawthorne, 1804-1864）、和愛倫坡（Edgar Allan Poe, 1809-1849）等作家卻認爲人類的墮落來自人性的黑暗面以及大自然本身的「無情」（indifference）及其毀滅力量，他們從歷史中看見人是被自私自利的目標所牽引，從強盜到兇手到暴虐的統治者，在在證明人類是可以被腐化的、是可以完全缺乏憐憫之心的。而大自然不僅沒有像愛默生口中所說的神聖，且更有足夠的能力，透過洪水、火災、暴風雨、地震，以及疾病，給人類帶來災難與痛苦。這些梅爾維爾等浪漫主義作家所經營的主題，並不因爲浪漫主義時期的結束而沒落，反而延續到二十世紀的寫實主義及現代主義運動裡，成爲主流的文學素材。

在這個文學史的脈絡下，我們更能體會小說作者約翰·威廉斯使用愛默生及梅爾維爾引申對話，不僅給小說一個歷史的厚度及思辨的深度，更給予他的作品一個座標，來理解主角安德魯的西部行的意義，而透過了解安德魯，讀者也會了解約翰·威廉斯作爲一個作家，如何回應美國文學史中的自然論述，如何在一九六〇的美國述說人與自然的關係。

安德魯崇拜愛默生的自然論而從屠夫渡口鎮進入荒野，從荒野回到屠夫渡口鎮後，再從屠夫渡口鎮回到荒野。進進出出的活動使小說名字（Butcher's Crossing）的象徵意義開始醞釀。這個小鎮是荒野與文明的門檻，是獵人進入荒野的中繼站，是十字路口，也是他們出航，以及滿載或鎩羽而歸的「渡口」。安德魯厭惡了文明的波士頓，那裡的查爾斯河「在農地、村落和市鎮間蜿蜒著，把人類和城市的廢棄物帶入波士頓港」，從波士頓到屠夫渡口鎮的旅程雖然辛苦，但不會使他卻步，然而橫越大草原的第一天起他便開始嚐到苦頭，缺水的時候更讓他瀕臨死亡，大自然的「無情」盡在他眼前顯露，山谷裡對水牛「無情」的虐殺讓他離「神性」越來越遠，在冰封的山谷他必須要躲在水牛皮製成的皮囊裡才能保命、回程時牛皮被「無情」的河水沖走。回到屠夫渡口鎮後，他發現牛皮買賣生意已經式微，小鎮的經濟以及鎮上簡陋的建設也開始「土崩瓦解」，心中日思夜想的、被理想化的妓女在日光下顯得衰老醜陋，「回航」的安德魯回得去嗎？一關一關的渡口彷彿只能催他往前走，回頭所見，一切景觀已是面目全非。

在寫實的層次，我們當然可以說他可以回到波士頓、回到他的舒適圈啊！不過，讓我們再看一次小說結尾，在他出發前跨過屠夫渡口鎮的小河後的兩個姿態：「他回頭。東面地平線上太陽露出一線光芒。他再回頭，看著眼前平坦的大草原，及自己長長的、平平的影子，只被新嫩的綠草破壞了規則的形狀。」他在文明與荒野間做了選擇，他的目光穿越頹敗中的屠夫渡口鎮望向美國東岸，望向他的老家波士頓，然後他再向西望，除了看見大草原之外，更有意思的是，他看見了自己的影子投射在綠草上，變得坑坑疤疤的！受過文學訓練的讀者應該立即掌握影子的象徵意義。在這裡，影子作爲他的分身（Doppelgänger），加上明暗的強烈對比，彰顯了安德魯內心深處的景況——傷痕累累的心靈，處於神秘、未知之中。

愛默生的信徒進入大自然，結果是傷痕累累，卻又執意回去，是哪種愛恨交織的力量讓他做出這個決定？出發的第一天，安德魯應該了解他要進入的荒野，並不是像他以前在老家時，躲到家裡附近的森林裡那麼心曠神怡。很快地他的臀部已經開始疼痛，路上也出現廢棄的小屋，是人與自然難以相容的表徵，當安德魯不禁「回頭注視，直到後方的車斗阻斷了他的視線，」讀者可以隱約了解他的心情。完成了第一天超出他體力負荷的行程後，他只聽到米勒在他耳邊說「要花點時間習慣。」這句話雖是安慰安德魯的話，鼓勵他熬過身體的痛苦。然而這句話何嘗不是一語道破了人跟大自然的關係？大自然有其運行的規律，人進入自然就必須要「習慣」這一套規律。果不其然，初次接觸荒野的安德魯，大自然給予他的美麗憧憬很快就必須被修正，「他胯下的馬匹帶著他走著起伏的地勢，但是他反而覺得是大地在馬匹身下移動，像是牠在磨坊裡做著踩踏車的單調工作，每一個動作只是自我地重複。」更重要的是，「他覺得自己像土地一樣，沒有身分，沒有形狀。」而與安德魯恰恰相反的是，「出發的第一天之後，米勒很少說話，仿佛幾乎沒在注意他的同行者。他像一隻動物一般，嗅著土地，頭部隨著他人無法辨識的聲音和味道左右轉動；有時候他長時間把頭抬高，一動不動，彷彿在等待一個未曾出現的跡象。」安德魯也發現米勒可以跟馬匹溝通，安撫馬匹的情緒，而史耐達的改變，雖沒有像米勒般明顯，也已經「很少看別人，沒有必要就不會說話。」這些轉變其實暗示了自然與非自然可能是處在平行空間，各自有其運作的規則，所以小說作者在題辭中引用愛默生的話，說到人類進入自然，必先「卸下背上的繁文縟節」，但可能還是不夠的，可能要更退化到野獸的層次，在安德魯的眼中，這個米勒是拋開了在文明社會中的「緊繃及拘謹」，「開始被某種自在、親切和自然的感覺取代。他坐在馬鞍上，彷彿就是他騎乘的馬匹的自然延伸；他走路時的步履彷彿正在撫慰著地表的外形。」（他們之中查里．賀治的變化最少，可能因爲多年前他在雪地意外斷掌，早已嚇得魂不附體，只能以酒精當麻醉，是徹底被大自然所毀滅的人）。到他們一行人熬過乾旱，尋到水源後，米勒彷彿眞的找回了對土地的感覺。其實在發現水源之前，米勒已經被描述成「像一隻動物，充滿警覺性」，而他比同行的牲口更早嗅出水源的所在地。如魚得水的米勒「把水源說成是一種生物，不斷企圖躲避他們」，動物化的米勒找到水源，就好像一隻動物找到牠賴以維生的獵物，建構了一個新的生態系。如果我們把這種新的人與自然的關係，延伸到山谷裡的瘋狂獵殺行爲，可能會讓我們有不同的想法。對米勒來說，水牛的死也是屬於弱肉強食的倫理，米勒認爲「水牛從來不會老死，不是被殺掉，就是被野狼拖走」而他只是手裡拿著槍的「野狼」。

此時的安德魯當然仍與這個空間裡的倫理格格不入，目睹第一場大屠殺後，「他看著自己，不知道自己是誰，或身處何方。」對他來說，山谷裡的世界與外面的世界是沒有分別的，他仍然是用他自己的角度來了解他者。不過在那個空間裡被他開膛破肚的小牛身上，提供了他對人世間的個人經驗反省的機會。他在屠夫渡口鎮拒絕法蘭辛的身體，是因爲認爲她的身體是墮落文明的表徵，但在山谷裡，他覺得當時是不忍看見法蘭辛身體裡裝載的自我已經被毀滅，就如小牛只剩「一團靜止的肉」，失去了片刻前「驕傲、高貴與生命的尊嚴。」這種趨於形而上的思維，一直延續到暴風雪來襲時，他躲到水牛皮囊裡想像她已成爲自己的一部分，卻由於這部分已被他驅離，使他當下的身體無法感到溫暖，罪惡感與思念油然而生。

前往山谷的艱辛以及在山谷裡的種種經驗，其實都讓他重新體驗大自然，同時修正了愛默生建構的烏托邦式想像。相對於愛默生式的大自然（只要回歸，一切將變得美好），路途上因缺水而幾乎喪命、暴風雪的突襲，讓他了解到自然的運行規律是人類難以揣測的，而且可以是致命的，正如梅爾維爾的題辭裡的提問：「是誰把我的篷車駕駛員凍死在大草原上？」暴風雪在一息之間改變了山川的面貌，人在其中也得隨之改變，毫無討價還價的餘地。此時只有米勒才能順應新的自然法則，他主導製作水牛皮囊、建造披屋，他取代已被嚇壞了的查里．賀治管理營地、張羅食物，一切是如此地得心應手：「相對於皚皚白雪，米勒粗野、黝黑、毛髮蓬鬆。他像遠方的一株杉樹，與身邊的地景不同，卻又是無可或缺的一部分。在早上，他看著米勒進入黑暗的森林；他總是感到米勒不是離開他的視野，而是融入了地景，成爲那地景內在的一部分，再也看不見。」人類與大自然，或者是人類與上帝之間終於有了相互連結，這豈不是愛默生所說的人與自然的關係已達到的最高境界嗎？但是與此同時，米勒是不是已變成梅爾維爾筆下的「彼得野小孩」？人類到底要付出多少代價，才能親近自然、理解自然的意義？如果梅爾維爾問：「是誰把彼得野小孩變成白癡？」他是不是仍是用了自然／俗世的二分法來看待彼得，而忽略了他在還沒被文明人發現前，仍是過著自足的生活？

這矛盾的思緒其實到了安德魯快要離開山谷前，已達到最高點。出發前幾天是最難熬的日子，他巴不得趕快離開，但是他心裡又不斷地問著：「他想要回到哪裡？他要從哪裡出發？」再一次站在「渡口」前，他不得不再次反省一切發生在他身上的事件及其意義。安德魯進入大自然，雖然被梅爾維爾說中了他無法在那裡療傷止痛，卻讓他修正了，或是重新定義了愛默生式的大自然，至少那個並非那麼友善的空間仍是對他有幾分吸引力的，至少他偷偷走到山口（渡口的象徵），處於僅能容身的壕溝向外面看，「但是那壕溝曲折蜿蜒得無法透視遠方的廣闊平原。」到他眞的離開山口前，他又再次回頭，遙望那使他滯留半年的山谷，此時他才體會到他即將出發離開的地方，不僅是銘刻了大自然的印記，更是彰顯了自然的規律：季節的更迭、地景的變化、生命的殺戮與掙扎求生、暴風雪的瘋狂蹂躪。「他要從哪裡出發？」道盡他對曾經血染的山谷的依戀。

牛皮被河水沖走，史耐達被河水吞噬後，安德魯、米勒和查里·賀治三人回到屠夫渡口鎮，就如上文所說，牛皮經濟已經式微，屠夫渡口鎮的一切逐漸崩壞。而鎮上的法蘭辛的身體更具有象徵意義，她從小說的開頭到結尾都是一名妓女，安德魯在山谷中對她所產生的理想化形象，也在他回到鎮上之後漸漸瓦解，不僅她本身成為安德魯的洩慾工具，自己也彷彿也樂在其中，睜著圓滾滾的雙眼，微笑地接受安德魯一次又一次的佔有，之前安德魯對她產生的憐憫「已變成蔑視與吝嗇」。

安德魯在山中對自然的嶄新體驗，與麥唐納的一席話可說是互為表裡，讓安德魯下定決心「他不會再回去」（雖然讀者還是會認為他只是不回去他的老家波士頓）。麥唐納直接指出他西部行的荒謬可笑之處：「你一生下來，就哺育在謊言中；斷奶後，就在學校裡學習更天花亂墜的謊言。你一生活在謊言裡，然後或許到你臨終前，你才會發現一無所有，只有你自己，和你曾做過的一切；可是你並沒有做妥，因為謊言總告訴你還有其他的追求。然後那時你知道你可以擁有整個世界，因為你是唯一知道箇中秘密的人；只是那個時候已經太遲了，你已經太老了！」而安德魯在小說最末一節反省麥唐納的話時所做的結論，他心裡想的是：「他正開始了解那個地方形塑了他當下的景況，那個地方把他放逐到荒野裡，想要找尋一個更眞實的自我。」到這裡，他才清楚知道他的一生被謊言所騙，而說謊者當然包括了愛默生。如果如愛默生說的，在自然裡「可以找到他那不可改變的自我」，現在的他是不是反諷地在進入荒野後才發現他的「自我」在種種生命經驗中不斷地被形塑，而「自我」是一種在不停息的追尋中誕生的。安德魯帶著受傷的心靈再次進入荒野，他要追尋的是什麼，恐怕無人能斷言，但是我們至少知道他不會再被愛默生所騙。

《屠夫渡口》是我繼《史托納》後翻譯約翰．威廉斯的第二本小說。由於故事背景設在一八七三年仍是人跡罕至的美洲西部，翻譯此小說的困難度比《史托納》高出許多，花了一年半的時間才完成，足足比《史托納》多了半年。小說劇情不止牽涉到小說中的人物從堪薩斯橫越大草原、科羅拉多的丘陵帶，再進入落磯山脈裡一個隱密的山谷的路程，更有沿路豐富的景物描寫、氣候變遷、人物瀕臨死亡的掙扎，更不用說小說中對水牛的體型及骸骨、製造子彈、追殺水牛、剝牛皮、暴風雪來襲等劇情做了鉅細靡遺的描寫。在翻譯過程中，我也漸漸體會到作者的寫實手法，不僅是要讓讀者漸漸進入所描繪的地景，更要讓我們進入主角的意識，體驗其複雜的演化。這些情節與素材，無疑給了譯者空前的挑戰。翻譯的過程簡單來說，主要是不斷處理視覺效果，也就是如何把作者寫成文字的景觀世界，或者是角色工作時的肢體動作及其順序，還原到我的腦中，然後再重寫成中文。除了景觀與動作之外，小說中也有不少篇幅處理了主角安德魯的內心感受或理性反省，作者都用心經營句子結構，以產生某種音樂性，是小說中「文學性」較強的地方。

翻譯的過程中我仍維持我一貫的翻譯「理論」：原文裡有的，都要認眞處理，再現於譯文中。不過，由於小說的主要場景屬於想像的空間，加上中英文的語言差異，以致一些視覺的順序，必須要做適當的調整，才能讓中文讀者清楚地看見，以下是一個較爲極端的例子，就出現在小說的第一段：

The coach from Ellsworth to Butcher's Crossing was a dougherty that had been converted to carry passengers and small freight. Four mules pulled the cart over the ridged, uneven road that decended slightly from the level prairie into Butcher's Crossing; as the small wheels of the dougherty entered and left the ruts made by heavier wagons, the canvas-covered load lashed in the center of the cart shifted, the rolled-up canvas side curtains thumped against the hickory rods that supported the lath and canvas roof, and the single passenger at the rear of the wagon braced himself by wedging his body against the narrow sideboard; one hand was spread flat against the hard leather-covered bench and the other grasped one of the smooth hickory poles set in iron sockets attached to the sideboards.

從愛爾華斯到屠夫渡口鎮的交通工具，是一部改裝成客貨兩用的小型四輪篷車。四匹騾子拉著篷車從較為平坦的草原斜斜往下走，進入屠夫渡口鎮。崎嶇的路被無數曾經走過的大型篷車碾出深深的車轍，使路的中央彷似田埂般隆起。這部車輪較小的篷車顛簸在土埂和車轍之間，放在騾子與篷車之間帆布覆蓋著的貨物左右搖晃，篷車側面捲起的帆布敲打著一根根山胡桃木桿。這些木桿被固定在篷車側板上的鐵製榫眼裡，撐起車頂結構。篷車的唯一乘客坐在後方，用身體抵著側板，一手完全張開平壓著有皮革包裹的長凳，一手緊抓著一根山胡桃木桿。

文中指的「交通工具」，原文是「dougherty」，是美國內戰時期的軍用篷車，用來乘載軍官及其行李，側面有小門可供進出，據說是一名軍官設計的，因此便以他的名字命名。現在一般的英英字典已經不提及其軍事用途，只是描述其外表。作者選用這個名字，當然有其符號學上的意義，不過考慮到這豐富的資訊除非用註解來解決，不然就會讓譯文顯得累贅，而且下文主角離開篷車的姿勢，也不見得他坐的篷車是有側門的，所以決定只留下「小型四輪篷車」。其實引用此段譯文，主要是說明前面提到的「視覺順序」的問題。英文的「右分支」（right branching）的結構，作者往往讓名詞先行，而在後面（右方）添補資訊加以說明。文中的「road」，是過去的大篷車走過而留下的平行車轍，如果中文讀者沒有先獲得這條「路」的視覺意象（「田埂般隆起」與「深深的車轍」對比），便無法了解爲何主角的小篷車「進出」那些車轍時貨物會左右搖晃，所以我把「ridged」和「uneven」兩個形容詞挪移到後面，接到「ruts made by heavier wagons」，添補「田埂」的視覺意象，先說明「路」的狀況，再處理小篷車行進的模樣。再來就是篷車上「hickory rods」的問題。它在這段文字中出現了兩次，一次是被帆布敲打，一次是主角因篷車顛簸而必須「緊抓著一根」，而按照英文「右分支」的規則，兩次出現時都會更進一步說明那「複數」的木桿是「that supported the lath and canvas roof」，或者是「set in iron sockets attached to the sideboards」，前者是它的功能，後者說明它的位置與篷車整體結構的關係。我的作法是當它第一次出現時，便把兩個「右分支」先集中處理，讓讀者先產生明確的視覺意象，最後才讓讀者看到主角「一手緊抓著一根山胡桃木桿」。其實這種情況在小說中幾乎每一頁都會出現，而我的一貫作法，都是優先考慮讀者能否看到我所看到的東西。先考慮讀者能否看得清楚，再考慮句子結構與原文是否貼近。

但是作者有時候在經營視覺順序的同時，也講究句子結構的美感，就像男主角偷看法蘭辛的身體的那一段：

Not touching her, he let his eyes go over her body, over her round untroubled face framed loosely by the yellow hair that in the dimness was dark upon the bed sheets; over her full breasts that were laced delicately with an intricate network of blue veins; over her gently mounded belly, which flowed beneath the fine light maidenhair caught in the faint gleams of light that seeped into the room; and down the large firm legs that tapered to her small feet.

他沒有觸摸她，只是讓自己的眼睛遊走在她身上，看那鑲崁在金黃色的頭髮裡那張渾圓而無憂的臉、看那被藍色血管精巧地點綴的豐滿乳房、看那微微鼓起的腹部漸漸沒入因室內光線而閃著微光的纖細陰毛、看那堅實的大腿逐漸縮小至腳尖。

句子從「over her body」開始，便一直用「over」引申出一連串的副詞子句來形容眼睛的活動，理論上我們應該根據「在她身上」的句型，以「在……上」來建構譯文，但是這樣做反而產生呆板的「韻腳」，而忽略了「over」原來是位在副詞子句的句首。所以我便重複使用「看」來模仿「頭韻」的效果。不過，翻譯的過程中總免不了得失互見的情況，形式與內容，「sound」與「sense」之間必要有所妥協。就這個例子來看，如果要獲得句子結構的美，便可能需要犧牲了內容。描述法蘭辛金黃色頭髮框住她的圓臉的那一句，原文裡的「yellow hair」其實還有「右分支」在說明她的頭髮「that in the dimness was dark upon the bed sheets」，有經驗的譯者一定會考慮要把這個關係子句搬到「金黃色的頭髮」的前面；姑且不論是否能放得進去，這樣的處理，讀者閱讀時會不會感到困擾？如果把主詞還給關係子句，再產生一個完整的句子，是不是會破壞了原文的結構美及結構背後的音樂性？在權衡輕重之後，我決定犧牲了關係子句，這應該是我翻譯過程中最讓我感到難以釋懷的例子。

在一年半漫長的翻譯過程中，十分感謝出版社林聖修先生的容忍，並暗地裡協助延後出版日期，讓已經投下的心血不至於白費。漫長的翻譯過程也橫跨了學校的三個學期，而值得慶幸的是，我有機會把第一部的第一章先後做爲我兩班「翻譯與習作」課以及「文學翻譯」課的部分作業，那三千字的內容不僅讓學生實際進行文學翻譯及了解其原理，也讓我從學生那裡得到寶貴的意見，對譯文做了必要的修正。我還清楚記得文中的「半穴屋」是一位劉姓女同學提供的，讓我解決一個大問題。

從「屠夫渡口鎭」所啓動的劇情，終於成爲這本小說《屠夫渡口》的名字，掌握了安德魯西部行的象徵意義。安德魯的心靈成長歷程，述說了一重又一重的人生渡口，每一個渡口上都銘刻了旅人身後崎嶇坎坷的經歷，及再度出發的願景。在完成《屠夫渡口》的翻譯工作，並正要完成這「譯者後記」的寫作之際，想到我進入台大求學開始至今已超過三十五年，也剛完成了二十五年的教學工作，《屠夫渡口》的翻譯，做爲我人生的一個事件，或者是一個渡口，應該也銘刻了好長一段曲折的歷程，至於再出發的心情，或許只有安德魯才能體會。

引用書目——

Emerson, Ralph Waldo. "Nature." Nature and Selected Essays. Ed, Larzer Ziff. New York: Penguin, 1982. 35-82.

Emerson, Ralph Waldo. "The Over-Soul." Nature and Selected Essays. Ed, Larzer Ziff. New York: Penguin, 1982. 205-24.

Thoreau, Henry David. "Walden." The Portable Thoreau. Ed. Jeffrey S. Cramer. New York: Penguin, 2012. 197-468.

屠夫渡口 BUTCHER'S CROSSING

作者一 約翰 · 威廉斯（John Williams）。譯者一 馬耀民。編輯一許睿珊。校訂一 聞翊均。發行人一 林聖修。封面及版型設計一 永真急制 Workshop。內文排版一吳睿哲。出版一 啟明出版事業股份有限公司。地址一 新竹市民族路 27 號 5 樓。電話一 03-522-2463。傳眞一 03-522-2634。網站一 www.cmp.tw。電子郵件一 sh@cmp.tw。法律顧問一 北辰著作權事務所。
印刷一 煒揚印刷企業有限公司
總經銷一 紅螞蟻圖書有限公司。地址一 台北市內湖區舊宗路二段 121 巷 19 號。電話一 02-2795-3656。傳眞一 02-2795-4100
中華民國 105 年 6 月 3 日初版。ISBN 978-986-88560-9-7。定價一 500 元

屠夫渡口 / 約翰 · 威廉斯 (John Williams) 作 ; 馬耀民譯 .
-- 初版 . -- 新竹市 : 啟明 , 民 105.06
面 ; 公分
譯自 : Butcher's Crossing
ISBN 978-986-88560-9-7 (平裝)
874.57 105006418